房思琪的初戀樂園

林奕含——著

獻給

「等待天使的妹妹」，以及B

改編自真人真事

目錄

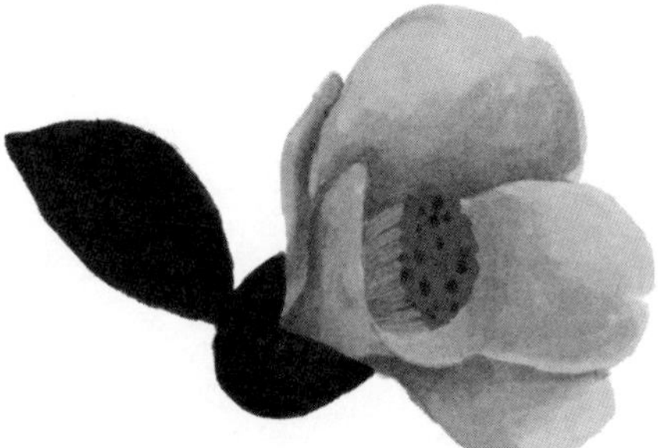

附錄

房思琪的初戀樂園
【有聲書】試聽

第一章

樂園

劉怡婷知道當小孩最大的好處，就是沒有人會認真看待她的話。她大可吹牛、食言，甚至說謊。也是大人反射性的自我保護，因為小孩最初說的往往是雪亮真言，大人只好安慰自己：小孩子懂什麼。挫折之下，小孩從說實話的孩子進化為可以選擇說實話的孩子，在話語的民主中，小孩才長成大人。

唯一因為說話被責罵的一次，是在飯店高樓的餐廳。大人聚會總是吃一些難得而無聊的食物。海參躺在白瓷大盤裡就像一條屎在阿娜擦得發光的馬桶底。劉怡婷在齒間吞吐一下，就吐回盤子。笑得像打嗝停不下來。媽媽問她笑什麼，她說是祕密，媽媽提起音量再問一次，她回答：「這好像口交。」媽媽非常生氣，叫她去罰站。房思琪說願陪她罰。劉媽媽口氣軟下來，跟房媽媽客套起來。而劉怡婷知道，妳家小孩多乖啊，這一類的句子，甚至連語助詞都算不上。一層樓就兩戶，怡婷常常睡衣拖鞋去敲房家的門，無論她手上拿的是速食或作業本，房媽媽都很歡迎，笑得像她是房家久未歸的遊子。一張衛生紙也可以玩一晚上，時值欲轉大人的年紀，也只有在對方面前玩絨毛娃娃不害臊，不必假裝還看得上的玩具只有撲克牌或棋盤。

她們肩並肩站在高樓的落地窗前，思琪用她們的唇語問她：妳剛剛幹嘛那樣說？怡婷用唇語回答：「這樣說聽起來比說大便什麼的聰明。」劉怡婷要過好幾年才會理解，運用一個妳其實並不懂的詞，這根本是犯罪，就像一個人心中沒有愛卻說我愛妳一樣。思琪吸了吸嘴唇，說下面高雄港好多船正入港，每一艘大鯨貨輪前面都有一臺小蝦米領航船，一條條小船大船，各各排擠出V字形的浪花，整個高雄港就像是用熨斗來回燙一件藍衣衫的樣子。一時間，她們兩個人心裡都有一點淒迷。成雙成對，無限美德。

大人讓她們上桌，吃甜點。思琪把冰淇淋上面旗子似的麥芽畫糖給怡婷，她拒絕了，唇語說，不要把自己不吃的丟給我。思琪也生氣了，唇形愈動愈大，說妳明知道我喜歡吃麥芽糖。怡婷回那我更不要。體溫漸漸融化了糖，黏在手指上，思琪乾脆口就手吃起來。怡婷孵出笑，唇語說真難看。思琪本來想回，妳才難看。話到了嘴邊和糖一起吞回去，因為說的怡婷，那就像真罵人。怡婷馬上發覺了，孵出來的笑整個地破了。她們座位之間的桌巾突然抹出一片沙漠，有一群不認識的侏儒圍圈無聲在歌舞。

錢爺爺說：兩個小美女有心事啊？怡婷最恨人家叫她們兩個小美女，她恨這種算術上的好心。吳媽媽說：現在的小孩，簡直一出生就開始青春期了。陳阿姨說：我們都要更年期囉。李老師接著說：她們不像我們，我們連青春痘都長不出來！席上每個人的嘴變成笑聲的泉眼，哈字一個個擲到桌上。關於逝去青春的話題是一種手拉手踢腿的舞蹈，在這個舞蹈裡她們從未被牽起，一個最堅貞的圓實際上就是最排外的圓。儘管後來劉怡婷明白，還有青春可以失去的不是那些大人，而是她們。

隔天她們和好得像一罐麥芽糖，也將永永遠遠如此。

有一年春天，幾個住戶聯絡了鄰里委員會，幾個人出資給街友辦元宵節湯圓會。即使在學區，他們的大樓還是很觸目，騎車過去都不覺得是車在動，而是希臘式圓柱列隊跑過去。同學看新聞，背面笑劉怡婷，「高雄帝寶」，她的心裡突然有一隻狗哀哀在雨中哭，她想，你們知道什麼，那是我的家！但是，從此，即使是一周一度的便服日她也穿制服，有沒有體育課都穿同一雙球鞋，只恨自己腳長太快得換新的。

幾個媽媽聚在一起，談湯圓會，吳奶奶突然說，剛好元宵節在周末，讓孩子來做吧。媽媽們都說好，孩子們該開始學做慈善了。怡婷聽說了，心裡直發寒。像是一隻手伸進她的肚子，擦亮一支火柴，肚子內壁寥寥刻了幾句詩。她不知道慈善是什麼意思。查了辭典，「慈善」，「仁慈善良，富同情心。梁簡文帝，吳郡石像碑文：『道由慈善，應起靈覺。』」怎麼看，都跟媽媽們說的不一樣。

劉怡婷很小的時候就體會到，一個人能夠經驗過最好的感覺，就是明白自己只要付出努力就一定有所回報。這樣一來，無論努不努力都很愉快。功課只有她教別人，筆記給人抄，幫寫毛筆、做勞作，也不用別人跑合作社來換。她在這方面總是很達觀。不是施捨的優越感，作業簿被傳來傳去，被不同的手複寫，有的字跡圓滑如泡泡吹出來，有的疙瘩如吃到未熟的麵條，作業簿轉回自己手上，她總是幻想著作業簿生了許多面貌迥異的小孩。有人要房思琪的作業抄，思琪總是鄭重推薦怡婷，「她的作業風流」，兩人相視而笑，也不需要他人懂。

那年的冬天遲到了，元宵節時還冷。帳子就搭在大馬路上。排第一個的小孩舀鹹湯，第二個放鹹湯圓，第三個舀甜湯，怡婷排第四，負責放甜湯圓。湯圓很乖，胖了，浮起來，就可以放到湯裡。紅豆湯襯得湯圓的胖臉有一種撒嬌賭氣之意。學做慈善？學習仁慈？學習善良？學習同情心？她糢糢糊糊想著這些，人陸陸續續走過來了。臉色都像是被風給吹皺了。第一個上門的是一個爺爺，身上不能說是衣服，頂多是布條。風起的時候，布條會油油招搖，像廣告紙下邊聯絡電話切成待撕下的細長條子。爺爺琳瑯走過來，整個人就是待撕下的樣子。她又想，噢，我沒有資格去譬喻別人的人生是什麼形狀。好，輪到我了，三個湯圓，爺爺你請那邊，隨便坐。李老師說三是陽數，好數字，老師真博學。

人比想像中多，她前一晚對於嗟來食與羞恥的想像慢慢被人群沖淡。也不再譬喻，只是舀和打招呼。突然，前頭騷動起來，原來是有伯伯問可不可以多給兩個，舀鹹湯圓的小葵，他的臉像被冷風吹得石化，也或許是給這個問句吹的。怡婷聽見小葵答，這不是我能決定的啊。伯伯默默往下一個人移動，他的沉默像顆寶石襯在剛剛吵鬧的紅綢緞裡，顯得異常沉重，壓在他們身上。怡婷很害怕，她知道有備下多的湯圓，卻也不想顯得小葵是壞人。接下塑膠碗，沒法思考，遞回去的時候才發現多舀了一個，潛意識的錯誤。她回頭看見小葵在看她。

有個阿姨拿了塑膠袋來，要打包走，說回家吃。這個阿姨沒有剛剛那些叔叔阿姨身上颱風災區的味道。之前風災，坐車經過災區的時候她不知道是看還是不看，眼睛忘了，可是鼻子記得。對，這些叔叔阿姨正是豬隻趴在豬圈柵欄上，隨著黃濁的水漂流的味道。沒辦法再想下去了。這個阿姨有家，那麼不是街友。不能再想了。

又有阿姨問他們要衣服。小葵突然非常做得了主，他堅定地對阿姨說，阿姨，我們只有湯圓。只有湯圓。對，但我們可以多給妳幾個。阿姨露出呆鈍的表情，像是在計算湯圓或衣物能帶來的熱量而不能。呆鈍的表情掛在臉上，捧著兩大碗進去帳子了。帳子漸漸滿了，人臉被透過紅帆布射進來的陽光照得紅紅的，有一種嬌羞之意。

思琪好看，負責帶位子、收垃圾。怡婷喚思琪來頂她的位子，說一大早到下午都沒上廁所實在受不了。思琪說好，但是等等妳也幫我一下。

走過兩個街口，回到家，一樓的大廳天花板高得像天堂。進廁所之前瞥見李師母在罵晞晞，坐在背對廁所走廊的沙發上。她瞄了一眼，沙發前的寬茶几放了一碗湯圓，湯圓一個趴一個，高高突出了紅塑膠碗的水平線。她只聽到晞晞哭著說這一句：「有的不是流浪漢也來拿。」一下子尿意全亡佚了。在廁所裡照鏡子，扁平的五官上灑滿了雀斑，臉幾乎可以說是正方形的，思琪每次說看她不膩，她就會回，妳只是想吃東北大餅吧。大廳廁所的鏡沿是金色的巴洛克式雕花，她的身高，在鏡子裡，正好是一幅巴洛克時期的半身畫像。挺了半天挺不出個胸來，她才驚醒似洗了洗臉，被人看見多不好，一個小孩對鏡子裝模作樣，又根本生得不好。晞晞幾歲了？彷彿小她和思琪兩三歲。李老師那樣精彩的人——晞晞竟然！出廁所沒看見母女倆，碗也沒了。

沙發椅背後露出的換成了兩叢捲髮，一叢紅一叢灰，雲一樣不可捉摸。紅的應該是十樓的張阿姨，灰的不知道是誰。灰得有貴金屬之意。看不清楚是整個的灰色，還是白頭髮夾纏在黑頭髮裡。黑色和白色加起來等於灰色，她熱愛色彩的算數，也就是為什麼她鋼琴老彈不好。世界上愈是黑白分明的事情愈是要出錯的。

兩顆頭低下去，幾乎隱沒在沙發之山後面，突然聲音拔起來，像鷹出谷——老鷹得意地張嘴啼叫的時候，獵物從吻喙掉下去——什麼！那麼年輕的老婆他捨得打？張阿姨壓下聲音說：「所以說，都打在看不到的地方麼。」那妳怎麼知道的？他們家打掃阿姨是我介紹的嘛。所以說這些傭人的嘴啊，錢昇生不管一下嗎，媳婦才娶進來沒兩年。老錢只要公司沒事就好。怡婷聽不下去了，彷彿被打的是她。

含著眼皮，躡手躡腳，走回大街上。冷風像一個從不信中醫的人在遍嘗西醫療法而無效之後去給針灸了滿臉。她才想到伊紋姊姊還暖的天氣就穿著高領長袖。不能露出的不只是瘀青的皮膚，還有即將要瘀青的皮膚。劉怡婷覺得這一天她老了，被時間熬煮透了。

突然，思琪在街角跳進她的眼皮，劉怡婷妳不是說要幫我的嗎，等不到妳，我只好自己回來。怡婷說對不起，肚子痛，一面想這藉口多俗，問妳也是回來上廁所嗎。思琪的眼睛汪汪有淚，唇語說回來換衣服，不該穿新大衣的，氣象預報說今天冷，看他們穿成那樣，「我覺得我做了很壞的事情。」怡婷擁抱她，兩個人化在一起，她說，舊的妳也穿不下，不是妳的錯，「小孩子長得快嘛。」兩個人笑到潑出來，傾倒在對方身上。美妙的元宵節結束了。

錢昇生家有錢。八十幾歲了，臺灣經濟起飛時一起飛上去的。有錢的程度是即使在這棟大樓裡也有錢，是臺灣人都聽過他的名字。很晚才有了兒子，錢一維是劉怡婷和房思琪最喜歡在電梯裡遇見的大哥哥。喚哥哥是潛意識的心計，一方面顯示怡婷她們多想長大，一方面抬舉錢一維的容貌。怡婷她們私下給鄰居排名：李老師最高，深目蛾眉，狀如愁胡，既文既博，亦玄亦史；錢哥哥第二，難得有道地的美國東部腔好聽，又高，一把就可以抓下天空似的。有的人戴眼鏡，彷彿是用鏡片蒐集灰塵皮屑，有的人眼鏡的銀絲框卻像勾引人趴上去的柵欄。有的人長得高，只給妳一種揠苗助長之感，有的人就是風，是雨林。同齡的小孩進不去名單裡，妳要怎麼給讀幼獅文藝的人講普魯斯特呢？

錢一維一點也不哥哥，四十幾歲了。伊紋姊姊才二十幾歲，也是名門。許伊紋唸比較文學博士，學業被婚姻打斷，打死了。許伊紋鵝蛋臉，大眼睛長睫毛，眼睛大得有一種驚嚇之情，睫毛長得有一種沉重之意，鼻子高得像她在美國那一年除了美語也學會了美國人的鼻子，皮膚白得像童話故事，也像童話故事隱約透露著血色。她早在長大以前就常被問眼睛是怎麼化的妝，她也不好意思跟她們說那只是睫毛。怡婷有一天眼睛釘在思琪臉上，說：「妳長得好像伊紋姊姊，不，是伊紋姊姊像妳。」思琪只說拜託不要鬧了。下次在電梯裡，思琪仔細看了又看伊紋姊姊，第一次發現自己的長相。伊紋跟思琪都有一張犢羊的臉。

錢一維背景無可挑剔，外貌端到哪裡都賞心悅目，美國人的紳士派頭他有，美國人那種世界警察的自大沒有。可是許伊紋怕，這樣的人怎麼會四十幾歲還沒結婚。錢一維給她的解釋是以前接近我的女人都是要錢，這次索性找一個本來就有錢的，而且妳是我看過最美最善良的女人，種種種種，戀愛教戰守策的句子複製貼上。伊紋覺得這解釋太直觀，但也算合理。

錢一維說許伊紋美不勝收。伊紋很開心地說，你這成語錯得好詩意啊。心裡笑著想這比他說過的任何正確成語都來得正確。心裡的笑像滾水，不小心在臉上蒸散開來。一維著迷了，一個糾正你的文法的女人。伊紋光是坐在那兒就像便利商店一本四十九元的迷你言情小說封面，美得飄飄欲仙。她欲仙而仙我，她飄飄然而飄我。

那一天，又約在壽司店，伊紋身體小，胃口也小，吃壽司是一維唯一可以看見她一大口吃進一團食物的時光。上完最後一貫，師傅擦擦手離開板前。伊紋有一種奇異的預感，像是明知光吃會被嗆到卻還是夾一大片生薑來吃。不會吧。一維沒有跪下，他只是清淡淡說一句：「快一點跟我結婚吧。」伊紋收過無數告白，這是第一次收到求婚，如果籠統地把這個祈使句算成求的話。她理一理頭髮，好像就可以理清思緒。他們才約會兩個多月，如果籠統地把所有祈使句都計成約的話。伊紋說，「錢先生，這個我要再想一想。」伊紋發現自己笨到現在才意識到平時要預約的壽司店從頭到尾都只有他們兩個人。一維慢慢地從包裡拿出一個絲絨珠寶盒。伊紋突然前所未有地大聲，「不，一維，你不要拿那個給我看，否則我以後答應了你豈不會以為我考慮的是那個盒子而不是你本人？」出了口馬上發現說錯話，臉色像壽司師傅在板前用噴槍炙燒的大蝦。一維笑笑沒說話。既然妳以後會答應我。既然妳改口喊我名字。他收起盒子，伊紋的臉熟了就生不回去了。

真的覺得心動是那次他颱風天等她下課，要給她驚喜。出學校大門的時候看到瘦高的身影，逆著黑頭車的車頭燈，大傘在風中癲癇，車燈在雨中伸出兩道光之觸手，觸手裡有雨之蚊蚋狂歡。光之手摸索她、看破她。她跑過去，雨鞋在水窪裡踩出浪。真的很不好意思，我不知道你今天會來，早知道……我們學校很會淹水的。上車以後看見他的藍色西裝褲直到小腿肚都濕成靛色，皮鞋從拿鐵染成美式咖啡的顏色。很自然想到三世因緣裡藍橋會的故事——期而不來，遇水，抱梁柱而死。馬上告訴自己，「心動」是一個很重的詞。很快就訂婚了。

結婚之後許伊紋搬過來，老錢先生太太住頂樓，一維和伊紋就住下面一層。怡婷她們常常跑上去借書，伊紋姊姊有那麼多書。我肚子裡有更多喔，伊紋蹲下來跟她們說。老錢太太在客廳看電視，彷彿自言自語道：「肚子是拿來生孩子的，不是拿來裝書的。」電視那樣響，不知道她怎麼聽見的。怡婷看著伊紋姊姊的眼睛熄滅了。

伊紋常常唸書給她們，聽伊紋讀中文，怡婷感到啃鮮生菜的爽脆，一個字是一口，不曾有屑屑落在地上。也漸漸領會到伊紋姊姊唸給她們只是藉口，其實多半是唸給自己，遂上樓得更勤了。她們用一句話形容她們與伊紋的共謀：「青春作伴好還鄉。」她們是美麗、堅強、勇敢的伊紋姊姊的帆布，替她遮掩，也替她張揚，蓋住她的欲望，也服貼著讓欲望的形狀更加明顯。一維哥哥下班回家，抖擻了西裝外套，笑她們，又來找我老婆當褓母了。外套裡的襯衫和襯衫裡的人一樣，有新漿洗過的味道，那眼睛只是看著妳就像要承諾妳一座樂園。

好一陣子她們讀杜斯妥也夫斯基。照伊紋姊姊的命令，按年代來讀。讀到《卡拉馬助夫兄弟》，伊紋姊姊說，記得《罪與罰》的拉斯柯尼科夫和《白癡》裡的梅詩金公爵嗎？和這裡的斯麥爾加柯夫一樣，他們都有癲癇症，杜斯妥也夫斯基自己也有癲癇症。這是說，杜斯妥也夫斯基認為最接近基督理型的人，是因為某種因素而不能被社會化的自然人，也就是說，只有非社會人才算是人類喔。妳們明白非社會和反社會的不同吧？劉怡婷長大以後，仍然不明白伊紋姊姊當年怎麼願意告訴還是孩子的她們那麼多，怎麼會在她們同輩連九把刀或藤井樹都還沒開始看的時候就教她們杜斯妥也夫斯基。或許是補償作用？伊紋希望我們在她被折腰、進而折斷的地方銜接上去？

那一天，伊紋姊姊說樓下的李老師。李老師知道她們最近在讀杜斯妥也夫斯基，老師說，村上春樹很自大地說過，世界上沒有幾個人背得出卡拉馬助夫三兄弟的名字，老師下次看到妳們會考妳們喔。德米特里、伊萬、阿列克謝。怡婷心想，思琪為什麼沒有跟著唸？一維哥哥回來了。伊紋姊姊看著門，就像她可以看見鎖鑰咬嚙的聲音。伊紋姊姊對一維哥哥手上紙袋投過去的眼色，不只是寬恕的雨，還有質疑的光，那是說，那是我最喜歡的蛋糕，你媽媽叫我少吃的一種東西。一維哥哥看著伊紋姊姊笑了，一笑，像臉上投進一個石子，滿臉的漣漪。他說，這個嗎，這是給孩子們的。怡婷和思琪好開心，可是對於食物本能地顯得非常淡泊。不能像獸一樣。我們剛剛還在讀杜斯妥也夫斯基。德米特里、伊萬、阿列克謝。一維哥哥笑得更開了，「小女孩不吃陌生叔叔的食物，那我只好自己吃了。」

伊紋姊姊拿過袋子，說你不要鬧她們了。怡婷看得很清楚，在伊紋姊姊碰到一維哥哥的手的時候，伊紋姊姊一瞬間露出奇異的表情。她一直以為那是新娘子的嬌羞，跟她們對食物的冷漠同理，食，色，性也。後來她才知道那是一維在伊紋心裡放養了一隻名叫害怕的小獸，小獸在衝撞伊紋五官的柵欄。那是痛楚的蒙太奇。後來，升學，離家，她們聽說一維還打到伊紋姊姊流掉孩子。老錢太太最想要的男孩。德米特里、伊萬、阿列克謝。

那一天，他們圍在一起吃蛋糕，好像彼此生日還從未這樣開心，一維哥哥談工作，上市她們聽成上菜市場，股票幾點她們問現在幾點，人資她們開始背人之初、性本善……她們喜歡被當成大人，更喜歡當大人一陣子後變回小孩。一維哥哥突然說，思琪其實跟伊紋很像，妳看。的確像，眉眼、輪廓、神氣都像。在這個話題裡，怡婷掉隊了，眼前滿臉富麗堂皇的彷彿是一家人。怡婷很悲憤，她知道的比世界上任何一個小孩都來得多，但是她永遠不能得知一個自知貌美的女子走在路上低眉斂首的心情。

升學的季節到了，大部分的人都選擇留在家鄉。劉媽媽和房媽媽討論送怡婷和思琪去臺北，外宿，兩個人有個照應。怡婷她們在客廳看電視，大考之後發現電視前所未有地有趣。劉媽媽說，那天李老師說，他一個禮拜有半個禮拜在臺北，她們有事可以找他。怡婷看見思琪的背更駝了，像是媽媽的話壓在她身上。思琪用唇語問怡婷，妳會想去臺北嗎？不會不想，臺北有那麼多電影院。事情決定下來了。唯一到最後才決定的是要住劉家還是房家在臺北的房子。

行李很少，粉塵紛紜，在她們的小公寓小窗戶投進來的光之隧道裡遊走。

幾口紙箱躺著，比她們兩個人看上去更有鄉愁。內衣褲一件件掏出來，最多的還是書本。連陽光都像聾啞人的語言，健康的人連感到陌生都不敢承認。怡婷打破沉默，像她割開紙箱的姿勢一樣，說：「好險我們書是合看的，否則要兩倍重，課本就不能合看了。」思琪靜得像空氣，也像空氣一樣，走近了、逆著光，才看見裡面正搖滾、翻沸。

妳為什麼哭？怡婷，如果我告訴妳，我跟李老師在一起，妳會生氣嗎？什麼意思？就是妳聽見的那樣。什麼叫在一起？就是妳聽見的那樣。什麼時候開始的？忘記了。我們媽媽知道嗎？不知道。你們進展到哪裡了？該做的都做了，不該做的也做了。天啊，房思琪，有師母，還有晞晞，妳到底在幹嘛，妳好噁心，妳真噁心，離我遠一點！思琪釘著怡婷看，眼淚從小米孵成黃豆，突然崩潰、大哭起來，哭到有一種暴露之意。喔天啊，房思琪，妳明明知道我多崇拜老師，為什麼妳要把全部都拿走？對不起。妳對不起的不是我。對不起。老師跟我們差幾歲？三十七。天啊，妳真的好噁心，我沒辦法跟妳說話了。

開學頭一年，劉怡婷過得很糟。思琪常常不回家，回家了也是一個勁地哭。隔著牆，怡婷每個晚上都可以聽見思琪把臉埋在枕頭裡尖叫。棉絮洩漏、變得沉澱的尖叫。她們以前是思想上的雙胞胎。不是一個愛費茲傑羅，另一個拼圖似愛海明威，而是一起愛上費茲傑羅，而討厭海明威的理由一模一樣。不是一個人背書背窮了另一個接下去，而是一起忘記同一個段落。有時候下午李老師到公寓樓下接思琪，怡婷從窗簾隙縫望下看，計程車頂被照得黃油油地，焦灼她的臉頰。李老師頭已經禿了一塊，以前從未能看見。思琪的髮線筆直如馬路，彷彿在上面行駛，會通向人生最惡俗的真諦。每次思琪紙白的小腿縮進車裡，車門砰地夾起來，怡婷總有一種被甩巴掌的感覺。

你們要維持這樣到什麼時候？不知道。妳該不會想要他離婚吧？沒有。妳知道這不會永遠的吧？知道，他——他說，以後我會愛上別的男生，自然就會分開的，我——我很痛苦。我以為妳很爽。拜託不要那樣跟我說話，如果我死了，妳會難過嗎？妳要自殺嗎，妳要怎麼自殺，妳要跳樓嗎，可以不要在我家跳嗎？

她們以前是思想上的雙胞胎，精神的雙胞胎，靈魂的雙胞胎。以前伊紋姊姊說書，突然說好羨慕她們，她們馬上異口同聲說我們才羨慕姊姊和一維哥哥。伊紋姊姊說：戀愛啊，戀愛是不一樣的，柏拉圖說人求索他缺失的另一半，那就是說兩個人合在一起才是完整，可是合起來就變成一個了，妳們懂嗎？像妳們這樣，無論缺少或多出什麼都無所謂，因為有一個人與妳鏡像對稱，「只有永遠合不起來，才可以永遠作伴」。

那個夏天的晌午，房思琪已經三天沒上課也沒回家了。外面的蟲鳥鬧得真響。站在一棵巨大的榕樹底下，蟬鳴震得人的皮膚都要老了，卻看不見鳴聲上下，就好像是樹木自身在叫一樣。嗡——嗡嗡嗡嗡，嗡——嗡嗡嗡嗡。好一會劉怡婷才意識到是自己的手機。老師轉過頭，噢，誰的手機也在發情？她在課桌下掀開手機背蓋，不認識的號碼，切斷。嗡——嗡嗡嗡。該死，切斷。又打來了。老師倒端正起臉孔，說真有急事就接吧。老師，沒有急事。又打來了，喔抱歉，老師，我出去一下。

是陽明山什麼湖派出所打來的。搭計程車上山，心跟著山路蜿蜒，想像山跟聖誕樹是一樣的形狀，小時候跟房思琪踮起腳摘掉星星，假期過後最象徵性的一刻。思琪在山裡？派出所？怡婷覺得自己的心踮起腳來。下了車馬上有警察過來問她是不是劉怡婷小姐。是。「我們在山裡發現了妳的朋友。」怡婷心想，發現，多不祥的詞。警官又問，「她一直都是這樣嗎？」她怎樣了嗎？派出所好大一間，掃視一圈，沒有思琪——除非——除非——除非「那個」是她。思琪的長頭髮纏結成一條一條，蓋住半張臉，臉上處處是曬傷的皮屑，處處蚊蟲的痕跡，臉頰像吸奶一樣望內塌陷，腫脹的嘴唇全是血塊。她聞起來像小時候那次湯圓會，所有的街友體味的大鍋湯。天啊。為什麼要把她銬起來？警官很吃驚地看著她，「這不是很明顯嗎，同學。」怡婷蹲下來，撩起她半邊頭髮，她的脖子折斷似歪倒，瞪圓了眼睛，鼻涕和口水一齊滴下來，房思琪發出聲音了：「哈哈！」

醫生的診斷劉怡婷聽不清楚，但她知道意思是思琪瘋了。房媽媽說當然不可能養在家裡，也不可能待在高雄，大樓裡醫生就有幾個。也不能在臺北，資優班上好多父母是醫生。折衷了，送到臺中的療養院。怡婷看著臺灣，她們的小島，被對折，高雄臺北是峰，臺中是谷，而思琪墜落下去了。她靈魂的雙胞胎。

怡婷常常半夜驚跳起來，淚流滿面地等待隔牆悶哼的夜哭。房媽媽不回收思琪的東西，學期結束之後，怡婷終於打開隔壁思琪的房間，她摸思琪的陪睡娃娃，粉紅色的小綿羊，摸她們成雙的文具。摸學校制服上繡的學號，那感覺就像扶著古蹟的圍牆白日夢時突然摸到乾硬的口香糖，那感覺一定就像在流利的生命之演講裡突然忘記一個最簡單的詞。她知道一定有哪裡出錯了。從哪一刻開始失以毫釐，以至於如今差以千里。她們平行、肩並肩的人生，思琪在哪裡歪斜了。

劉怡婷枯萎在房間正中央，這個房間看起來跟自己的房間一模一樣。怡婷發現自己從今以後，活在世界上，將永遠像一個喪子的人逛遊樂園。哭了很久，突然看到粉紅色臉皮的日記，躺在書桌上，旁邊的鋼筆禮貌地脫了帽。一定是日記，從沒看過思琪筆跡那麼亂，一定是只給自己看的。已經被翻得軟爛，很難乾脆地翻頁。思琪會給過去的日記下註解，小房思琪的字像一個胖小孩的笑容，大房思琪的字像名嘴的嘴臉。現在的字註解在過去的日記旁邊，正文是藍字，註解是紅字。和她寫功課一樣。打開的一頁是思琪出走再被發現的幾天前，只有一行：今天又下雨了，天氣預報騙人。但她要找的不是這個，是那時候，思琪歪斜的那時候。乾脆從最前面讀起。結果就在第一頁。

藍字：「我必須寫下來，墨水會稀釋我的感覺，否則我會發瘋的。我下樓拿作文給李老師改。他掏出來，我被逼到塗在牆上。老師說了九個字：『不行的話，嘴巴可以吧。』我說了五個字：『不行，我不會。』他就塞進來。那感覺像溺水。可以說話之後，我對老師說：『對不起。』有一種功課做不好的感覺。雖然也不是我的功課。老師問我隔周還會再拿一篇作文來吧。我抬起頭，覺得自己看透天花板，可以看見樓上媽媽正在煲電話粥，粥裡的料滿滿是我的獎狀。我也知道，不知道怎麼回答大人的時候，最好說好。那天，我隔著老師的肩頭，看著天花板起伏像海哭。那一瞬間像穿破小時候的洋裝。他說：『這是老師愛妳的方式，妳懂嗎？』我心想，他搞錯了，我不是那種會把陰莖誤認成棒棒糖的小孩。我們都最崇拜老師。我們說長大了要找老師那樣的丈夫。我們玩笑開大了會說真希望老師就是丈夫。想了這幾天，我想出唯一的解決之道了，我不能只喜歡老師，我要愛上他。妳愛的人要對妳做什麼都可以，不是嗎？思想是一種多麼偉大的東西！我是從前的我的贗品。我要愛老師，否則我太痛苦了。」

紅字：「為什麼是我不會？為什麼不是我不要？為什麼不是你不可以？直到現在，我才知道這整起事件很可以化約成這第一幕：他硬插進來，而我為此道歉。」

怡婷讀著讀著，像一個小孩吃餅，碎口碎口地，再怎麼小心，掉在地上的餅乾還是永遠比嘴裡的多。終於看懂了。怡婷全身的毛孔都氣喘發作，隔著眼淚的薄膜茫然四顧，覺得好吵，才發現自己乾乾在鴉號，一聲聲號哭像狩獵時被射中的禽鳥一隻隻聲音纏繞著身體墜下來。甚且，根本沒有人會獵鴉。為什麼妳沒有告訴我？盯著日期看，那是五年前的秋天，那年，張阿姨的女兒終於結婚了，伊紋姊姊搬來沒多久，一維哥哥剛剛開始打她，今年她們高中畢業，那年她們十三歲。

故事必須重新講過。

第二章

失樂園

房思琪和劉怡婷從有記憶以來就是鄰居。七樓，跳下去，可能會死，可能成植物人，也可能只斷手斷腳，尷尬的樓層。活在還有明星學校和資優班的年代，她們從小唸資優班，不像鄰居的小孩能出國就出國。她們說：「我們一輩子要把中文講好就已經很難了。」她們很少在人前說心裡話。思琪知道，一個搪瓷娃娃小女孩賣弄聰明，只會讓容貌顯得張牙舞爪。而怡婷知道，一個醜小女孩耍小聰明，別人只覺得瘋癲。好險有彼此。否則她們都要被自己對世界的心得噎死了。讀波特萊爾而不是波特萊爾大遇險，第一次知道砒霜是因為包法利夫人而不是九品芝麻官，這是她們與其他小孩的不同。

李國華一家人搬進來的時候，上上下下，訪問個遍。一戶一盅佛跳牆，李師母一手抱著瓷甕，一手牽著晞晞，彷彿更害怕失去的是甕。房家一排書倦倦靠在牆上，李國華細細看過一本本書的臉皮，稱讚房先生房太太的品味。他說，在高中補習班教久了，只剩下進步了幾分，快了幾分鐘，都成教書匠了。房太太馬上謙遜而驕傲地說，書不是他們的，書是女兒的。李老師問，女兒多大了？那年她們十二歲，小學剛畢業。他說可這是大學生的書架啊。

女兒在哪裡？思琪那時不在，在怡婷家。過幾天訪劉家，劉家牆上也有一排書，李老師紅棕色的手指彈奏過書的背脊，手指有一種高亢之意，又稱讚了一套。那時也沒能介紹怡婷，怡婷剛好在思琪家。晞晞回家之後，站上床鋪，在房間牆上比畫了很久：「媽咪，也給我一個書架好不好？」

頂樓的錢哥哥要結婚了，大樓裡有來往的住戶都喜洋洋要參加婚禮。新娘聽說是十樓張阿姨介紹給錢哥哥的，張阿姨倒好，女兒終於結婚了，馬上就作起媒人。思琪去敲劉家的門，問好了沒有。應門的是怡婷，她穿著粉紅色澎澎洋裝，像是被裝進去的。思琪看著她，除了滑稽還感到一種慘痛。怡婷倒是為這衣裳煩擾已久終於頓悟的樣子，她說，我就跟媽咪說我不能穿洋裝啊，「我搶走新娘的風采怎麼辦呢。」思琪知道怡婷說笑話是不要她為她擔心，糾在一起的五臟終於鬆懈。

房家劉家同一桌。一維哥哥玉樹地站在紅地毯的末端，或者是前端？一維哥哥穿著燕尾服，整個人烏黑到有一種光明之意。西裝外套的劍領把裡面的白襯衫削成極尖的鉛筆頭形狀。她們不知道為什麼感覺到那燕尾很想要剪斷紅地毯。新娘子走進來了，那麼年輕，那麼美，她們兩個的文字遊戲紛紛下馬，字句如魚沉，修辭如雁落。就像一個都市小孩看見一隻蝴蝶，除了大喊「蝴蝶」，此外便沒有話可說。許伊紋就是這樣：蝴蝶！新娘子走過她們這一桌的時候，紅地毯兩側的吹泡泡機器吹出泡泡。她們彷彿可以看見整個高廣華蓋的宴會廳充滿著反映了新娘子的身影的泡泡。千千百百個伊紋撐開來印在泡泡上，扭曲的腰身像有人從後面推了她一把，千千百百個伊紋身上有彩虹的漣漪，慈愛地降在每一張圓桌上，破滅在每個人面前。一維哥哥看進去伊紋的眼睛，就像是想要溺死在裡面。交響樂大奏，掌聲如暴雨，閃光燈閃得像住在鑽石裡。她們後來才明白，她們著迷的其實是新娘子長得像思琪。那是她們對幸福生活的演習。

結婚當晚的洞房就是老錢先生太太下面一層。買一整層給倆人，兩戶打通。一維在洞房當晚才給伊紋看求婚時的絨布盒子，裝的是鑲了十二顆粉紅鑽的項鍊。一維說，我不懂珠寶，我就跑去毛毛那兒，說給我最好的粉紅鑽。

伊紋笑了，什麼時候的事？第一次見面，我看到妳包包裡東西都是粉紅色，就跑去找毛毛了。伊紋笑到合不攏嘴，你常常買鑽石給見面一次的女生嗎？從來沒有，只有妳。伊紋聲音裡都是笑，是嗎，我怎能確定呢？妳可以去問毛毛啊。伊紋笑到身體跌出衣服，毛毛毛毛，到底是哪裡的毛？一維的手沿著她的大腿摸上去。毛毛，不不，你壞壞。伊紋全身赤裸，只脖子戴著鑽鍊，在新家跑來跑去，鞠躬著看一維小時候的照片，插著腰說這裡要放什麼書，那裡要放什麼書，小小的乳房也認真地噘著嘴，滾到土耳其地毯上，伊紋攤開雙手，腋下的紋路比前胸更有裸露之意。伊斯蘭重複對稱的藍色花紋像是伸出藤蔓來，把她綁在上面。美不勝收。那幾個月是伊紋生命之河的金沙帶。

許伊紋搬進大樓的第一組客人是一雙小女生。婚禮過後沒有多久就來了。怡婷講的第一句話是：一維哥哥前陣子老是跟我們說他的女朋友比我們懂得更多。思琪笑疼了肚子，喔，劉怡婷，我們大不敬。伊紋馬上喜歡上她們。請進，兩位小女人。

一維哥哥跟伊紋姊姊的家，有整整一面的書牆，隔層做得很深，書推到最底，前面擺著琳瑯滿目的藝術品，從前在錢爺爺家就看過的。琉璃茶壺裡有葡萄、石榴、蘋果和蘋果葉的顏色，壺身也爬滿了水果，擋住了紀德全集。窄門，梵諦岡地窖，種種，只剩下頭一個字高出琉璃壺，橫行地看過去，就變成：窄，梵，田，安，人，偽，如，杜，日。很有一種躲藏的意味。也有一種呼救的感覺。

許伊紋說，妳們好，我是許伊紋，秋水伊人的伊，紋身的紋，叫我伊紋就好囉。思琪和怡婷在書和伊紋面前很放鬆，她們說：「叫我思琪就好囉」，「叫我怡婷就好囉。」三個人哈哈大笑。她倆很驚奇，她們覺得伊紋姊姊比婚禮那天看上去更美了。有一種人，像一幅好畫，先是讚嘆整體，接下來連油畫顏料提筆的波浪尖都可看，一輩子看不完。伊紋見她們一直在看書架，抱歉地說，沒辦法放太多書，要什麼她可以從娘家帶給她們。她們指著書架問，這樣不會很難拿書嗎？伊紋姊姊笑說，「真的打破什麼，我就賴給紀德。」三個人又笑了。

她們從女孩到青少女，往來借書聽書無數次，從沒有聽說伊紋姊姊打破過什麼東西。她們不知道，每一次把手擦拭乾淨，小心翼翼地拿下沉重的藝術品，小心拖鞋小心地毯，小心手汗小心指紋，是老錢太太罰伊紋的精緻苦刑。她的罪不但是讓老錢太太的兒子從一堵牆之隔變成一面天花板，更是因為老錢太太深處知道自己兒子配不上她。那時候伊紋姊姊還成天短袖短褲的。

結婚不到一年一維就開始打她。一維都七點準時下班，多半在晚上十點多接到應酬的電話，伊紋在旁邊聽，蘋果皮就削斷了。一維凌晨兩三點回家，她躺在床上，可以看見鎖和鑰互相咬合的樣子。憑著菸味酒味也知道他走近了，可也沒地方逃。隔天傍晚下班他還是涎著臉跟她求歡。新的瘀青是茄子紺或蝦紅色，舊的瘀青是狐狸或貂毛，老茶的顏色。洗澡的時候，伊紋把手貼在跟手一樣大的傷上面，新的拳腳打在舊的傷上，色彩斑斕得像熱帶魚。只有在淋浴間，哭聲才不會走出去，說閒話。晚上又要聽一維講電話。掛上電話，一維換衣服的時候，她站在更衣室門外，問他：「今天別去了，可以嗎？」一維打開門，發現她的眼睛忽明忽滅，親了她的臉頰就出門了。

伊紋婚禮當天早上彩排的時候看著工作人員滾開紅地毯，突然有一種要被不知名的長紅舌頭吞噬的想像。一生中最美的時刻。她後來才了解，說婚禮是一個女人一生中最美的時刻，意思不但是女人裡外的美要開始下坡，而且暗示女人要自動自發地把所有的性吸引力收到潘朵拉的盒子裡。她和一維的大雙人床，是她唯一可以盡情展演美貌的地方。一張床，她死去又活來的地方。最粗魯也不過是那次咬著牙說一句，「你不可以下午上我，半夜打我！」一維也只是笑笑摘下袖扣，笑開了，眼尾皺起來，一雙眼睛像一對向對方游去欲吻的魚。沒喝酒的一維是世界上最可愛的男人。

李國華李師母領著晞晞去拜訪一維伊紋。伊紋看見晞晞，馬上蹲下來，說，嗨，妳好。晞晞留著及臀的長髮，怎麼也不願意剪。她有媽媽的大眼睛和爸爸的高鼻樑，才十歲就堅持自己買衣服。也僅僅對衣服有所堅持。晞晞沒有回應伊紋，用手指繞著髮稍玩。伊紋泡好兩杯茶，倒了一杯果汁，說抱歉我先生出差去日本了，沒能好好招待你們。晞晞在椅子上轉來轉去，對客廳的陳設感到不耐煩，對文化不耐煩。

李國華開始大談客廳的擺飾。話語本能地在美女面前膨脹，像陽具一樣。二十多歲的女人也不是完全不可以。他伸出指頭指著書架上一座玉雕觀音，食指也興致勃勃的樣子。玉觀音一望即知原石是上好的，一點不濁，青翠有光。觀音右腳盤著，左腳盪下去，盪下去的腳翹著肥厚的拇指，拇指上有指甲的框。「啊，那個姿勢的觀音，就叫作隨意觀音，觀世音菩薩就是觀自在菩薩，觀是觀察，世是世間，音是音聲，就是一個善男子看見世間有情的意思。隨意，自在，如來，這些，妳讀文學的應該可以領會。有趣的是，東方喜歡成熟豐滿的形象，在西方就是童男童女，否則就是像耶穌一樣，一出生就已經長全了。」晞晞枯著脖子，吸了一口果汁，轉頭對爸媽惡聲說：「你們明知道我不喜歡柳橙汁。」伊紋知道晞晞的意思是她不喜歡聽這些。她驚醒一樣，去冰箱翻找，問那葡萄汁可以嗎？晞晞沒有回答。

李國華繼續掃視。好多西洋美術，不懂。不講，就沒人知道不懂。「啊，壁爐上小小的那幅，不會是真跡吧？八大山人的真跡我是第一次見到，妳看那雞的眼睛，八大山人畫眼睛都僅僅是一個圈裡一個點，世人要到了二十一世紀才明白，這比許多工筆畫都來得逼真，妳看現在蘇富比的拍賣價，所以我說觀察的本事嘛！妳們錢先生那麼忙，哎呀，要是我是這屋子的主人多好。」李國華看進去伊紋的眼睛，「我是美的東西都一定要擁有的。」李國華心想，才一杯，亢成這樣，不是因為茶。反正她安全，錢家是絕對不能惹的。而且幾年她就要三十了？晞晞突然口氣裡有螺絲釘：「葡萄汁也不喜歡。濃縮還原的果汁都不喜歡。」師母說：「噓！」伊紋開始感覺到太陽穴，開始期待傍晚思琪怡婷來找她了。

李國華一家走之後，伊紋感覺滿屋子的藝術品散發的不是年代的色香味而是拍賣場的古龍水。不喜歡李老師這人，不好討厭鄰居，只能說真希望能不喜歡這人。啊，聽起來多癡情，像電影裡的，我真希望能戒掉你。伊紋想想笑了，笑出聲來發現自己瘋瘋傻傻的。晞晞倒不只是不懂事，是連裝懂都懶，那麼好看的小女孩，長長的睫毛包圍大眼睛，頭髮比瀑布還漂亮。

手輕輕拂過去，搪瓷摸起來彷彿摸得到裡面的金屬底子，摸得牙齒發酸；琉璃摸起來像小時候磨鈍的金魚缸口；粗陶像剛出生皺皺的嬰孩。這些小玩意，無論是人型，是獸，是符號，或乾脆是神，都眼睜睜看她被打。就是觀世音也不幫她。真絲摸起來滑溜像早起的鼻涕，一維到現在還是過敏兒。玉器摸起來，就是一維。

不知道思琪怡婷，兩個那麼討厭被教訓的小女生竟會喜歡李老師。好端端的漂亮東西被他講成文化的舍利子。還是教書的人放不下？其實無知也很好。等等陪孩子們唸書。接著一維下班又要找我。

有一回李國華下了課回家，搶進電梯，有兩個穿國中制服的小女孩頸子抵在電梯裡的金扶手上，她們隨著漸開的金色電梯門斂起笑容。李國華把書包望後甩，屈著身體，說，「妳們誰是怡婷誰是思琪呢？」「你怎麼知道『我們』叫什麼名字？」怡婷先發問，急吼吼地。平時，因為上了國中，思琪常常收到早餐、飲料，她們本能地防備男性。可是眼前的人，年紀似乎已經過了需要守備的界線。兩人遂大膽起來。思琪說，「無論你在背後喊劉怡婷或房思琪，我都會回頭的。」李國華知道自己被判定是安全的，第一次感謝歲月。在她們臉上看見樓上兩位女主人面貌的痕跡，知道了答案。房思琪有一張初生小羊的臉。他直起身子，「我是剛剛搬來的李老師，就妳們樓下，剛好我教國文，需要書可以來借。」對。儘量輕描淡寫。一種晚明的文體。咳嗽。展示自己的老態。這大樓電梯怎麼這麼快。伸出手，她們頓了一頓，輪流跟他握手。她們臉上養著的笑意又醒過來，五官站在微笑的懸崖，再一步就要跌出聲來。出電梯門，李國華心想是不是走太遠了。他不碰有錢人家的小孩，因為麻煩。而且看看劉怡婷那張麻臉，她們說不定愛的是彼此。但是她們握手時的表情！光是她們的書架，就在宣告著想被當大人看待。軟得像母奶的手心。鵪鶉蛋的手心。詩眼的手心。也許走對了不一定。

周末她們就被領著來拜訪。換下制服裙，怡婷穿褲子而思琪穿裙子，很象徵性的打扮。進門換上拖鞋的一剎那思琪紅了臉，啊，我這雙鞋不穿襪子。在她蜷起腳趾頭的時候，李國華看見她的腳指甲透出粉紅色，光瀲瀲外亦有一種羞意。那不只是風景為廢墟羞慚，風景也為自己羞慚。房媽媽在後面說叫老師，她們齊聲喊了老師，老師兩個字裡沒有一點老師的意思。劉媽媽道歉，說她倆頑皮。李國華心想，頑皮這詞多美妙，沒有一個超過十四歲的人穿得進去。劉媽媽房媽媽走之前要她們別忘記說，請，謝謝，對不起。

她們倒很有耐心陪晞晞。晞晞才小她們兩歲，相較之下卻像文盲，又要強，念圖文書念得粗聲大氣，沒仔細聽還以為是電視機裡有小太監在宣聖旨。晞晞念得吃力，思琪正要跟她解釋一個字，她馬上拋下書，大喊：「爸爸是白癡！」而李國華只看見大開本故事書啪地夾起來的時候，夾出了風，掀開了思琪的瀏海。他知道小女生的瀏海比裙子還不能掀。那一瞬間，思琪的瀏海望上飛蒸，就好像她從高處掉下來。長脖頸托住蛋型臉，整個的臉露出來，額頭光飽飽地像一個小嬰兒的奶嗝。李國華覺得這一幕就好像故事書裡的小精靈理解他，幫他出這一口氣。她們帶著驚愕看向晞晞的背影，再轉向他。而他只希望自己此刻看起來不要比老更老。思琪她們很久之後才會明白，李老師是故意任晞晞笨的，因為他最清楚，識字多的人會做出什麼樣的事。

李老師軟音軟語對她們說，不然，我有諾貝爾文學獎全集？這一幕晞晞正好。諾貝爾也正好。扮演好一個期待女兒的愛的父親角色。一個偶爾洩漏出靈魂的教書匠，一個流浪到人生的中年還等不到理解的國文老師角色。一整面牆的原典標榜他的學問，一面課本標榜孤獨，一面小說等於靈魂。沒有一定要上過他的課。沒有一定要誰家的女兒。

李國華站在補習班的講臺上，面對一片髮旋的海洋。抄完筆記抬起臉的學生，就像是游泳的人在換氣。他在長長的黑板前來往，就像是在畫一幅中國傳統長長拖拉開來的橫幅山水畫。他住在他自己製造出來的風景裡。升學考試的壓力是多麼奇妙！生活中只有學校和補習班的一女中學生，把壓力揉碎了，化成情書，裝在香噴噴的粉色信封裡。其中有一些女孩是多麼醜！羞赧的紅潮如疹，粗手平伸，直到極限，如張弓待發，把手上的信封射給他。多麼醜，就算不用強來他也懶得。可是正是這些醜女孩，充實了他的祕密公寓裡那口裝學生情書的紙箱。被他帶去公寓的美麗女孩們都醉倒在粉色信封之海裡。她們再美也沒收過那麼多。有的看過紙箱便聽話許多。有的，即使不聽話，他也願意相信她們因此而甘心一些。

一個女孩從凌晨一點熬到兩點要贏過隔壁的同學，隔壁的同學又從兩點熬到三點要贏過她。一個醜女孩拚著要贏過幾萬考生，夜燈比正午太陽還熱烈，高壓之下，對無憂的學生生涯的鄉愁，對幸福藍圖的妄想，全都移情到李老師身上。她們在交換改考卷的空檔討論到他，說多虧李老師才愛上國文，不自覺這句話的本質是，多虧國文考試，李老師才有人愛。不自覺期待去補習的情緒中性的成份。不自覺她們的欲望其實是絕望。幸虧他的高鼻樑。幸虧他說笑話亦莊。幸虧他寫板書亦諧。要在一年十幾萬考生之中爭出頭的志願，一年十幾萬考生累加起來的志願，化作秀麗的筆跡刻在信紙上，秀麗之外，撇捺的尾巴顫慄著欲望。一整口的紙箱，那是多麼龐大的生之吶喊！那些女孩若有她們筆跡的一半美便足矣。他把如此龐大的欲望射進美麗的女孩裡面，把整個臺式升學主義的慘痛、殘酷與不仁射進去，把一個挑燈夜戰的夜晚的意志乘以一年三百六十五天，再乘以一個醜女孩要勝過的十幾萬人，通通射進美麗女孩的裡面。壯麗的高潮，史詩的誘姦。偉大的升學主義。

補習班的學生至少也十六歲，早已經跳下羅莉塔之島。房思琪才十二三，還在島上騎樹幹，被海浪舔個滿懷。他不碰有錢人家的小孩，天知道有錢人要對付他會多麻煩。一個搪瓷娃娃女孩，沒有人故意把她砸下地是決不會破的。跟她談一場戀愛也很好，這跟幫助學生考上第一志願不一樣，這才是真真實實地改變一個人的人生。這跟用買的又不一樣，一個女孩第一次見到陽具，為其醜陋的血筋啞笑，為自己竟容納得下其粗暴而狗哭，上半臉是哭而下半臉是笑，哭笑不得的表情。辛辛苦苦頂開她的膝蓋，還來不及看一眼小褲上的小蝴蝶結，停在肚臍眼下方的小蝴蝶，真的，只是為了那個哭笑不得的表情。求什麼？求不得的又是什麼？房思琪的書架就是她想要跳下羅莉塔之島卻被海給吐回沙灘的記錄簿。

羅莉塔之島，他問津問渡未果的神祕之島。奶與蜜的國度，奶是她的胸乳，蜜是她的體液。趁她還在島上的時候造訪她，右手食指中指呈人字，走進她的陰道。把她壓在諾貝爾獎全集上，壓到諾貝爾都為之震動。告訴她她是他混沌的中年一個瑩白的希望，先讓她粉碎在話語裡，國中男生還不懂的詞彙之海裡，讓她在話語裡感到長大，再讓她的靈魂欺騙她的身體。她，一個滿口難字生詞的國中生，把她的制服裙推到腰際，蝴蝶趕到腳踝，告訴她有他在後面推著，她的身體就可以趕上靈魂。樓上的鄰居，最危險的地方就是最安全的地方。一個搪瓷娃娃女孩。一個比處女還要處的女孩。他真想知道這個房思琪是怎麼哭笑不得，否則這一切就像他蒐羅了清朝妃子的步搖卻缺一支皇后的步搖一樣。

李國華第一次在電梯裡見到思琪，金色的電梯門框一開，就像一幅新裱好框的圖畫。講話的時候，思琪閒散地把太陽穴磕在鏡子上，也並不望鏡子研究自己的容貌，多麼坦蕩。鏡子裡她的臉頰是明黃色，像他蒐集的龍袍，只有帝王可以用的顏色，天生貴重的顏色。也或者是她還不知道美的毀滅性。就像她學號下隱約有粉紅色胸罩的邊沿，那邊沿是連一點蕾絲花都沒有，一件無知的青少女胸罩！連圓滑的鋼圈都沒有！白襪在她的白腳上都顯得白得庸俗。方求白時嫌雪黑。下一句忘記了，無所謂，反正不在教育部頒布的那幾十篇必讀裡。

那時候即將入秋，煞人的秋天。李國華一個禮拜有四天在南部，三天在臺北。一天，李國華和幾個同補習班、志同道合的老師上貓空小酌。山上人少，好說話。英文老師說：「如果我是陳水扁，就卸任之後再去財團當顧問，哪有人在任內貪的，有夠笨。」數學老師說：「海角七億哪有多少，但陳水扁光是為了一邊一國四個字，就應該被關四十年。」英文老師應：「一點政治人物的誠信都沒有，上任前四個不，快卸任就四個要，要這個要那個，我說這就是那句英文，不要讓老大哥不高興。」物理老師說：「我看報紙上好像有很多知識分子支持臺獨。」李老師說：「那是因為知識分子大都沒有常識。」四個人為自己的常識充分而笑了。英文老師說：「現在電視在演阿扁我就轉臺，除非有陳敏薰。」李老師笑了：「那麼老女人你也可以？我可不行，她長得太像我太太了。」一個漂亮的傳球。話題成功達陣。抵達他們興趣的中心。

英文老師問物理老師：「你還是那個想當歌星的？幾年了？太厲害了，維持這麼久，這樣跟回家找老婆有什麼不一樣。」其他兩個人笑了。物理老師無限慈祥地笑了，口吻像在說自己的女兒：「她說唱歌太難，現在在當模特兒。」會出現在電視裡嗎？物理老師摘下眼鏡，擦拭鼻墊上的油汗，眼神茫然，顯得很謙遜，他說：「拍過一支廣告。」其他三個人簡直要鼓掌，稱許物理老師的勇氣。李老師問：「你就不怕別人覬覦？」物理老師似乎要永久地擦眼鏡下去，沒有回答。數學老師開口了：「我已經上過三個儀隊隊長了，再一個就大滿貫了。」乾杯。為阿扁七億元的監獄餐乾杯。為只有知識而沒有常識的臺獨分子乾杯。為所有在健康教育的課堂勤抄筆記卻沒有一點性常識的少女乾杯。為他們插進了聯考的巨大空虛乾杯。

英文老師說：「我就是來者不拒，我不懂你們在堅持什麼，你們比她們自己還矜持。」李老師說：「你這叫玩家，玩久了發現最醜的女人也有最浪最風情的一面，我沒有那個愛心。」又羞澀地看著杯底，補了一句：「而且我喜歡談戀愛的遊戲。」英文老師問：「可是你心裡沒有愛又要演，不是很累嗎？」

李國華在思考。數了幾個女生，他發現姦汙一個崇拜你的小女生是讓她離不開他最快的途徑。而且她愈黏甩了她愈痛。他喜歡在一個女生面前練習對未來下一個女生的甜言蜜語，這種永生感很美，而且有一種環保的感覺。甩出去的時候給他的離心力更美，像電影裡女主角捧著攝影機在雪地裡旋轉的一幕，女主角的臉大大堵在鏡頭前，背景變成風景，一個四方的小院子被拖拉成高速鐵路直條條涮過去的窗景，空間硬生生被拉成時間，血肉模糊地。真美。很難向英文老師解釋，他太有愛心了。英文老師不會明白李國華第一次聽說有女生自殺時那歌舞昇平的感覺。心裡頭清平調的海嘯。對一個男人最高的恭維就是為他自殺。他懶得想為了他和因為他之間的差別。

數學老師問李老師：「你還是那個臺北的高二生嗎？還是高三？」李老師嘴巴沒有，可是鼻孔嘆了氣：「有點疲乏了，可是你知道，新學年還沒開始，沒有新的學生，我只好繼續。」物理老師不知道什麼時候戴上的眼鏡，突然抬高音量，自言自語似地：「那天我是和我太太一起在看電視，她也不早點跟我講廣告要播了。」其他人的手掌如落葉紛紛，拍打他的肩膀。乾杯。敬臺海兩岸如師生戀般語焉不詳的抒情傳統。敬從電視機跳進客廳的第三者。

敬從小旅館出來回到家還能開著燈跟老婆行房的先生。敬開學。英文老師同時對物理老師和李老師說：「我看你們比她們還貞節，我不懂為什麼一定要等新一批學生進來。」

外頭的纜車索斜斜劃破雲層，纜車很遠，顯得很小，靠近他們的窗子的纜車車箱子徐徐上爬，另一邊的緩緩下降。像一串稀鬆的佛珠被撥數的樣子。李國華心裡突然播起清平調。雲想衣裳花想容。臺灣的樹木要入秋了還是忒繁榮。看著雲朵竟想到房思琪。可是想到的不是衣裳。是頭一次拜訪時，她說：「媽媽不讓我喝咖啡，可是我會泡。」這句話想想也很有深意。思琪伸長了手拿櫥櫃頂端的磨豆機，上衣和下裳之間露出好一大截坦白的腰腹。細白得像綠格子作文紙上先跳過待寫的一個生詞，在交卷之後才想起終究是忘記寫，那麼大一截空白，改卷子的老師也不知道學生原本想說的是什麼。終於拿到了之後，思琪的上衣如舞臺布幕降下來，她沒有抬頭看他一眼，可是磨咖啡豆的臉紅紅的。後來再去拜訪，磨豆機就在流理臺上，無須伸手。可是她伸手去拿磨豆機時的臉比上次更紅了。

最終讓李國華決心走這一步的是房思琪的自尊心。一個如此精緻的小孩是不會說出去的，因為這太髒了。自尊心往往是一根傷人傷己的針，但是在這裡，自尊心會縫起她的嘴。李國華現在只缺少一個縝密的計畫。房爸爸房媽媽聽說老出差。也許最困難的是那個劉怡婷。把連體嬰切開的時候，重要的臟器只有一副，不知道該派給誰。現在只希望她自珍自重到連劉怡婷也不告訴。結果，李國華的計畫還沒醞釀好，就有人整瓶給他送來了。

十樓的張太太在世界上最擔心的就是女兒的婚事。女兒剛過三十五歲，三十五了也沒有穩定的對象，生日蛋糕上的蠟燭也懨懨的。張太太本姓李，跟張先生學生時期一起吃過好些苦，後來張先生發跡了，她自己有一種糟糠的心情。張先生其實始終如一，剛畢業時都把湯裡的料撈起來給張太太吃，那時張太太還是李小姐，現在張太太是張太太了，張先生出去應酬還是把好吃的包回家給太太。酒友笑張先生老派，張先生也只是笑笑說，「給千水吃才對得起你們請我吃這麼好的菜啊。」張先生對女兒的戀愛倒不急，雖然女兒遺傳了媽媽不揚的容貌，也遺傳到媽媽的自卑癖。張先生看女兒，覺得很可愛。

從前一維遲遲沒結婚，老錢先生喝多了，也常常大聲對張先生說，不如就你家張小姐吧。張太太一面雙手舉杯說哪裡配得上，一面回家就對張先生說：「錢一維打跑幾個女朋友我不是不知道，今天就是窮死也不讓婉如嫁過去。」張婉如在旁邊聽見了，也並不覺得媽媽在維護她，只隱約覺得悲慘。在電梯裡遇見錢一維，那沉默的空氣可以扼死人。錢一維倒很自在，像是從未聽說彼此的老父老母開他倆玩笑，更像是完完全全把這當成玩笑。婉如更氣了。

張婉如過三十五歲生日前一陣子，張媽媽的表情就像世界末日在倒數。張媽媽上菜，湯是美白的薏仁山藥湯，肉炒的是消水腫的毛豆，甜點是補血氣的紫米。婉如只是舉到眼前咕嘟咕嘟灌，厚眼鏡片被熱湯翳上陰雲，看不清楚是生氣還是悲傷。或者什麼都沒有。

婉如生日過沒多久，就對家人宣布在新加坡出差時交上了男朋友。男朋友是華僑，每次講中文的時候都讓思琪她們想起辛香料和豬籠草的味道。長得也辛香，高眉骨深眼窩，劃下去的人中和翹起來的上唇。怎麼算都算好看。而且和婉如姊姊一樣會唸書，是她之前在美國唸碩士時的學長。聽說聘金有一整個木盒，還是美鈔。又會說話，男朋友說：我和婉如都學財經，婉如是無價的，這只是我的心意。思琪她們不知道婉如姊姊的新郎的名字，只喚他作男朋友。後來有十幾年，劉怡婷都聽見張太太在講，你不要看我們婉如安安靜靜的，真的要說還是她挑人，不是別人挑她。也常常講起那口木盒打開來綠油油比草地還綠。

婉如結婚搬去新加坡以後，張太太逢人就講為晚輩擔心婚事而婚事竟成的快感。很快地把伊紋介紹給一維。

一回，張太太在電梯遇到李國華，劈頭就講，李老師，真可惜你沒看見我們婉如，你不要看她安安靜靜的，喜歡她的男人哪一個不是一流。又壓低聲音說：「以前老錢還一直要我把婉如嫁給一維哩。」是嗎？李國華馬上浮現伊紋的模樣，她在流理臺時趿著拖鞋，腳後跟皮肉捏起來貼著骨頭的那地方粉紅粉紅的，小腿肚上有蚊子的叮痕，也粉紅紅的。為什麼不呢？我家婉如要強，一維適合聽話的女人，伊紋還一天到晚幫鄰居當褓母呢。誰家小孩？不就是劉先生房先生他們女兒嗎，七樓的。李國華一聽，前所未有地感到自己腹股間的騷動如此靈光。張太太繼續講，我就不懂小孩子讀文學要幹什麼，啊李老師你也不像風花雪月的人，像我們婉如和她丈夫都是唸商，我說唸商才有用嘛。李國華什麼也沒聽見，只是望進張太太的闊嘴，深深點頭。那點頭全是心有旁騖的人所特有的乖順。那眼神是一個人要向心中最汙潦的感性告白時，在他人面前所特有的清澈眼神。

思琪她們一下課就回伊紋家。伊紋早已備好鹹點甜點和果汁，雖說是備好，她們到的時候點心還總是熱的。最近她們著迷的是記錄中國文化大革命的作品，伊紋今天給她們看張藝謀導的《活著》。視聽室的大螢幕如聖旨滾開，垂下來，投影機嗡嗡作響。為了表示莊重，也並不像前幾次看電影，給她們爆米花。三個人窩在皮沙發裡，小牛皮沙發軟得像陽光。伊紋先說了，可不要只旁觀他人之痛苦，好嗎？她們兩個說好，背離開了沙發背，坐直了。電影沒演幾幕，演到福貴給人從賭場揹回家，伊紋低聲向她們說，我爺爺小時候也是給人家揹上學的，其他小孩子都走路，他覺得丟臉，「每次都跑給揹他的那人追。」然後三個人都不說話了。

福貴的太太家珍說道：「我什麼都不圖，圖的就跟你過個安生日子。」思琪她們斜眼發現伊紋姊姊用袖口擦眼淚。她們同時想道：秋天遲到了，天氣還那麼熱，才吹電風扇，為什麼伊紋姊姊要穿高領長袖？又被電影裡的皮影戲拉回去。不用轉過去，她們也知道伊紋姊姊還在哭。一串門鈴聲捅破電影裡的皮影戲布幕，再捅破垂下來的大螢幕。伊紋沒聽見。生活裡有電影，電影裡有戲劇。生活裡也有戲劇。思琪怡婷不敢轉過去告訴伊紋。第三串門鈴聲落下來的時候，伊紋像被「鈴」字擊中，才驚醒，按了按臉頰就匆匆跑出視聽室。臨走不忘跟她們說，不用等我，我看過好多遍了。伊紋姊姊的兩個眼睛各帶有一條垂直的淚痕濕濕爬下臉頰，在黑暗中影映著電影的光彩，像遊樂園賣的加了色素的棒棒糖，淚痕插進伊紋姊姊霓虹的眼睛裡。

又演了一幕，思琪她們的心思已經難以留在電影上，但也不好在人家家裡議論她。兩個人眼睛看著螢幕，感到全新的呆鈍。那是聰明的人在遇到解不開的事情時自覺加倍的呆鈍。美麗、堅強、勇敢的伊紋姊姊。突然，門被打開了，外頭的黃色燈光投進漆黑的視聽室，兩個人馬上看出來人是李老師。李老師揹著一身的光，只看得見他的頭髮邊沿和衣服的毛絮被燈光照成鉑色的輪廓，還有脅下金沙的電風扇風，他的面目被埋在陰影裡看不清楚，像伊斯蘭教壁畫裡一個不可以有面目的大天使。輪廓茸茸走過來。伊紋姊姊很快也走進來，蹲在她們面前，眼淚已經乾了，五官被投影機照得五顏六色、亮堂堂的。伊紋姊姊說，老師來看妳們。

李國華說，剛好手上有多的參考書，就想到妳們，妳們不比別人，現在給妳們寫高中參考書還嫌晚了，只希望妳們不嫌棄。思琪怡婷馬上說不會。覺得李老師把她們從她們的女神就在旁邊形象崩潰，所帶來的驚愕之中拯救出來。她們同時產生很自私的想法。第一次看見伊紋姊姊哭，那比伊紋在她們面前排泄還自我褻瀆。眼淚流下來，就像是伊紋臉上拉開了拉鍊，讓她們看見金玉裡的敗絮。是李老師在世界的邪惡面整個掏吐出來、沿著縫隙裡外翻面之際，把她們撈上來。伊紋哭，跟她們同學迷戀的偶像吸毒是一樣的。她們這時又要當小孩。

李國華說，我有一個想法，妳們一人一周交一篇作文給我好不好？當然是說我在高雄的時間。思琪她們馬上答應了。明天就開始。那我隔周改好之後，一起檢討好不好？當然我不會收妳們鐘點費，我一個鐘點也是好幾萬的。伊紋意識到這是個笑話，跟著笑了，但笑容中有一種迷路的表情。題目就……最近我給學生寫誠實，就誠實吧。約好了喔，妳們不會想要寫我的夢想我的志願那種題目吧，愈是我的題目，學生寫起來愈不像自己。她們想，老師真幽默。伊紋的笑容收起來了，但是迷路的神色擱淺在眉眼上。

伊紋不喜歡李國華這人，不喜歡他整個砸破她和思琪怡婷的時光。而且伊紋一開始以為他老盯著她看，是跟其他男人一樣，小資階級去問無菜單料理店的菜單，那種看看也好的貪饞。但是她總覺得怪怪的，李國華的眼睛裡有一種研究的意味。很久以後，伊紋才會知道，李國華想要在她臉上預習思琪將來的表情。妳們要乖乖交喔，我對女兒都沒有這麼大方。她們心想，老師真幽默，老師真好。後來劉怡婷一直沒有辦法把《活著》看完。

思琪她們每周各交一篇作文給李國華。沒有幾次，李國華就笑說四個人在一起都是閒聊，很難認真檢討，不如一天思琪來他家，一天怡婷，在她們放學而他補習班還沒開始上課的空檔。伊紋在旁邊聽了也只是漠然，總不好跟鄰居搶另一個鄰居。這樣一來，一周就少了兩天見到她們，餵傷痕累累的她以精神食糧的，她可愛的小女人們。

思琪是這樣寫誠實的：「我為數不多的美德之一就是誠實，享受誠實，也享受誠實之後帶給我，對生命不可告人的親密與自滿。誠實的真意就是：只要向媽媽坦承，打破了花瓶也可以驕傲。」怡婷寫：「誠實是一封見不得人的情書，壓藏在枕頭下面，卻無意識露出一個信封的直角，像是在引誘人把它抽出來偷看。」房思琪果然是太有自尊心了。李國華的紅墨水筆高興得忘記動搖，停在作文紙上，留下一顆大紅漬。劉怡婷寫得也很好。她們兩個人分別寫的作文簡直像換句話說。但是那不重要。

就是有那麼一天，思琪覺得老師講解的樣子特別快樂，話題從作文移到餐廳上，手也自然地隨著話題的移動移到她手上。她馬上紅了臉，忍住要不紅，遂加倍紅了。藍筆顫抖著跌到桌下，她趴下去撿，抬起頭來看見書房的黃光照得老師的笑油油的。她看老師搓著手，鵝金色的動作，她心裡直怕，因為她可以想像自己被流螢似的燈光撲在身上會是什麼樣子。從來沒把老師當成男性。從不知道老師把她當成女性。老師開口了：妳拿我剛剛講的那本書下來。思琪第一次發現老師的聲音跟顏楷一樣筋肉分明，捺在她身上。

她伸手踮腳去拿，李國華馬上起身，走到她後面，用身體、雙手和書牆包圍她。他的手從書架高處滑下來，打落她停在書脊上的手，滑行著圈住她的腰，突然束緊，她沒有一點空隙寸斷在他身上，頭頂可以感覺他的鼻息濕濕的像外面的天空，也可以感覺到他下身也有心臟在搏動。他有若無其事的口氣：「聽怡婷說妳們很喜歡我啊。」因為太近了，所以怡婷這句話的原意全兩樣了。

一個撕開她的衣服比撕開她本人更痛的小女孩。啊，筍的大腿，冰花的屁股，只為了換洗不為了取悅的、素面的小內褲，內褲上停在肚臍正下方的小蝴蝶。這一切都白得跟紙一樣，等待他塗鴉。思琪的嘴在蠕動：不要，不要，不要，不要。她跟怡婷遇到困難時的唇語信號。在他看來就是：婊，婊，婊，婊。他把她轉過來，掬起她的臉，說：「不行的話，嘴巴可以吧。」他臉上掛著被殺價而招架無力後，搬出了最低價的店小二委屈表情。思琪出聲說：「不行，我不會。」掏出來，在她的犢羊臉為眼前血筋曝露的東西害怕得張大了五官的一瞬間，插進去。暖紅如洞房的口腔，串珠門簾般刺刺的小牙齒。她欲嘔的時候喉嚨擰起來，他的聲音噴發出來，啊，我的老天爺啊。劉怡婷後來會在思琪的日記裡讀到：「我的老天爺，多不自然的一句話，像是從英文硬生生翻過來的。像他硬生生把我翻面。」

隔周思琪還是下樓。她看見書桌上根本沒有上周繳的作文和紅藍筆。她的心跟桌面一樣荒涼。他正在洗澡，她把自己端在沙發上。聽他淋浴，那聲音像壞掉的電視機。他把她折斷了扛在肩膀上。捻開她制服上衣一顆顆鈕釦，像生日時吹滅一支支蠟燭，他只想許願卻沒有願望，而她整個人熄滅了。制服衣裙踢到床下。她看著衣裳的表情，就好像被踢下去的是她。他的鬍渣磨紅、磨腫了她的皮膚，他一面說：「我是獅子，要在自己的領土留下痕跡。」她馬上想著一定要寫下來，他說話怎麼那麼俗。不是她愛慕文字，不想想別的，實在太痛苦了。

她腦中開始自動生產譬喻句子。眼睛漸漸習慣了窗簾別起來的臥室，窗簾縫隙漏進些些微光。隔著他，她看著天花板像溪舟上下起伏。那一瞬間像穿破了小時候的洋裝。想看進他的眼睛，像試圖立在行駛中的火車，兩節車廂連接處，那蠕動腸道寫生一樣，不可能。枝狀水晶燈圍成圓形，怎麼數都數不清有幾支，繞個沒完。他繞個沒完。生命繞個沒完。他趴在她身上狗嚎的時候，她確確實實感覺到心裡有什麼被他捅死了。在她能夠知道那個什麼是什麼之前就被捅死了。他撐著手，看著她靜靜地讓眼淚流到枕頭上，她濕濕的羊臉像新浴過的樣子。

李國華躺在床上，心裡貓舔一樣輕輕地想，她連哭都沒有哭出聲，被人姦了還不出聲，賤人。小小的小小的賤人。思琪走近她的衣服，蹲下來，臉埋在衣裙裡。哭了兩分鐘，頭也沒有回過去，咬牙切齒地說：「不要看我穿衣服。」李國華把頭枕在手上，射精後的倦怠之曠野竟有欲望的芽。不看，也看得到她紅蘋果皮的嘴唇，蘋果肉的乳，杏仁乳頭，無花果的小穴。中醫裡健脾、潤腸、開胃的無花果。為他的蒐藏品下修年代的一個無花果。一個覺得處女膜比斷手斷腳還難復原的小女孩，放逐他的欲望，釣在桿上引誘他的欲望走得更遠的無花果。她的無花果通向禁忌的深處。她就是無花果。她就是禁忌。

她的背影就像是在說她聽不懂他的語言一樣，就像她看著濕黏的內褲要不認識了一樣。她穿好衣服，抱著自己，釘在地上不動。

李國華對著天花板說：「這是老師愛妳的方式，妳懂嗎？妳不要生我的氣，妳是讀過書的人，應該知道美麗是不屬於它自己的。妳那麼美，但總也不可能屬於全部的人，那只好屬於我了。妳知道嗎？妳是我的。妳喜歡老師，老師喜歡妳，我們沒有做不對的事情。這是兩個互相喜歡的人能做的最極致的事情，妳不可以生我的氣。妳不知道我花了多大的勇氣才走到這一步。第一次見到妳我就知道妳是我命中注定的小天使。妳知道我讀妳的作文，妳說：『在愛裡，我時常看見天堂。這個天堂有涮著白金色鬃毛的馬匹成對地親吻，一點點的土腥氣蒸上來。』我從不背學生的作文，但是剛剛我真的在妳身上嘗到了天堂。一面拿著紅筆我一面看見妳咬著筆桿寫下這句話的樣子。妳為什麼就不離開我的腦子呢？妳可以責備我走太遠。妳可以責備我做太過。但是妳能責備我的愛嗎？妳能責備自己的美嗎？更何況，再過幾天就是教師節了，妳是全世界最好的教師節禮物。」

她聽不聽得進去無所謂，李國華覺得自己講得很好。平時講課的效果出來了。他知道她下禮拜還是會到。下下個禮拜亦然。

思琪當天晚上在離家不遠的大馬路上醒了過來。正下著滂沱大雨，她的制服衣裙濕透，薄布料緊抱身體，長頭髮服了臉頰。站在馬路中央，車頭燈來回笞杖她。可是她不知道自己什麼時候出的門，去了哪裡，又做了些什麼。她以為她從李老師那兒出來就回了家。或者說，李老師從她那兒出來。那是房思琪第一次失去片段記憶。

那天放學思琪她們又回伊紋一維家聽書。伊紋姊姊最近老是懨懨的，色香味俱全的馬奎斯被她唸得五蘊俱散。一個段落了，伊紋跟他們講排泄排遺在馬奎斯作品的象徵意義。伊紋說：所以說，屎在馬奎斯的作品裡，常常可以象徵生活中每天都要面對的荒蕪感，也就是說，排泄排遺讓角色從生活中的荒蕪見識到生命的荒蕪。怡婷突然說：我現在每天都好期待去李老師家。那彷彿是說在伊紋這裡只是路過，彷彿是五天伊紋沾一天李老師的光。怡婷一出口馬上知道說了不該說的話。但伊紋姊姊只說，是嗎？繼續講馬奎斯作品裡的尿與屎，可是口氣與方才全兩樣了，伊紋姊姊現在聽上去就像她也身處在馬奎斯的作品裡便秘蹲廁所一樣。思琪也像便秘一樣脹紅了臉。怡婷的無知真是殘酷的。可也不能怪她。沒有人騎在她身上打她。沒有人騎在她身上而比打她更令她難受。她們那時候已經知道了伊紋姊姊的長袖是什麼意思。思琪討厭怡婷那種為了要安慰而對伊紋姊姊加倍親熱的神色，討厭她完好如初。

思琪她們走之後，許伊紋把自己關在廁所，扭開水龍頭，臉埋在掌心裡直哭。連孩子們都可憐我。水龍頭嘩啦嘩啦響，哭了很久，伊紋看見指縫間洩漏進來的燈光把婚戒照得一閃一閃的。像一維笑咪咪的眼睛。

喜歡一維笑咪咪。喜歡一維看到粉紅色的東西就買給她，從粉紅色的鉛筆到粉紅色的跑車。喜歡在視聽室看電影的時候一維抱著家庭號的冰淇淋就吃起來，用手拍了拍自己的肩窩說這是妳的座位。喜歡一維一款上衣買七種顏色。喜歡一維用五種語言說我愛妳。喜歡一維跟空氣跳華爾滋。喜歡一維閉上眼睛摸她的臉說要把她背起來。喜歡一維抬起頭問她一個國字怎麼寫，再把她在空中比劃的手指拿過去含在嘴裡。喜歡一維快樂。喜歡一維。可是，一維把她打得多慘啊！

每天思琪洗澡都把手指伸進下身。痛。那麼窄的地方，不知道他怎麼進去的。有一天，她又把手伸進去的時候，頓悟到自己在幹什麼：不只是他戳破我的童年，我也可以戳破自己的童年。不只是他要，我也可以要。如果我先把自己丟棄了，那他就不能再丟棄一次。反正我們原來就說愛老師，妳愛的人要對妳做什麼都可以，不是嗎？

什麼是真的？什麼又是假的？說不定真與假不是相對，說不定世界上存在絕對的假。她被捅破、被插爛、被刺殺。但老師說愛她，如果她也愛老師，那就是愛。做愛。美美地做一場永夜的愛。她記得她有另一種未來，但是此刻的她是從前的她的贗品。沒有本來真品的一個贗品。憤怒的五言絕句可以永遠擴寫下去，成為上了千字還停不下來的哀艷古詩。老師關門之際把食指放在嘴唇上，說：「噓，這是我們的祕密喔。」她現在還感覺到那食指在她的身體裡既像一個搖桿也像馬達。遙控她，宰制她，快樂地咬下她的宿痣。邪惡是如此平庸，而平庸是如此容易。愛老師不難。

人生不能重來，這句話的意思，當然不是把握當下。老師的痣浮在那裡，頭髮染了就可以永遠黑下去，人生不能重來的意思是，早在她還不是贗品的時候就已經是贗品了。她用絨毛娃娃和怡婷打架，圍著躺在濕棉花上的綠豆跳長高舞，把鋼琴當成兇惡的鋼琴老師，怡婷恨恨地捶打低音的一端，而她捶打出高音，在轉骨的中藥湯裡看彼此的倒影，幻想湯裡有獨角獸角和鳳凰尾羽，人生無法重來的意思是這一切都只是為了日後能更快學會在不弄痛老師的情況下幫他搖出來。意思是人只能一活，卻可以常死。這些天，她的思緒瘋狂追獵她，而她此刻像一隻小動物在畋獵中被樹枝拉住，逃殺中終於可以鬆懈，有個藉口不再求生。大徹大悟。大喜大悲。思琪在浴室快樂地笑出聲音，笑著笑著，笑出眼淚，遂哭起來了。

還不到慣常的作文日，李國華就去按房家的門鈴。思琪正趴在桌上吃點心，房媽媽把李國華引進客廳的時候，思琪抬起頭，眼睛裡沒有眼神，只是盯著他看。他說，過道的小油畫真美，想必是思琪畫的。他給思琪有沒有時間帶思琪去？反正我是沒緣了，我家晞晞不會想去。房媽媽說，那剛好，不如老師你幫我們帶思琪去吧，我們夫妻這兩天忙。李國華裝出考慮的樣子，然後用非常大方的口氣答應了。房媽媽唸思琪，還不說謝謝，還不去換衣服？思琪異常字正腔圓地說了：謝謝。

剛剛在飯桌上，思琪用麵包塗奶油的口氣對媽媽說：「我們的家教好像什麼都有，就是沒有性教育。」媽媽詫異地看著她，回答：「什麼性教育？性教育是給那些需要性的人。所謂教育不就是這樣嗎？」思琪一時間明白了，在這個故事中父母將永遠缺席，他們曠課了，卻自以為是還沒開學。

拿了老師的書就回房間。鎖上房間門，背抵在門上，暴風一樣翻頁，在書末處發現了一張剪報。她的專注和人生都凝聚在這一張紙上，直見性命。剪的是一個小人像，大概是報紙影劇版剪下來的。一個黑長頭髮的漂亮女生。思琪發現自己無聲在笑。劉墉的書，夾著影劇版的女生。這人比我想的還要滑稽。

後來怡婷會在日記裡讀到：「如果不是劉墉和影劇版，或許我會甘願一點。比如說，他可以用闊面大嘴的字，寫阿伯拉寫給哀綠綺思的那句話：你把我的安全毀滅了，你破壞了我哲學的勇氣。我討厭的是他連俗都懶得掩飾，討厭的是他跟國中男生沒有兩樣，討厭他以為我跟其他國中女生沒有兩樣。劉墉和剪報本是不能收服我的。可惜來不及了。我已經髒了。髒有髒的快樂。要去想乾淨就太苦了。」

思琪埋在衣櫃裡千頭萬緒，可不能穿太漂亮了，總得留些給未來。又想，未來？她跪在一群小洋裝間，覺得自己是柔波上一座島。出門的時候房媽媽告訴思琪，老師在轉角路口的便利商店等她。也沒叮囑她不要太晚回家。出了大樓才發現外面下著大雨，走到路口一定濕透了。算了。愈走，衣裙愈重，腳在鞋子裡，像趿著造糟了的紙船。像撥開珠簾那樣試著撥開雨線，看見路口停著一臺計程車，車頂有無數的雨滴濺開成琉璃皿。坐進後座的時候，先把腳伸在外面，鞋子裡竟倒出兩抔水。李國華倒是身上沒有一點雨跡安坐在那裡。

老師看上去是很喜歡她的模樣的意思，微笑起來的皺紋也像馬路上的水窪。李國華說：「記得我跟妳們講過的中國人物畫歷史吧，妳現在是曹衣帶水，我就是吳帶當風。」思琪快樂地說：「我們隔了一個朝代啊。」他突然趴上前座的椅背，說「妳看，彩虹」。而思琪望前看，只看到年輕的計程車司機透過後視鏡看了他們一眼，眼神像鈍鈍的刀。他們之間的距離就像他們眼中各自的風景一樣遙遠。計程車直駛進小旅館裡。

李國華躺在床上，頭枕在雙手上。思琪早已穿好衣服，坐在地上玩旅館地毯的長毛，順過去摸是藍色的，逆過來摸是黃色的，那麼美的地毯，承載多少猥褻的記憶！她心疼地哭了。他說：「我只是想找個有靈性的女生說說話。」她的鼻孔笑了：「自欺欺人。」他又說：「或許想寫文章的孩子都該來場畸戀。」她又笑了：「藉口。」他說：「當然要藉口，不藉口，妳和我這些，就活不下去了不是嗎？」李國華心想，他喜歡她的羞惡之心，喜歡她身上沖不掉的倫理，如果這故事拍成電影，有個旁白，旁白會明白地講出，她的羞恥心，正是他不知羞恥的快樂的淵藪。射進她幽深的教養裡。用力揉她的羞恥心，揉成害羞的形狀。

隔天思琪還是拿一篇作文下樓。後來李國華常常上樓邀思琪看展覽。

怡婷很喜歡每周的作文日。單獨跟李老師待在一起，聽他講文學人物的掌故，怡婷都有一種面對著滿漢全席，無下箸處的感覺。因為不想要獨享老師的時間被打擾，根據同理心，怡婷也從未在思琪的作文日敲老師家的門。

唯一打攪的一次，是房媽媽無論如何都要她送潤喉的飲料下去給老師。天知道李國華需要潤滑的是哪裡。

老師應門的神色比平時還要溫柔，臉上播報著一種歌舞昇平的氣象。思琪趴在桌上，猛地抬起頭，定定地看著怡婷。怡婷馬上注意到桌上沒有紙筆。思琪有一種悲壯之色，無風的室內頭髮也毛糟糟的。李國華看了看思琪，又轉頭看了看怡婷，笑笑說：「思琪有什麼事想告訴怡婷嗎？」思琪咬定顫抖的嘴唇，最後只用唇語對怡婷說：我沒事。怡婷用唇語回：沒事就好，我以為妳生病了，小笨蛋。李國華讀不出她們的唇語，但是他對自己所做的事在思琪身上發酵的屈辱感有信心。

三個人圍著桌坐下來，李國華笑笑說，妳一來我都忘記我們剛剛講到哪裡了。他轉過去，用慈祥的眼神看思琪。思琪說，我也忘了。三個人的聊天泛泛的。思琪心想，如果我長大了，開始化妝，在外頭走一天，腮紅下若有似無的浮油一定就是像現在這樣的談話，泛泛的。長大？化妝？思想伸出手就無力地垂下來。她有時候會懷疑自己前年教師節那時候就已經死了。思琪坐在李老師對面，他們之間的地板有一種心照不宣的快樂彷彿要破地萌出，她得用腳踩緊地面才行。

怡婷說道：孔子和四科十哲也是同志之家啊。李老師回她：我可不能在課堂上這樣講，一定會有家長投訴。怡婷不甘心地繼續說：一整個柏拉圖學園也是同志之家啊。思琪？聽他們歡天喜地地說話，她突然發現滿城遍地都是幸福，可是沒有一個屬於她。思琪？喔！對不起，我沒聽見你們說什麼。思琪感覺臉都鏽了，只有眼睛在發燒。李國華也看出來了，找了個藉口溫柔地把怡婷趕出去。

房思琪的快樂是老師把她的身體壓榨出高音的快樂。快樂是老師喜歡看她在床上浪她就浪的快樂。佛說非非想之天，而她在非非愛之天，她的快樂是一個不是不愛的天堂。她不是不愛，當然也不是恨，也決不是冷漠，她只是討厭極了這一切。他給她什麼，是為了再把它拿走。他拿走什麼，是為了高情慷慨地還給她。一想到老師，房思琪便想到太陽和星星其實是一樣的東西，她便快樂不已，痛苦不堪。李國華鎖了門之後回來吮她的嘴：妳不是老問我愛不愛妳嗎？房思琪拔出嘴以後，把鐵湯匙拿起來含，那味道像有一夜她睡糊了整紙自己的鉛筆稿，兩年來沒人看沒人改她還是寫的作文。

他剝了她的衣服，一面頂撞，一面說：問啊！問我是不是愛妳啊！問啊！完了，李國華躺下來，悠哉地閉上眼睛。思琪不知道什麼時候又穿好了衣服，像是自言自語說道：「以前伊紋姊姊給我們唸百年孤寂，我只記得這句——如果他開始敲門，他就要一直敲下去。」李國華應道：「我已經開門了。」思琪說：「我知道。我在說自己。」李國華腦海浮現伊紋的音容，心裡前所未有地平靜，一點波瀾沒有。許伊紋美則美矣，他心裡想，可自己從沒有這麼短時間裡兩次，還是年紀小的好。

一次怡婷的作文課結束，老師才剛出門，怡婷就上樓敲房家的門。思琪開的門，沒有人在旁邊，可是她們還是用她們的唇語。怡婷說：我發現老師就是好看在目如愁胡。什麼？目如愁胡。聽不懂。哀愁的愁，胡人的胡。思琪沒接話。妳不覺得嗎？我聽不懂。怡婷撕了筆記本寫給思琪看：目如愁胡。

「深目蛾眉，狀如愁胡，你們還沒教到這邊嗎？」怡婷盯著思琪看，眼中有勝利者的大度。「還沒。」「老師好看在那一雙哀愁的胡人眼睛，真的。你們可能下禮拜就教到了吧。」「可能吧，下禮拜。」

思琪她們整個國中生涯都有作文日陪著。作文日是枯燥、不停繞圈子的讀書生活裡的一面旗幟。對於怡婷來說，作文日是一個禮拜光輝燦爛的開始。對思琪而言，作文日是長長的白晝裡一再闖進來的一個濃稠的黑夜。

剛過立秋，有一天，怡婷又在李國華那裡，思琪跑來找伊紋姊姊。伊紋姊姊應門的眼睛汪汪有淚，像是摸黑行路久了，突然被陽光刺穿眼皮。伊紋看起來好意外，是寂寞慣的人突然需要講話，卻被語言落在後頭的樣子，那麼幼稚，那麼脆弱。第一次看見伊紋姊姊臉上有傷。思琪不知道，那是給一維的婚戒刮的。她們美麗、堅強、勇敢的伊紋姊姊。

兩個人坐在客廳，一大一小，那麼美，那麼相像，像從俄羅斯娃娃裡掏出另一個娃娃。伊紋打破沉默，皺出酒窩笑說，今天我們來偷喝咖啡好不好？思琪回：「我不知道姊姊家裡有咖啡。」伊紋的酒窩出現一種老態：「媽媽不讓我喝，琪琪親愛的，妳連我家裡有什麼沒有什麼都一清二楚，這下我要害怕了喔。」第一次聽見伊紋姊姊用疊字喚她。思琪不知道伊紋想喚醒的是她或者自己的年輕。

伊紋姊姊開粉紅色跑車載思琪，把敞篷降下來，從車上招呼著拂過去的空氣清新得不像是這城市的空氣。思琪發現她永遠無法獨自一人去發掘這個世界的優雅之處。國一的教師節以後她從未長大。李國華壓在她身上，不要她長大。而且她對生命的上進心，對活著的熱情，對存在原本圓睜的大眼睛，或無論叫它什麼，被人從下面伸進她的身體，整個地捏爆了。不是虛無主義，不是道家的無，也不是佛教的無，是數學上的無。零分。伊紋在紅燈的時候看見思琪臉上被風吹成橫的淚痕。伊紋心想，啊，就像是我躺在床上流眼淚的樣子。

伊紋姊姊開口了，聲音裡滿是風沙，沙不是沙塵砂石，在伊紋姊姊，沙就是金礦金沙。妳要講嗎？忍住沒有再喚她琪琪，她剛剛那樣叫思琪的時候就意識到是不是母性在作祟。沉默了兩個綠燈、兩個紅燈，思琪說話了，「姊姊，對不起，我沒有辦法講。」一整個積極的、建設的、怪手砂石車的城市圍觀她們。伊紋說：「不要對不起。該對不起的是我。我沒有好到讓妳感覺可以無話不談。」思琪哭得更兇了，眼淚重到連風也吹不橫，她突然惡聲起來：「姊姊妳自己也從未跟我們說過妳的心事！」一瞬間，伊紋姊姊的臉悲傷得像露出棉花的布娃娃，她說：「我懂了。的確有些事是沒辦法講的。」思琪繼續罵：「姊姊妳的臉怎麼會受傷！」伊紋慢慢地、一個字一個字地說：「跌倒了。說來說去，還是我自己太蠢。」思琪很震驚，她知道伊紋正在告訴她真相。伊紋姊姊掀開譬喻的衣服，露出譬喻醜陋的裸體。她知道伊紋知道她一聽就會明白。臉上的刮傷就像是一種更深邃的淚痕。思琪覺得自己做了非常糟糕的事情。

思琪一面拗著自己的手指一面小聲說話，剛剛好飄進伊紋姊姊的耳朵之後就會被風吹散的音量，她說，姊姊，對不起。伊紋用一隻手維持方向盤，眼睛盯著前方，一隻手撫摸她的頭髮，不用找也知道她的頭的位置。伊紋說：「我們都不要說對不起了，該說對不起的不是我們。」車子停在商店街前面，以地價來看，每一間商店的臉都大得豪奢。跑車安全帶把她們綁在座位上，如此安全，安全到心死。思琪說：「姊姊，我不知道決定要愛上一個人竟可以這麼容易。」伊紋看著她，望進去她的眼睛，就像是望進一缸可鑑的靜水，她解開安全帶，抱住思琪，說：「我以前也不知道。我可憐的琪琪。」她們是一大一小的俄羅斯娃娃，她們都知道，如果一直剖開、掏下去，掏出最裡面、最小的俄羅斯娃娃，會看見娃娃只有小指大，因為它太小，而畫筆太粗，面目遂畫得草率，哭泣般面目模糊了。

她們進去的不是咖啡廳，而是珠寶店。瞇起眼睛四顧，滿屋子亮晶晶的寶石就像是四壁的櫥窗裡都住著小精靈在眨眼睛。假手假脖子也有一種童話之意。一個老太太坐在櫥窗後面，穿著洋紅色的針織洋裝，這種讓人說不清也記不得的顏色和質料，像是在說：我什麼都可以，我什麼都不是。洋紅色太太看見伊紋姊姊，馬上摘下眼鏡，放下手邊的寶石和放大鏡，對伊紋說，錢太太來了啊，我上去叫毛毛下來。遂上樓了，動作之快，思琪連樓梯在哪裡都看不出來。思琪發現老太太也沒有先把桌上的寶石收起來。伊紋姊姊低聲跟思琪說：

這是我們的祕密基地，這裡有一臺跟妳一樣大的冰滴咖啡機器喔。

一個藍色的身影出現，一個帶著全框眼鏡的圓臉男人，不知道為什麼讓人一眼就感覺他的白皮膚是牙膏而非星沙的白，藍針織衫是電腦螢幕而不是海洋的藍。他上唇之上和下唇之下各蓄著小小一撮鬍子，那圓規方矩的鬍子有一種半遮嘴唇的意味。思琪看見伊紋姊姊把臉轉過去看向他的時候，那鬍子出現了一片在等待人躺上去的草皮的表情。毛毛先生整個人浴在寶石小精靈的眼光之雨中，他全身上下都在說：我什麼都會，我什麼都可以，我什麼都不是。那是早已停止長大的房思琪第一次也是最後一次看對一個人。

國中結束的暑假前，思琪她們一齊去考了地方一女中和臺北的一女中，專考語文資優班。兩人兩頭都上榜了。房媽媽劉媽媽都說有對方女兒就不會擔心自己女兒離家在外。李國華只是聚餐的時候輕描淡寫兩句：我忙歸忙，在臺北的時候幫忙照看一下還是可以的。李老師的風度氣派給房媽媽劉媽媽餵了定心丸。思琪在聚餐的圓桌上也並不變臉，只是默默把壽司下不能食用的雲紋紙吃下去。

整個升高中前的暑假，李老師都好心帶思琪去看展覽。有一次，約在離她們的大樓甚遠的咖啡廳。看展的前一天，李國華還在臺北，思琪就先去咖啡廳呆坐著。坐了很久，她才想到這倒像是她在猴急。像一個男人等情人不到，乾脆自己點一瓶酒喝起來，女人到之前，酒早已喝完，只好再叫一瓶，女人到了之後，也無從解釋臉紅心跳從哪裡來。就要急。

思琪的小圓桌突然印上一個小小的小小的黑影子，影子緩緩朝她的咖啡杯移動。原來是右手邊的落地窗外沾著一隻蒼蠅，被陽光照進來。影子是愛心形狀，想是蠅一左一右張著翅膀。桌巾上的碎花圖案整齊得像秧苗。影子彷彿遊戲一樣穿梭在花間，一路游到她的咖啡盤，再有點痛苦似地扭曲著跳進咖啡裡，她用湯匙牽起一些奶泡哄弄那影子，那影子竟乖乖停住不動。她馬上想到李國華一面摟著她，一面講給她聽，講漢成帝稱趙飛燕的胸乳是溫柔鄉。那時候她只是心裡反駁：說的是趙飛燕的妹妹趙合德吧？不知道自己更想反駁的是他的手爪。思琪呆呆地想，老師追求的是故鄉，一個只聽不說、略顯粗蠢、他自己也不願承認為其粗蠢感到安心的，家鄉？影子不知道什麼時候游出她的咖啡杯，很快地游向她，就從桌沿跳下去了。她反射地夾了一下大腿。她穿的黑裙子，怎麼樣也再找不到那影子。望窗上一看，那蠅早已經飛走了。

她小心翼翼地從包裡拿出日記本，要記下她和蒼蠅這短壽的羅曼史。眼光一抬起來，就看到對面遠處的座位有一個男人趴在地上撿東西，因為胖，所以一趴下去，格子襯衫就捲起來爬在上身，暴露一圈肉，驚訝的是男人褲頭上露出的內褲竟然鑲著一圈中國紅的蕾絲！她緩緩把眼神移開，沒有一點笑意。沒有笑，因為她心中充滿了對愛情恍惚的期待，就算不是不愛的愛，愛之中總有一種原宥世間的性質。自尊早已捨棄，如果再不為自己留情，她就真活不下去了。提起筆的時候竟瞄到不知什麼時候那蠅又停在右手邊的窗上，彷彿天荒地老就醬在那兒。她內心感謝起來，也慶喜自己還記得怎麼感謝。後來怡婷在日記裡讀到這一段，思琪寫了：「無論是哪一種愛，他最殘暴的愛，我最無知的愛，愛總有一種寬待愛以外的人的性質。雖然我再也吃不下眼前的馬卡龍——『少女的酥胸』——我已經知道，聯想，象徵，隱喻，是世界上最危險的東西。」

隔天，在小旅館裡，思琪穿好了衣服，第一次沒有枯萎在地上，而是站著，弓著腰，低下去看床單上的漬。思琪說：「那是誰的？」「那是妳。」「那是我？」「是妳。」「我嗎？」不可思議地看著床單。「是老師吧？」「是妳。」思琪知道李國華在裝乖，他連胸前的毛都有得色。他把枕在頭下的手抽出來，跟她一起摸摸那水痕。摸了一陣子，他抓住她的手，得意突然羼入淒涼，他說：「我跟妳在一起，好像喜怒哀樂都沒有名字。」房思琪快樂地笑了，胡蘭成的句子。她問他：「胡蘭成和張愛玲。老師還要跟誰比呢？魯迅和許廣平？沈從文和張兆和？阿伯拉和哀綠綺思？海德格和漢娜鄂蘭？」他只是笑笑說：「妳漏了蔡元培和周峻。」思琪的聲音燙起來，我不認為，確切說是我不希望，我不希望老師追求的是這個。是這個嗎？李國華沒有回答。過了很久，思琪早已坐下地，以為李國華又睡著了。他才突然說，我在愛情，是懷才不遇。思琪心想，是嗎？

二十年前，李國華三十多歲，已經結婚了有十年。那時他在高雄的補習班一炮而紅，班班客滿。

那年的重考班，有一個女生很愛在下課時間問問題。不用仔細看，也可以看出她很美。每次下課，她都偎到講臺邊，小小的手捧著厚厚的參考書，用軟軟的聲音，右手食指指著書，說，老師，這題，這題為什麼是A？她的手指細白得像發育未全。李國華第一次就有一種想要折斷它的感覺。他被這念頭嚇了一跳，自己喃喃在心裡念：溫良恭儉讓，溫良恭儉讓。像念佛。那個女學生笑說：大家都叫我餅乾，我姓王，老師可以叫我餅乾王。他差點就要說出口：我更想叫妳糖果。叫妳糖蔥。叫妳蜂蜜。溫良恭儉讓。餅乾的問題總是很笨，也因為笨所以問題更多。桃花跟他的名氣和財富來得一樣快，他偶爾會有錯覺，名利是教書的附加價值，粉紅色情書才是目的。銅錢是臭的，情書是香的。

不需要什麼自我批鬥，這一步很容易跨出去。跟有沒有太太完全無關。學生愛他，總不好浪費資源，這地球上的真感情也不是太多。他那天只是涼涼問一句，「下課了老師帶妳去一個地方好不好？」像電視臺重播了一百次的美國電影裡壞人騙公園小孩的一句話。最俗的話往往是真理。餅乾說好，笑出了小虎牙。

他前兩天就查過不是太遠的一間小旅館。那時候查勘，心裡也不冰冷，也並不發燙，只覺得萬事萬物都得其所。他想到的第一個譬喻，是唐以來的山水遊記，總是說什麼丘在東邊十幾步，什麼林在西北邊十幾步，什麼穴在南邊幾十步，什麼泉在穴的裡面。像是形容追求的過程，更像是描寫小女生的私處。真美。小旅館在巷子口，巷子在路的右邊，房間窗外有樹，樹上有葉子，而陽具在內褲裡。那麼美的東西，不拿是糟蹋了。

在小旅館門口，餅乾還是笑咪咪地問：「老師，我們要幹嘛？」只有在進房間以後，他拉上窗簾，微弱的燈光像菸蒂，餅乾的虎牙才開始顫抖，說話的人稱也變了：「老師，你要幹嘛？」還能幹嘛呢？脫光自己所有的衣服。在餅乾看來只是一瞬間的事。餅乾開始哭，不要，不要，我有男朋友了。妳有男朋友幹嘛說喜歡老師呢？不是喜歡男朋友的那種喜歡。妳有男朋友幹嘛一直找老師呢？把她推到床上。不要，不要。妳為什麼陪老師來這種地方？妳這樣老師一定會誤會啊！不要。制服撕破會出事，脫她的內褲就好，他佩服自己思路清晰。溫良恭儉讓。不要！不要！他甩她一巴掌，扔粉筆回黑板溝的手勢，令女學生著迷的手勢。餅乾不說話了，她知道他是認真的，她知道他今天非完成這事不可，像教學進度一樣。內褲是桃紅色，點點圖案的，他一看，心想，該死，有男朋友了。但願她還是處女。他從不知道女生力氣可以這麼大。只好用力揍她的眼睛。還有鼻子。還有嘴巴。血流出來了，一定是嘴唇內側被可愛的小虎牙劃的。還不張開，只好冒著留下瘀青的風險，再揍，一下，兩下，三下。三是陽數，代表多數。溫良恭儉讓。餅乾的雙手去按鼻子的時候，她的雙腿鬆懈了。他驚喜地發現，當他看到嘴唇上的血，跟看到大腿內側的血是一樣開心。

兩百個人一堂的補習班，總是男生在教室的左半邊，而女生在右半邊。他發現整整有半個世界為他打開雙腿。他過去過的是多無知的日子啊！以前在高中教書，熬那麼久才鍊出一面師鐸獎。學生時期他也沒打過架。打架惹同學又惹老師，不划算。初戀長跑幾年就結婚了，他才知道太太鬆弛的陰道是多狹隘，而小女學生們逼仄的小穴是多麼遼闊！溫良恭儉讓。

餅乾有兩個禮拜沒來上課，他倒很澹泊，講臺前等著問問題還要排隊呢。就算裡面有一半是男生，把隊伍對折，還有那麼長。他現在只怕他的人生太短了。第三個禮拜，餅乾在補習班樓下等他，她說：老師，你帶我去那個地方好不好？李國華看見餅乾，馬上想到，那天，她內褲給撕破了，想是沒有穿內褲走回去的，想見那風景，腹股起了一陣神聖的騷動。

餅乾的男朋友是青梅竹馬，餅乾家在賣意麵，男朋友家在隔壁賣板條。那天，她回家，馬上獻身給男朋友。以前的界線是胸罩，一下子飛越，男朋友只是笨拙地驚喜。看到餅乾的眼睛有淚，才問出事情經過。餅乾的男朋友抽菸，三根菸的時間，他就決定跟餅乾分手。餅乾哭得比在小旅館裡還厲害，問為什麼？男朋友把第四根菸丟在地上，才抽了四分之一。菸是餅乾男朋友唯一的奢侈品。「我幹嘛跟髒掉的餅乾在一起？」餅乾求他留下。「所以妳剛剛才給我！髒死了，幹。」餅乾跟地上的菸一起皺起來、矮下去、慢慢熄滅了。

餅乾沒有人喜歡了。如果老師願意喜歡餅乾，餅乾就有人喜歡了。老師要餅乾做什麼都可以。餅乾和老師在一起了。那麼年輕，那麼美的女孩勾著他的脖子，那比被金剛鑽鍊勾著脖子還神氣。那時候他開始努力掙錢，在臺北高雄都買了祕密小公寓。一年以後，新學年，他又從隊伍裡挑了一個女生，比餅乾還漂亮。餅乾哭著求他不要分手，她還在馬路邊睡了一夜。

從此二十多年，李國華發現世界有的是漂亮的女生擁護他，愛戴他。他發現社會對性的禁忌感太方便了，強暴一個女生，全世界都覺得是她自己的錯，連她都覺得是自己的錯。罪惡感又會把她趕回他身邊。罪惡感是古老而血統純正的牧羊犬。一個個小女生是在學會走穩之前就被逼著跑起來的犢羊。那他是什麼？他是最受歡迎又最歡迎的懸崖。要眼睛大的就有像隨時在瞋瞪的女孩。要胸部小的就有擁有小男孩胸部的女孩。要瘦的就有小腸生病的女孩。要叫起來慢的甚至就有口吃的女孩。豐饒是豐饒，可是李國華再也沒有第一次撕破餅乾的那種悸動。人們或許會籠統地稱為初戀的一種感覺。後來一次是十幾年後晞晞出生，第一次喊他爸爸。再後來又是十年，正是被鑲在金門框裡，有一張初生小羊臉的房思琪。

房媽媽劉媽媽思琪怡婷北上看宿舍，看了便猶疑著是不是要外宿。後來也是因為李老師雲淡風輕說一句：我在臺北會照顧她們。媽媽們決定她們住在劉家在臺北的其中一間房子裡，離學校走路只要十五分鐘。

思琪她們在暑假期間南來北往探視親戚、採購生活用品。思琪在家一面整理行李，一面用一種天真的口吻對媽媽說：「聽說學校有個同學跟老師在一起。」「誰？」「不認識。」「這麼小年紀就這麼騷。」思琪不說話了。她一瞬間決定從此一輩子不說話了。她臉上掛著天真的表情把桌上的點心叉爛，媽媽背過去的時候把渣子倒進皮扶手椅的隙縫裡。後來老師向她要她的照片，她把抽屜裡一直擺著的全家福拿出來，爸爸在右邊，媽媽在左邊，她一個人矮小的，穿著白地繡藍花的細肩綁帶洋裝，被夾在中間，帶著她的年紀在相機前應有的尷尬笑容。把爸爸媽媽剪掉了，拿了細窄油滑的相紙條子便給老師。她的窄肩膀上左右各留著一隻柔軟的大手掌，剪不掉。

思琪她們兩個人搭高鐵也並不陌生，本能地不要對任何事露出陌生之色。李國華不知道為什麼那麼精明，總抓得到零碎的時間約思琪出來一會。反正他再久也不會多久。反正在李國華的眼裡，一個大大的臺灣，最多的不是咖啡廳，也不是便利商店，而是小旅館。思琪有一次很快樂地對他說，「老師，你這樣南征北討我，我的身體對床六親不認了。」她當然不是因為認床所以睡不好，她睡不好，因為每一個晚上她都夢到一隻陽具在她眼前，插進她的下體，在夢裡她總以為夢以外的現實有人正在用東西堵她的身子。後來上了高中，她甚至害怕睡著，每天半夜酗咖啡。從十三歲到十八歲，五年，兩千個晚上，一模一樣的夢。

有一次思琪她們又北上，車廂裡隔著走道的座位是一對母女，女兒似乎只有三四歲。她們也看不準小孩子的年齡。小女孩一直開開關關卡通圖案的水壺蓋子，一打開，她就大聲對媽媽說：我愛妳！一關起來，她就更大聲對媽媽說：我不愛妳！不停吵鬧，用小手摑媽媽的臉，不時有人回過頭張望。思琪看著看著，竟然流下了眼淚。她多麼嫉妒能大聲說出來的愛。愛情會參養它自己，都是愛情讓人貪心。我愛他！怡婷用手指沾了思琪的臉頰，對著指頭上露水般的眼淚說：「這個叫作鄉愁嗎？」思琪的聲音像一盤冷掉的菜餚，她說：「怡婷，我早已不是我自己了，那是我對自己的鄉愁。」

如果她只是生他的氣就好了。如果她只是生自己的氣，甚至更好。憂鬱是鏡子，憤怒是窗。可是她要活下去，她不能不喜歡自己，也就是說，她不能不喜歡老師。如果是十分強暴還不會這樣難。

一直到很後來，劉怡婷在厚厚的原文書劃上馬路邊紅線般的螢光記號，或是心儀的男孩第一次把嘴撞到她嘴上，或是奶奶過世時她大聲跟師傅唱著心經，她總是想到思琪，療養院裡連大小便都不能自理的思琪，她的思琪。做什麼事情她都想到思琪，想到思琪沒有辦法經歷這些，這惡俗的連續劇這諾貝爾獎得主的新書，這超迷你的平板這超巨型的手機，這塑膠味的珍珠奶茶這報紙味道的鬆餅。每一分每一秒她都想到思琪，當那男孩把嘴從嘴上移到她的乳上的時候，當百貨公司從七折下到五折的時候，出太陽的日子，下雨的日子，她都想著思琪。想著自己坐享她靈魂的雙胞胎注定要永遠錯過的這一切。她永遠在想思琪，事過境遷很久以後，她終於明白思琪那時候是什麼意思，這一切，這世界，是房思琪素未謀面的故鄉。

上臺北定下來前幾天，伊紋姊姊請思琪無論如何在整理行李的空檔撥出一天給她。這次伊紋沒有打開車頂敞篷。升高中那年的夏天遲遲不肯讓座給秋，早上就熱得像中午。思琪想到這裡，想到自己，發現自己不僅僅是早上就熱得像中午，而是早上就燙得像夜晚。那年教師節，是從房思琪人生的所有黑夜中舀出最黑的一個夜。想到這裡也發現自己無時不刻在想老師。既非想念亦非思考，就是橫在腦子裡。

整個國中生涯，她拒絕過許多國中生，一些高中生，幾個大學生。她每次都說這一句，「對不起，我真的沒辦法喜歡你」，一面說一面感覺木木的臉皮下有火燒上來。那些幾乎不認識她的男生，歪斜的字跡，幼稚的詞彙，信紙上的小動物，說她是玫瑰，是熬夜的濃湯。站在追求者的求愛土風舞中間，她感覺小男生的求愛幾乎是求情。她沒有辦法說出口：其實是我配不上你們。我是餿掉的柳丁汁和濃湯，我是爬滿蟲卵的玫瑰和百合，我是一個燈火流麗的都市裡明明存在卻沒有人看得到也沒有人需要的北極星。那些男生天真而蠻勇的喜歡是世界上最珍貴的感情。除了她對老師的感情之外。

伊紋像往常那樣解開安全帶，摸摸思琪的頭，在珠寶店門口停車。推開門，毛毛先生坐在櫃臺後頭，穿著蛋黃色衣衫，看上去，卻依舊是思琪第一次見到他時穿著藍色針織衫的樣子。毛毛先生馬上站起來，說：「錢太太，妳來了。」伊紋姊姊同時說出：「你好，毛先生。」毛毛先生又馬上說：「叫我毛毛就好了。」伊紋姊姊也同時說：「叫我許小姐就好了。」思琪非常震懾。短短四句話，一聽即知他們說過無數遍。思琪從未知道就幾個字可以容納那樣多的感情。她赫然發現伊紋姊姊潛意識地在放縱自己，伊紋姊姊那樣的人，不可能聽不懂毛毛先生的聲音。

伊紋穿得全身灰，高領又九分褲，在別人就是塵是霾，在伊紋姊姊就是雲是霧。伊紋抱歉似地說，這是我最好的小朋友，要上臺北唸高中，我想買個紀念品給她。轉頭對思琪說，怡婷說真的沒有時間，妳們兩個就一模一樣的，怡婷不會介意吧？思琪很驚慌地說，伊紋姊姊，我絕不能收這麼貴重的東西。伊紋笑了：可以不收男生的貴重東西，姊姊的一定要收，妳就當安慰我三年看不見妳們。毛毛先生笑了，一笑，圓臉更接近正圓形，他說：「錢太太把自己說老了。」思琪心想，其實這時候伊紋姊姊大可回答：「是毛先生一直叫我太太，叫老的。」一維哥哥對她那樣糟。但伊紋只是用手指來回拂摸玻璃。

思琪低頭挑首飾。閃爍朦朧之中聽不清楚他們的談話。因為其實他們什麼也沒說。伊紋姊姊指著一只小墜子，白金的玫瑰，花心是一顆淺水灘顏色的寶石。伊紋說，這個好嗎？帕拉依巴不是藍寶石，沒有那麼貴，妳也不要介意。思琪說好。

毛毛先生給墜子配好了鍊子，擦乾淨以後放到絨布盒子裡。沉沉的貴金屬和厚厚的盒子在他手上都有一種輕鬆而不輕忽的意味。思琪覺得這個人全身都散發一種清潔的感覺。

伊紋她們買好了就回家，紅燈時伊紋轉過頭來，看見思琪的眼球覆蓋著一層眼淚的膜。伊紋姊姊問，妳要說嗎？沒辦法說也沒關係，不過妳要知道，沒辦法說的事情還是可以對我說，妳就當我是沒人吧。思琪用一種超齡的低音說：「我覺得李老師怪怪的。」伊紋看著她，看著她的眼睛前的眼淚乾掉，眼神變得非常緊緻的樣子。

綠燈了，伊紋開始跑馬燈地回想李國華。想到背著臉也可以感覺到他灼灼的眼光盯著她的腳踝看。那次一維幫她辦生日會，李國華送了她一直想要的原文書初版，他拿著粉紅色的香檳酒連沾都沒沾，在一維面前憨厚得離奇。初版當然難得，可是現在想起來也不知道放在哪裡，潛意識的討厭。想到他剛剛開始和女孩們檢討作文，在她家的桌上他總是打斷她的話，說錢太太妳那套拿來寫作文肯定零分，說完了再無限地望進她的臉。那天他說要拿生日會的粉紅色氣球回家給晞晞，她不知道為什麼一瞬間覺得他在說謊，覺得他出了電梯就會把氣球戳破了塞到公共垃圾桶裡。想到他老來來回回看她，像在背一首唐詩。

伊紋問思琪：「哪一種怪呢？我只感覺他總是心不在焉。」忍住沒有說別有所圖。思琪說：「就是心不在焉，我不覺得老師說要做的事是他真的會去做的事。」忍住沒有說反之亦然。伊紋追問她，說：我覺得李老師做事情的態度，我講個比喻，嗯，很像一幢清晨還沒開燈的木頭房子，用手扶著都摸得出那些規規矩矩，可是赤腳走著走著，總覺得要小心翼翼，「總感覺會踏中了某一塊地板是沒有嵌實的，會驚醒一屋的不知道什麼東西。」

思琪心想，房思琪，差一步，把腳跨出去，妳就可以像倒帶一樣從懸崖走回崖邊，一步就好，一個詞就好。在思琪差一步說出口的時候，她突然感覺安放在前座的腳上咬著一副牙齒。昨天傍晚在李國華家，老師一面把她的腿抬到他肩膀上，咬了她的腳跟。毛毛先生和伊紋姊姊看上去都那樣乾淨。伊紋姊姊是雲，那毛毛先生就是雨。伊紋姊姊若是霧，毛毛先生就是露。思琪自覺汙染中有一種悲壯之意。她想到這裡笑了，笑得猙獰，看上去彷彿五官大風吹換了位置。

伊紋聽見思琪的五官笑歪了。伊紋繼續說：我以前跟妳們說，我為什麼喜歡十四行詩，只是因為形狀，抑揚五步格，十個音節，每一首十四行詩看起來都是正方形的——一首十四行詩是一張失戀時的手帕——我有時候會想，是不是我傷害了妳們，因為我長到這麼大才知道，懂再多書本，在現實生活中也是不夠用——「李老師哪裡不好嗎？」可惜思琪已經眼睛變成了嘴巴，嘴巴變成了眼睛。

國一的時候，思琪眼前全是老師的胸膛，現在要升高一，她長高了，眼前全是老師的肩窩。她笑出聲說：「沒有不好，老師對我是太好了！」她明白為什麼老師從不問她是否愛他，因為當她問他「你愛我嗎」的時候，他們都知道她說的是「我愛你」。一切只由他的話語建構起來，這鯊魚齒一般前仆後繼的、承諾之大廈啊！

那是房思琪發瘋前最後一次見到伊紋。沒想到白金墜子最後竟是給伊紋姊姊紀念。她們珠寶的時光。

思琪她們上高鐵之後，思琪把珠寶盒拿給怡婷。一邊說：「我覺得李老師怪怪的。」希望沉重的珠寶盒可以顯得她說的話輕鬆。怡婷開著玩笑用龇裂的唇語說：「送小孩子珠寶才奇怪，臨死似的。」

她們和伊紋姊姊，珠寶一般的時光。

思琪她們搬到臺北之後，李國華只要在臺北，幾乎都會來公寓樓下接思琪。每次和老師走在路上，儘管他們從來不會牽手，思琪都感覺到虎視的觀眾：路人、櫃檯服務生、路口看板上有一口潔白牙齒的模特——風起的時候，帆布看板掀開一個個倒立的防風小三角形，模特一時缺失了許多牙齒，她非常開心。老師問她笑什麼？她說沒事。

上臺北她不想看一〇一，她最想看龍山寺。遠遠就看到龍山寺翹著飛簷在那裡等著。人非常多。每個人手上都拿著幾炷香，人望前走的時候，煙望後，望臉上撲，彷彿不是人拿著香，而是跟著香走。有司姻緣的神，有司得子的神，有司成績的神，有司一切的神。思琪的耳朵摩擦著李國華襯衫的肩線，她隱約明白了這一切都將永遠與她無關。他們的事是神以外的事。是被單蒙起來就連神都看不到的事。

國高中時期她不太會與人交際，人人傳說她自以為天高，唯一稱得上朋友的是怡婷，可是怡婷也變了。可是怡婷說變的是她。她不知道那是因為其他小孩在嬉鬧的時候有個大人在她身上嬉鬧。同學玩笑著把班上漂亮女生與相對仗的一中男生連連看，她總是露出被殺了一刀的表情，人人說妳看她多驕傲啊。不是的。她不知道談戀愛要先曖昧，在校門口收飲料，飲料袋裡夾著小紙條。曖昧之後要告白，相約出來，男生像日本電影裡演的那樣，把腰折成九十度。告白之後可以牽手，草地上的食指試探食指，被紅色跑道圍起來的綠色操場就是一個宇宙。牽手之後可以接吻，在巷子裡踮起腳來，白襪子裡的小腿肌緊張得脹紅了臉，舌頭會說的話比嘴巴還多。每次思琪在同輩的男生身上遇到相似的感覺，她往往以為皮膚上浮現從前的日記，長出文字刺青，一種地圖形狀的狼瘡。以為那男生偷了老師的話，以為他模仿、習作、師承了老師。

她可以看到欲望在老師背後，如一條不肯退化的尾巴——那不是愛情，可是除此之外她不知道別的愛情了。她眼看那些被飲料的汗水濡濕的小紙條或是九十度的腰身，她真的看不懂。她只知道愛是做完之後幫妳把血擦乾淨。

她只知道愛是剝光妳的衣服但不弄掉一顆鈕扣。愛只是人插進妳的嘴巴而妳向他對不起。

那次李國華把頭枕在手上假寐的時候說了：「看過妳穿制服的樣子我回去就想過了。」思琪半噁心半開心地說：「想入非非。」他又開始上課：「佛學裡的非非想之天知道嗎？」異常肯定的口氣：「知道。」他笑了：「叫我別再上課的意思？」「對。」思琪很快樂。

龍山寺處處都是文字，楹柱所有露出臉面的方向都被刻上對子或警句。隸書楷書一個個塊著像燈籠，草書行書一串串流下來像雨。有的人乾脆就靠在楹柱上睡著了，她心想，不知道是不是那樣睡，就不會作噩夢。有的人坐在階梯上盯著神像看，望進神像的大龕，大龕紅通通像新娘房，人看著神的眼神不是海浪而是死水。牆上在胸口高的地方有浮雕，被陽光照成柳橙汁的顏色，浮雕著肥肥的猴子跟成鹿，刻得闊綽，像市場的斤肉，彷彿可以搖晃、牽動。李國華手指出去，開口了：妳知道吧，是「侯」跟「祿」。又開始上課了。一個該上課時不上課而下課了拼命上課的男人。她無限快樂地笑了。

手指彈奏過雕成一支支竹子的石窗。他又說：這叫竹節窗，一個窗戶五支，陽數，好數字。忠孝節義像傾盆大雨淋著她。

走過寺廟管理員的門，門半開著，管理員嘴巴叼著一支菸，正在瀝一大桶的醃龍眼，守抱著一個胖小孩似的，把桶子夾在大腿間。這裡人人都跟著煙走，只有他的煙是香菸的煙。一如老師對她講授牆上貞潔中正的掌故，這一切，真是滑稽到至美。

她問他平時會不會拜拜？他說會。她用嘴饞的口吻問，為什麼今天不呢？他說心態不適合。思琪心想：神真好，雖然，妳要神的時候神不會來，可是妳不要神的時候，祂也不會出現。

她開口了：老師，你愛師母嗎？他用手在空氣中划一道線，說，我不想談這個，這是既定的事實。她露出緊緊壓著出血傷口的表情，再問了一次：老師，你，愛師母嗎？他拉了拉筋，非常大方地說了：從很年輕的時候，很年輕，十八九歲的時候，她就對我很好，好到後來每個人都指著我的鼻子說你要負責，我就負責，負責娶她。停頓一下又繼續說：可是人是犯賤的動物，愛就是愛，不愛就是不愛，像今天有人拿槍指著我我還是喜歡妳。她說：「所以沒有別的女生。老師你的情話閒置了三十年還這樣。不可思議。」思琪幽深的口氣讓李國華恨不能往裡頭扔個小石子。他回答說：「我是睡美人，是妳吻醒它們的。」他一面心裡想：我就知道不能同時兩個人在臺北，要趕快把郭曉奇處理掉。

出來之後，思琪再往後望寺廟一眼，他講解說飛簷上五彩繽紛的雕塑叫作剪粘。她抬頭看見剪粘一塊紅一塊黃，魚鱗地映著陽光。她想，剪粘這名字倒很好，像一切民間故事一樣，把話說得不滿而足。

回到小旅館，小小的大廳散放幾張小圓桌。有一張被占據了，一男一女面對面坐著。桌底下，男的牛仔褲膝蓋大開，球鞋的腳掌背翹在另一個腳掌背上。那女人的一隻腳伸進男的雙腳間，給輕輕含在那裡。只一眼也望見女的踝上給高跟鞋反覆磨出的疤痕。思琪一看就對這個畫面無限愛憐。知道老師不要她注意別人，怕她被別人注意，看一眼就上樓了。還是大廳裡的愛情美麗。

他一面說：我要在妳身上發洩生活的壓力。這是我愛妳的方式。這人怎麼多話成這樣。她發現她聽得出他講話當中時常有句號，肯定不已的樣子。老師嘴裡的每一個句號都是讓她望進去望見自己的一口井，恨不能投下去。她抱著自己釘在地板上，看他睡覺。他一打呼，她可以看見他的鼻孔吹出粉紅色的泡泡，滿房滿室瘋長出七彩的水草。思琪心想，我心愛的男人打呼嚕好美，這是祕密，我不會告訴他的。

郭曉奇今年升大二。她從小成績中上，體育中上，身高中上，世界對她來說是一顆只要用力跳一跳就摘得到的蘋果。升高三的時候，升學學校瀰漫著聯考的危機感，那很像二B鉛筆的石墨混著冷便當的味道，便當不用好吃，便當只要讓人有足夠的體力在學校晚自習到十點就好了。高三的時候曉奇每一科都補習，跟便當裡的雞腿一樣，有總比沒有好。曉奇的漂亮不是那種一看就懂的漂亮，曉奇有一張不是選擇題而是閱讀申論題的白臉。追求者的數目也是中上，也像便當裡放冷了的小菜一樣不合時宜。

李國華第一次注意到曉奇，倒不是因為問問題，是他很驚奇竟然有坐在那麼後面的女生能讓他一眼就看到。他是閱讀的專家。那女學生和她四目相接，她是坦蕩的眼光，像是不能相信偌大一個課堂而老師盯著看的是她。他馬上移開了嘴邊的麥克風，快樂地笑出聲來。下課了去問了補習班班主任那女學生的名字。班主任叫蔡良，很習慣幫補習班裡的男老師們打點女學生。偶爾太寂寞了蔡良她也會跑去李國華的小公寓睡。

沒有人比蔡良更了解這些上了講臺才發現自己權力之大，且戰且走到人生的中年的男老師們，要盪亂起來是多盪亂，彷彿要一次把前半生所有空曠的夜晚都填滿。蔡良趁曉奇一個人在櫃檯前等學費收據的時候，把她叫到一旁，跟她說，李國華老師要幫妳重點補課，老師說看妳的考卷覺得妳是妳們學校裡資質最好的。蔡良又壓扁了聲音說：「但是妳不要告訴別人，別的學生聽了會覺得不公平，嗯？」那是一切中上的郭曉奇人生中唯一出類拔萃的時刻。蔡良去學校接曉奇下課，直駛進李國華的臺北祕密小公寓裡。

一開始曉奇哭著鬧自殺，後來幾次就漸漸安靜下來了。有時候太快結束，李國華也真的給她補課。她的臉總有一種異常認真的表情，彷彿她真的是來補課的。她的白臉從此總是顯得懨懨的，從浴巾的白變成蠟燭的白。人人看見她都會說，高三真不好過啊。到最後曉奇竟然也說了：老師，如果你是真的愛我，那就算了。李國華彎下去啃她的鎖骨，說：「我作夢也沒想到自己五十幾歲能和妳躺在這裡，妳是從哪裡來的？妳是從刀子般的月亮和針頭般的星星那裡掉下來的嗎？妳以前在哪裡？妳為什麼這麼晚到？我下輩子一定娶妳，趕不及地娶妳走，妳不要再這麼晚來了好不好？妳知道嗎？妳是我的。妳是我這輩子最愛的人，有時候我想到我愛妳比愛女兒還愛，竟然都不覺得對女兒抱歉。都是妳的錯，妳太美了。」這些話說到最後，曉奇竟然也會微笑了。

蔡良是一個矮小的女人，留著小男孩的短髮。她最喜歡跟優秀的男學生打鬧，每一屆大考狀元在她嘴裡都爛熟到像是她的一個胞弟。她在床上用那種親戚口氣提到男學生，李國華也並不嫉妒，他只是觀察著半老年紀的女人怎麼用金榜上姓名的一筆一畫織成遮住臀上橘皮紋路的黑紗。李國華知道，在蔡良聽起來，半老就是半年輕。李國華唯一不滿的是她的短頭髮。他只要負責教好那一群一中資優班男生，再把他們撒到她身邊，小男生身上第一志願的光環如天使光圈，而她自己就是天堂。很少女人長大這麼久了還這麼知足。他猜她自己也知道英文老師，物理老師，數學老師，和他，背後是連議論她都懶得。但他們無聊的時候她還總是陪他們玩，用她從男學生那裡沾光來的半調子年輕。更何況，每一個被她直截進李國華的小公寓的小女學生，全都潛意識地認為女人一定維護女人，歡喜地被安全帶綁在副駕駛座上。她等於是在連接學校與他的小公寓的那條大馬路上先半脫了她們的衣服。沒有比蔡良更盡責的班主任了。

李國華不知道，每一次蔡良跟男學生約會，她心裡總暗恨那男生不在補習班到處放送的金榜小傳單上，恨男生用髮膠拔高的頭髮，恨他們制服上衣不紮在褲子裡。已經是三流高中的制服了，竟然還不紮！從明星高中升到明星大學，考上第一志願又還未對這志願幻滅，對她而言，世界上沒有比資優生身上的暑假更自然而然的體香了。那些女學生什麼都還沒開始失去，就已經開始索求，她們若不是自己是狀元便是找了狀元當男朋友。榜眼，探花，她們也要。她們一個也不留給她。沒有人理解。不是她選擇知足，而是她對不足認命了。她一心告訴自己，每一個嘬吸小女生的乳的老男人都是站在世界的極點酗飲著永晝的青春，她載去老師們的公寓的小女生其實各各是王子，是她們吻醒了老師們的年輕。老師們總要有動力上課，不是她犧牲那幾個女學生，她是造福其他、廣大的學生。這是蔡良思辨之後的道德抉擇，這是蔡良的正義。

那天曉奇又回李國華的公寓，自己用老師給她的鑰匙開門。桌上放了五種飲料，曉奇知道，老師會露出粗蠢的表情，說：不知道妳喜歡哪一種，只好全買了。她很感恩。沒有細究自己只剩下這種病態的美德。

老師回家了，問她學校可有什麼事嗎？她快樂地說她加了新的社團，社團有名家來演講，她買了新的望遠鏡，那天學長還帶她上山觀星。兩個人嗎？對啊。李國華嘆了一口長長的氣，逕自拿起一杯飲料，碳酸飲料打開的聲音也像嘆氣。他說：我知道這一天會到，只是不知道這麼快。老師，你在說什麼？一個男生對一個女生沒有意思，是不會大半夜騎那麼久的車載她上山的；一個女生對男生沒有半點意思，也不會讓男生半夜載她到荒郊野外了。那是社團啊。妳已經提過這個陳什麼學長好多次了。因為是他帶我進社團的啊。曉奇的聲音癟下去，聲音像一張被揉爛的廢紙。李國華露出雨中小狗的眼睛，說，沒關係，妳遲早要跟人走的，謝謝妳告訴我，至少我不是死得不明不白。曉奇的聲音高張起來，老師，不是那樣的啊，他只是一個普普通通的學長而已啊。李國華的小狗眼睛彷彿汪著淚，說，本來能跟妳在一起就跟夢一樣，妳早一點走了我也只是早些醒來。曉奇哭喊，我們什麼也沒有啊！我只喜歡老師啊！李國華突然用非常悲壯的口氣說：「妳剛剛都說了『我們』。」他說：把鑰匙還給我就好了。一面把她推出房門。再把她的包包扔出去。曉奇說：求求你。李國華看著她坐在門外像狗，覺得這一幕好長好長。真美。李國華高高地、直直地、挺挺地對曉奇說：妳來之前我是一個人，妳走了，我就回到一個人，我會永遠愛妳，記得妳。在她把手伸到門上之前趕快把門關起來，鎖一道鎖，兩道，拉上鐵鍊，他覺得自己手腳驚慌得像遇到跟蹤狂的少女。他想到這裡終於笑了。他覺得自己很幽默。

曉奇在門外暴風雨地擂門，隔著厚門板可以聽見她的聲音嗡嗡響：老師，我愛你啊，我只愛你啊，老師，我愛你啊……。李國華心想：哭兩個小時她就會自己走回學校，就像當初那樣，想當初巴掌都沒打她就輸誠了。開電視看起了新聞：馬英九爭取連任，周美青大加分。轉大聲一點遮住門外的吵鬧。忍一忍就過去了。郭曉奇這一點倒不錯，知所進退，跟周美青的裙子一樣，不長不短。

李國華處理完曉奇的下午就去思琪她們公寓樓下接她。在計程車上給了她公寓的鑰匙，放在她的小手掌裡，再把她的手指蓋起來。為妳打的。是嗎？思琪用盡力氣握著那副鑰匙，到公寓了才發現鑰匙在她的掌心留下痕跡，像個嬰孩的齒痕。後來他總說：回家嗎？他的小公寓，她的家？可是她心裡從來沒有一點波瀾，只是隱約感到有個嬰兒在啃她的掌。

李國華跟補習班其他老師去新加坡自助旅行。思琪下了課沒地方去，決定上咖啡廳寫日記聽音樂殺時間。坐在靠窗的座位，有陽光被葉子篩下來，在粉紅色日記本子上，圓滾滾、亮晶晶的。手伸進光影裡，就像長出豹紋一樣。喝了咖啡馬上想起伊紋姊姊和毛毛先生。其實他們大概也沒有什麼。可是伊紋姊姊啣著連接詞，思琪沒辦法再把一維哥哥連上去了。是一維哥哥自己先把相扣的手指鬆開，變成巴掌和拳頭的。

思琪坐在窗邊，半個小時有六個人來搭訕。有的人遞上名片，有的人遞上飲料，有的人遞上口音。早在公元之前，最早的中文詩歌就把女人比喻成花朵，當一個人說她是花，她只覺得被扔進不費腦筋的天皇萬歲、反共口號、作文範本，浩浩湯湯的巨河裡。只有老師把她比作花的時候她相信他說的是另一種花，沒有其他人看過的花。

男人真煩。最煩的是她自己有一種對他們不起的心緒。日記沒辦法好好寫了，只好上街亂走。

什麼樣的關係是正當的關係？在這個你看我我看你的社會裡，所謂的正確不過就是與他人相似而已。每天讀書，一看到可以拿來形容她和老師的句子便抄錄下來，愈讀愈覺得這關係人人都寫過，人人都認可。有一次，一個男生寫了信給她：「星期二要補習，每次騎車與妳擦肩而過，漸漸地，前前後後的日子都沾了星期二的光，整個星期都燦爛起來」——她當然知道是哪裡抄來的句子，可是連抄也奢侈。她真恨他。她想走到他面前說我不是你看到的聖女，我只是你要去的補習班的老師的情婦，然後狠狠咬他的嘴。她漸漸明白伊紋姊姊說的：「平凡是最浪漫的。」也明白姊姊說出這話的滄桑。她說不出口的愛要如何與人比較，如何平凡，又如何正當？她只能大量引進中國的古詩詞，西方的小說——臺灣沒有千年的虛構敘事文傳統，臺灣有的是什麼傳統？有的是被殖民、一夕置換語言名姓的傳統。她就像她們的小島，她從來不屬於自己。

每隔一陣子，總會有綁架強暴案倖存者的自傳譯本出版。她最喜歡去書店，細細摸書的臉皮上小女生的臉皮，從頭開始讀，腳釘在地上，這許久。讀到手銬，槍，溺人的臉盆，童軍繩，她總像讀推理小說。驚奇的是她們脫逃之後總有一番大義，死地後生，柏油開花，鯉躍龍門。一個人被監禁虐待了幾年，即使出來過活，從此身分也不會是便利商店的常客，粉紅色愛好者，女兒，媽媽，而永遠是倖存者。思琪每每心想，雖然我的情況不一樣，但是看到世界上如常有人被綁架強暴，我很安心。旋即又想，也許我是這所有人裡最邪惡的一個。

她問過老師：我是你的誰？情婦嗎？當然不是，妳是我的寶貝，我的紅粉知己，我的小女人，我的女朋友，妳是我這輩子最愛的人。一句話說破她。她整個人破了。可是老師，世界上稱這個情況叫偷腥，魚腥味的腥，她忍住沒說出口。再問：可是我認識師母，還有晞晞，老師知道我的意思嗎？我看過她們的臉，這樣我很痛苦，痛得很具體，我連寒暑假都不回家了。他只草草說一句：愛情本來就是有代價的。她馬上知道他又在演習他至高無上之愛情的演講，又在那裡生產名言，她不說話了。世界關成靜音，她看著他躺在床上拉扯嘴型。公寓外頭，寒鳥啼霜，路樹哭葉，她有一種清涼的預感。她很愉悅，又突然隱約感覺到頭手還留著混沌之初，自己打破媽媽顛撲不破的羊水，那軟香的觸感。她第一次明白了人終有一死的意思。

老師常常說：你喜歡的人也喜歡你，感覺就像是神蹟。神來過了，在他和太太孩子同住的家裡。在她們和爸爸媽媽同住的樓下。老師最喜歡在她掌上題字，說：可以題一個「天地難容」的匾額。又笑著一撇一捺，寫個人字，說天地似乎還好，倒是人真的不容。老師飽飽的食指在她手心裡溫軟的觸感就像剛剛豹的光斑。不只是把罪惡感說開，罪惡就淡薄一些，老師到頭來根本是享受罪惡感。搭訕的路人看她睫毛婉曲地指向天空，沒有人看得到她對倒錯、錯亂、亂倫的愛情，有一種屬於語言，最下等的迷戀。她身為一個漂亮的女生，在身為老師的祕密之前。

他也常常說：我們的結局，不要說悲劇，反正一定不是喜劇的，只希望妳回想起來有過快樂，以後遇到好男生妳就跟著走吧。思琪每次聽都很驚詫。真自以為是慈悲。你在我身上這樣，你要我相信世間還有戀愛？你要我假裝不知道世界上有被撕開的女孩，在校園裡跟人家手牽手逛操場？你能命令我的腦子不要每天夢到你，直夢到我害怕睡覺？你要一個好男生接受我這樣的女生——就連我自己也接受不了自己？你要我在對你的愛之外學會另一種愛？但是思琪從沒有說話，她只是含起眼皮，關掉眼睛，等著他的嘴唇襲上來。

突然聽到煞車皮尖叫，有人猛然把她望後拉，她跌到那人身上。駕駛搖下車窗，看到是個病懨懨的美少女，怒氣轉成文火，唉，同學，走路要看路啊。對不起。車子開走了。拉她的男人穿著銀貂色西裝，彷彿在哪裡看過。啊，是剛剛那六個搭訕人之一。對不起。我看妳心不在焉，所以跟著妳走。是嗎？也並沒有救命的感激感，她只是模模糊糊對全世界感到抱歉。

貂色男子說話了：我幫妳拿書包。真的不用。他就把書包搶走。也不能真使力搶回來，免得路人以為是真搶劫。妳還好嗎？還好。剛下課嗎？心裡想：不然呢。嘴巴沒說話。發現這男人長得像諷刺漫畫，天然驚訝的大眼睛，貘的長鼻子。妳長得好像一個日本女明星喔，叫，叫什麼的？想起劉墉裡夾的小照，她笑了。而他當然以為她是因他的話而笑，聲音抖擻起來。有人跟妳說過妳很有氣質嗎？她真的笑了：你們臺北人都這樣嗎？怎樣？我家有一口紙箱在蒐集你們這種人的名片喔，忍住沒有說出口。他倒真掏出一張名片，職位不低，公司也響亮。區經理先生，你一定很忙吧？他打開手機就取消了今天的約，說，我是真心想認識妳。她看著路邊松樹絨絨的手指不正經地動著。我是真心想認識妳，我們去吃飯好不好？她看見神用名為痛苦的刃，切下她碩果僅存的理性，再蠻不在乎地吃掉它，神的嘴邊流出血樣的果汁。她說好。吃完飯去看電影？她也說好。

電影院裡沒人，好冷，她的左手蛇上右手，右手蛇上左手。貂色男人脫下外套蓋在她身上，貂色西裝像一件貂皮大衣。看見他西裝裡的襯衫是黑色，她無限淒楚地笑了，啊，我的，男朋友，也總是穿黑色。或許我是妳下一個男朋友，妳男朋友在做什麼？不關你的事吧，忍住沒說出口。妳看起來年紀很小，妳男朋友比妳大吧？三十七。啊，三十幾歲的話，以三十幾歲來說，我也是蠻有社會地位的。她一面笑一面哭，我是說，大我三十七。他的眼睛更大了。他有太太了嗎？她的笑跑了，只剩下哭。妳不是說他對妳很好嗎？對妳好怎麼會讓妳哭呢？

思琪突然想到有一次出了小旅館，老師帶她去快炒店，她一個人吃一碟菜，他一個人吃一盤肉。那時她非常固執，非常溫柔地看他的吃相。她怕虛胖，不吃肥肉，說看他吃就喜歡了。他說她身材這樣正好。她那時忘了教他，女生愛聽的是「妳一直都很瘦」。又想，教了他去說給誰呢？這時候，電影院裡的思琪心裡快樂地笑了：「肉食者」在古文裡是上位者，上位，真是太完美的雙關了。腦袋嗡嗡之間聽見貂色西裝先生談工作，說他不被當人看，被上司當成狗操——思琪馬上想：他們知道什麼叫不被當成人看嗎？他們真的知道被當成狗操的意思嗎？我是說，被當成狗操。

不知道怎麼甩掉貂色西裝先生的。思琪回到她和怡婷的家。大樓公寓前面的管理員老盯著她看。總不能叫他停，顯得自以為是。管理員不超過三十歲。每次回家，一踏進街口，他都把眼球投擲到她身上，她一路沾黏著那雙眼球。

她愛老師，這愛像在黑暗的世界裡終於找到一個火，卻不能叫外人看到，合掌圍起來，又鼓頰吹氣揠長它。蹲在街角好累，制服裙拖在地上像一隻剛睡醒不耐煩的尾巴。但是正是老師把世界弄黑的。她身體裡的傷口，像一道巨大的崖縫，隔開她和所有其他人。她現在才發現剛剛在馬路邊自己是無自覺地要自殺。

思琪去抽屜翻找，伊紋姊姊給的玫瑰項鍊靜靜在首飾盒裡盛開，戴起來又低了一點。她有一顆鎖骨旁的小黑痣作標記。又瘦了。穿上跟伊紋姊姊一起去買的小洋裝，藍地上開的也是玫瑰花。思琪哭了，肩膀一聳一聳地。沒想到第一次穿是這種時候。寫遺書就太像在演戲了。如果寫也只會寫一句話：這愛讓我好不舒服。

拉開窗簾，天黑得很徹底，顯得遠遠近近一叢一叢燈花流利得像一首從小熟背的唐詩。思琪走進陽臺，望下看，樓下便利店外拔掉消音器的摩托車聲，蒸騰到七樓就顯得慈祥了。人啣著香菸走路，看下去，臉前菸火搖盪，就像是人在追逐一隻螢火蟲。爬出陽臺，手抓欄杆，腳踩在柵字式欄杆的那一横劃上，連腳底板也嘗得到鐵欄杆的血腥味道。她心想：「只要鬆手，或是腳滑。後者並不比前者更蠢。」高風把裙子吹胖，把裙上的花吹活。還活著的人都是喜歡活著的人嗎？她非常難過，因為她就要死了。這時候，望下竟看見對面那公寓管理員又在看她，腳釘在地上，脖子折斷似磕在後頸，也沒有報警或喊叫的意思。彷彿他抬頭看的是雨或是雲。思琪心裡只出現一個想法：這太丟臉了。馬上爬回陽臺，俐落得不像自己的手腳。她才十六歲，可是她可以肯定這會是她人生最丟臉的一幕。

在陽臺肝腸寸斷地哭，傳了越洋簡訊給老師：「這愛讓我好不舒服。」後來李國華回國了也並不對簡訊表示意見。老師是愛情般的死亡。愛情是喻依，死亡是喻體。本來，這個社會就是用穿的衣服去裁判一個人的。後來怡婷會在日記裡會讀到，思琪寫了：「一個晚上能發生的事真多。」但是，思琪搞錯了，這還不是她人生最丟臉的一幕。

李國華和同事去新加坡。他們每天都很晚起，先到景點拍幾張照，再悠閒地晃到紅燈區。照片是給老婆孩子看的。

新加坡的紅燈區顧名思義，有大紅燈籠高高掛。李國華心想，這裡沒人看過蘇童，想到典故，也是白想。物理老師說：「一個小時後這裡集合？」英文老師的眼鏡顫抖得亦有賊意，他笑說：「一個小時對我不夠。」他們都笑了。數學老師拍拍英文老師的肩膀說：「男人還是年輕好，話說回來，我很少用買的。」李老師說：「我也很少。」沒有人要承認不是騙來的就不知道行不行。英文老師笑了：「人家技巧好你們也要嫌？」李國華心想：英文老師原來不是太有愛心，是太沒耐心了，他不會明白，一個連腿都不知道要打開的小女生，到最後竟能把你搖出來的那種成就感。這才是讓學生帶著走的知識。這才叫老師的靈魂。春風化雨。李老師心裡的笑升上來破在臉上。大家都想知道他在笑什麼，他搖搖頭不說話，轉過去對物理老師說：「希望你不會對你那小演員有罪惡感。」物理老師說：「這是分開的。」李老師笑說：「你老婆是靈，妓女是肉，聽話的小演員是靈肉合一，你真幸運。」物理老師拿下眼鏡擦，沒有說話。李老師意識到自己說太多了，覬覦人家的女生似的。馬上用大方的語氣說：「我跟我那學生倒分了。」人人露出詫異的表情，倒不是為他哀戚，而是疑惑是誰遞上去。李老師說：現在這個很好，非常好，簡直太好了，好到我沒法一次容納兩個。幾歲？李老師笑笑不說話。所以低於十六歲，還沒合法。他們不禁都露出羨慕的眼光。李老師倒是一臉無所謂。數學老師大聲說：「誰不會老呢？」李老師說：「我們會老，她們可不會。」後來這句話一直深深印在這些老師們的心裡。

他們開懷地笑了，拿飯店的礦泉水乾杯。乾杯。敬如鵝卵石般縮小老去的男人。敬河水般永遠新鮮地流過去的學年。敬河床的同志情。敬每一顆明知道即將需要威而鋼卻仍然毫不膽怯地迎擊河水的卵石。敬如核彈倒數讀秒的威而鋼之千禧。敬同時擁有說中文的人口與合法的紅燈區的國度。敬家族獨裁卻不會裁掉紅燈區的政權。

他們最後約了一小時後原地集合。

這是李國華第三次參加補習班同仁的狩獵行旅。前兩次倒沒有太深的印象。這次找了一間門口氣派的，高高掛的大紅燈籠，紅得像過年。一進去，馬上有一個穿旗袍的中年婦人起身招呼，中年婦人走到哪裡都有一個壯碩的黑西裝男人跟著。婦人看著他的名牌包包，一臉滿意。中年婦人把他引進大客廳，右手臂戲劇化地盪開，一個個小姐如扇展開來。眼花撩亂。目不暇接。琳瑯滿目。目炫神搖。

李國華心想，果然不能像前兩次，路邊人拉了就進去，大的店有大好。

小姐們都站著丁字步，大腳是大丁字，小腳是小丁字。每個人都笑出上排六顆牙齒，夾在兩片紅唇之間。大牙齒是六顆，小牙齒也是六顆。他低聲問中年婦人，我要年輕的。中年婦人的華語流利中有辣椒的味道，她說，年輕的有，年輕的有。叫了兩個小姐過來。李國華在心裡幫她們卸了妝。十八歲左右。他的聲音更低了，有沒有更年輕的？中年婦人笑了，揮揮手把小姐都趕回去，小姐們的蛇腰像收扇子一樣合進簾子裡面。中年婦人的辣椒口音說，先生你等等我，手掌親暱地含在他肩上，捏了他一下。他的腹股間隱約有一種願望太容易滿足，在滿足之前就已經倦怠的感覺。但是，辣椒夫人從不讓客人失望。

辣椒夫人領著一個小女孩出來，胭脂浮浮的，剛塗上去的樣子。不會超過十五歲。是個中國小孩。就她吧。上了樓梯，不知道為什麼一排小姐沿著窄梯一階階站著，他和中國女孩走上樓的時候，覺得她們訓練有素的紅唇白齒像一隻隻眼睛盯著他們。他有一種要保護女孩的心情。

房間不大不小，牆紙也是熱帶專有的刺眼的綠色。女孩幫他脫衣搓皂洗下身。女孩小小的，身上也小小的。她塗得白白的臉像是被插在黝黑的脖子上。她動作之利索，像其他女孩一樣問他從哪裡來？專業而一律的問句襯在嫩爛得像一塊蛋糕的口音之中，有一種蒼涼之意。她騎在他身上，韻律得像一首芭樂歌。聽了一遍就會跟著唱。

李國華突然想到房思琪。有一次在臺北小公寓裡狩獵她，她已經被剝下一半，還在房間竄逃。狩獵的真正樂趣在過程，因為心底明白無論如何都會收穫。她在跑的時候，屁股間有一隻眼睛一閃一閃的。他獵的是那一只螢光。快抓到了又溜走。她跑得像在遊戲。跑沒五分鐘就被卡在腿上的小褲絆倒，面朝下倒在地板上，制服裙澎起來又降落在腰際，扁扁的屁股在藍色地毯上像電影裡的河屍只浮出屁股的樣子。他走過床，走到她身上。在床上他深一腳淺一腳的。床太軟了竟也有不好的時候，他很驚奇。

這樣下去他不行。他把中國女孩翻下去，一面打她的屁股。一面想著那一次房思琪大腿間的螢光到手了又溜出去，他知道那是什麼了！那一次，就像他小時候在家鄉第一次看見螢火蟲，好容易撲到一只，慢慢鬆開手心，螢火蟲竟又亮晃晃顛著屁股從眼前飛出去。想起來，那一定是他人生第一次發現了關於生命的真相。他很滿足。給了中國女孩雙倍的小費。儘管黧黑的屁股看不太出掌印。

但是他忘了他的家鄉沒有螢火蟲，忘記他這輩子從沒有看過螢火蟲。反正，他是忙人，忘記事情是很正常的。

回國以後是開學。李國華在思琪她們的公寓樓下等她們放學回家。在人家騎樓下等，在他還是第一次。不知道為什麼時間過得這麼慢。他還以為自己最大的美德就是耐性。

房思琪發現今天的小旅館不一樣。房間金碧輝煌的，金床頭上有金床柱，床柱掛著大紅帳幔，帳幔吐出金色的流蘇，床前有金邊的大鏡子。可是那金又跟家裡的金不同。浴室的隔間是透明的。他去沖澡，她背著浴室，蠟在地上。

他從後面扳她的臉，扳成仰望的樣子。思琪說，老師，有很多像我一樣的女生嗎？從來沒有，只有妳，我跟妳是同一種人。哪一種人？我在愛情裡有潔癖。是嗎？我說收過那麼多情書也是真的，可我在愛情是懷才不遇，妳懂嗎？妳知道吳老師莊老師吧？我說的他們和一堆女學生的事情都是真的，但是我和他們不一樣，我是學文學的人，我要知音才可以，我是寂寞，可是我和寂寞和平共處了這麼久，是妳低頭寫字的樣子敲破它的。思琪想了想，說：那老師，我應該跟你說對不起嗎？可是老師，你也對不起我啊。李國華在壓榨她的身體。思琪又問，老師，你真的愛我嗎？當然，在一萬個人之中我也會把妳找出來。

把她弓起來抱到床上。思琪像隻毛毛蟲蜷起身來，終於哭出來：今天沒辦法。為什麼？這個地方讓我覺得自己像妓女。妳放鬆。不要。妳看我就好。我沒辦法。他把她的手腳一隻一隻掰開，像醫院裡看護士為中風病人做復健的樣子。不要。我等等就要去上課了，我們都不要浪費彼此的時間好嗎？思琪慢慢感覺自己像走進一池混濁的溫泉水裡，走進去，看不到自己的手腳，慢慢覺得手腳不是自己的。老師的胸前有一顆肉芽，每一次上下晃動，就像一顆被撥數的佛珠墜子，非常虔誠的樣子。突然，思琪的視角切換，也突然感覺不到身體，她發現自己站在大紅帳子外頭，看著老師被壓在紅帳子下面，而她自己又被壓在老師下面。看著自己的肉體哭，她的靈魂也流淚了。

那是房思琪從國一的教師節第一次失去記憶以來，第兩百或第三百次靈魂離開肉體。

醒來的時候她正在風急火燎地穿衣服，一如往常。但是，這次老師不是把頭枕在手上假寐，而是跳下床抱住她，用拇指反覆她耳鬢的線條。頭皮可以感覺到他粗重的呼吸，既是在深深出氣，也是在聞她的頭髮。他鬆開手之前只說了一句話：「妳很寵我，對不對？」太羅曼蒂克了，她很害怕。太像愛情了。

想到他第一次把一支新手機給她，說這樣好約。第一次從那隻手機聽見老師的聲音，她正安坐在便利商店近門口的座位。他在電話那一頭問，妳在哪？我一直聽到叮咚、叮咚的聲音。她很自然回答，在便利商店裡啊。現下才想到，在電話那一頭，他聽起來，必定很像她焦急地走出門外、走進門內。當然或者他沒有想那樣多。但她一股滑稽的害臊。簡直比剛剛還要害臊。怎麼現在突然想到這個呢？

思琪坐在地上胡思亂想。老師的打呼聲跟聲口一樣，顏楷似地筋肉分明。總是老師要，老師要了一千次她還每次被嚇到。這樣老師太辛苦了。一個人與整個社會長年流傳的禮俗對立，太辛苦了。她馬上起身，從床腳鑽進被窩，低在床尾看著老師心裡想這就是書上所謂的黧黑色。他驚喜地醒來，運球一樣運她的頭。吞吞吐吐老半天。還是沒辦法。果然沒辦法。他的裸體看起來前所未有地脆弱、衰老。他說：「我老了。」思琪非常震動。也不能可憐他，那樣太自以為是了。本來就沒有預期辦得成，也不可能講出口。總算現在她也主動過了，他不必一個人扛欲望的十字架了。她半是滿足，半是淒慘，慢吞吞地貓步下床，慢吞吞地穿衣服，慢吞吞地說：「老師只是累了。」

毛毛先生的珠寶店是張太太介紹給伊紋的。伊紋剛搬來的時候，除了唸書給思琪她們，便沒有其它的娛樂，給老錢太太看見她一個人讀書又會被罵。

毛毛先生本名叫毛敬苑，不知道什麼時候開始，上門的貴婦太太們叫他毛毛。與年輕人親熱起來，貴太太們也自覺得年輕。毛毛先生懂這心理，本來他就是怎樣都好的一個人。漸漸地，竟沒有人知道他的本名，他自己也像是忘了的樣子。

伊紋第一次去毛毛的珠寶店，剛好輪到毛毛先生看店。一般總是毛毛先生的媽媽看店，而毛毛先生在二樓設計珠寶或是選寶石。珠寶店的門面倒也說不上是氣派或素樸，就是一家珠寶店，很難讓人想到別的。

伊紋其實早已忘記她什麼時候第一次見到毛毛了，只是不知不覺間習慣要見到他。但是毛毛先生記得很清楚。伊紋那天穿著白地碎花的連身無袖洋裝，戴著寬簷的草帽，草帽上有緞帶鑲圈，腳上是白色T字涼鞋。伊紋按了門鈴，推開門，強勁的季風像是把她推進來，洋裝整個被吹胖，又迅速地餒下去，皺縮在伊紋身上，她進屋子把帽子拿下來之後，理頭髮的樣子像個小女生。雖然說總是伊紋來去，而毛毛坐在那裡，但毛毛再也走不出去了。伊紋整個人白得像一間剛粉刷而沒有門的房間，牆壁白得要滴下口水，步步壓縮、進逼，圍困毛毛的一生。

毛毛向伊紋道午安，伊紋一面微微鞠躬一面說她來看看。請問大名？叫我許小姐就好了。那時候伊紋剛結婚，在許多場合見識到錢太太這頭銜的威力，一個人的時候便只當自己是許小姐。毛毛本能地看了伊紋身上的首飾，只有右手無名指一只簡單的麻花戒。或許只是男朋友。毛毛立刻被自己的念頭嚇到。有要找什麼嗎？咦，啊，我也不知道。伊紋笑了，笑容裡有一種極其天真的成分，那是一個在人間的統計學天然地取得全面勝利的人才有的笑容，一個沒有受過傷的笑容。要喝咖啡或茶嗎？啊，咖啡，咖啡太好了。伊紋笑瞇了眼睛，睫毛像電影裡瑪麗安東尼的扇子。毛毛心頭涼涼的，是屋外有冰雹的涼，而不是酒裡有冰塊的涼。那麼美的笑容，如果不是永遠被保護在玻璃雪花水晶球裡，就是受傷。

伊紋順一順裙子，坐下來，說她想看那對樹枝形的耳環。小指長的白金樹枝上細細刻上了彎曲的紋路和環狀的樹節，小鑽像雪一樣。伊紋被樹枝演衍出來的一整個銀白色宇宙包圍。伊紋四季都喜歡——就像她喜歡生命而生命也喜歡她一樣——但是，硬要說，還是喜歡冬天勝過夏天，抬起頭看禿樹的細瘦枯手指襯在藍天上，她總感覺像是她自己左手按捺天空，右手拿枝鉛筆畫上去的。伊紋用雙手捧起咖啡杯，不正統的姿勢，像在取暖。小羊喝奶一樣嘬嘴喝咖啡，像是為在雪花樹枝面前穿得忒少而抱歉地笑了。從來沒有人為了他的珠寶這樣入戲。

伊紋在鏡子前比了比，卻忘了看自己，只是從另一個角度看那小樹枝。她自言自語道：好像斯湯達爾啊。毛毛先生自動接下去：薩爾斯堡的結晶鹽樹枝。伊紋把耳朵，小牙齒，長脖子，腋下都笑出來。第一次有人知道我在自言自語什麼。這對耳環就是從斯湯達爾的愛情論取材的。是嗎？伊紋說破了毛毛，卻覺得此刻是毛毛看透她。毛毛很動盪。彷彿跌進鹽礦裡被結晶覆蓋的是他。他身上的結晶是她。她是毛毛的典故。她就是典故。伊紋不覺得害臊，新婚的愉悅還停留在她身上，只覺得世間一切都發乎情，止乎禮。伊紋從此喜歡上毛毛這兒，兩個人談文學一談就是兩三個小時。偶爾帶走幾只從文學故事幻化而來的首飾，伊紋都覺得像走出烏托邦。走出魔山。走出糖果屋。她不知道對毛毛來說這不只是走出糖果屋，根本是走出糖果。

這時候毛毛先生只知道她是許小姐。在樓上對著鏡子偷偷練習叫妳伊紋。叫我伊紋就好囉。

伊紋常常帶三塊檸檬蛋糕來找毛毛，一塊給毛媽媽，一塊給毛先生，一塊給自己。一面分，一面倔強地對毛毛先生說，不能怪我，那麼好喝的咖啡沒有配蛋糕實在太狠心了。「我就是草莓季也不買草莓蛋糕，毛先生知道為什麼嗎？」「不知道。」妳笑得像草莓的心。「因為草莓有季節，我會患得患失，檸檬蛋糕永遠都在，我喜歡永永遠遠的事情。」伊紋接著說下去，「學生時期我跟坐在隔壁的同學變成好朋友，我心底都很害怕，如果她不是坐我隔壁，我們還會是朋友嗎？又對自己這樣的念頭感到羞愧。」

「所以許小姐不是路過？」伊紋又笑了，「對，我不是路過。」看著妳切蛋糕的時候麻花戒指一閃一閃的。毛毛沒有說，那如果妳知道妳第一次按門鈴，走進來，那一串「鈴」字在我身上的重量，妳還會按嗎？伊紋繼續說，所以啊，我喜歡比我先存在在這世界上的人事物，喜歡卡片勝過於email，喜歡相親勝過於搭訕。毛毛接了下去：喜歡孟子勝過於莊子，喜歡Hello

Kitty。成功逗妳笑了，妳笑得像我熬夜畫設計稿以後看見的日出，那一刻我以為太陽只屬於我。我年紀比妳大，我比妳先存在，那妳可以喜歡我嗎？毛毛低頭鏟咖啡豆，低頭就看見伊紋有一根長頭髮落在玻璃檯面上。一看心中就有一種酸楚。好想撿起來，把妳的一部分從櫃檯的彼岸拿過來此岸。想把妳的長頭髮放在床上，假裝妳造訪過我的房間。造訪過我。

伊紋在珠寶和毛毛面前很放鬆。一個是從小習慣了，一個是他彷彿很習慣她。伊紋很難得遇見面對她而不是太緊張或太大方的男人。她很感激毛毛，覺得毛毛他自身就像從她第一次造訪就沿用至今的咖啡杯一樣——就算她沒來的期間給別人用過，也會再洗得乾乾淨淨的。她不知道毛毛從此不讓人碰那咖啡杯了。懂得跟她一樣多的人不是不多，但是能不卑不亢地說出來的人很少。毛毛把一個作家寫一本小說花費的十年全鏤刻進一枚別針裡，上門的富太太們從來不懂，他也不感覺糟蹋或孤高，只是笑吟吟地幫太太們端著鏡子。

毛毛有時候窩在樓上畫設計圖，畫到一半手自動地移到稿子的邊角畫起一只女式九號麻花戒。戒指裡又自動地畫上一隻無名指。回想妳叫我毛先生的聲音，把這句話截斷，剩下一個毛字，再播放兩次：毛毛。第一次知道自己的小名這樣壯麗。無名指旁又自動畫上中指和小指，橢圓形的指甲像地球公轉的黃道。妳是從哪一個星系掉下來的。妳一定可以原諒我開車從店裡回家的路上，看到唯一被都市放過的一顆星星還亮著，就想到未完的稿子，想到未完的稿子就要熬夜，熬夜看見日出了還是要去店裡，看著店裡的電子行事曆就在心裡撕日曆，就想到再一天就又可以看見妳了。到最後我竟然看見星星就想到妳，看見太陽也想到妳。手又自動地畫起了食指和拇指，指頭上的節和手背上的汗毛。不能再畫下去了。其實只要每個禮拜看到妳好好的就好了。

那天伊紋又帶了三塊蛋糕來。毛媽媽看到伊紋，馬上說請等等，我去叫毛毛下來。千層派皮上高高堆垛了香草卡士達。伊紋一拿蛋糕出來，就告解一樣對毛毛說，「一年四季都吃得到香草蛋糕，那是因為歐陸從前殖民中南美洲，我還這麼喜歡吃香草口味的甜食，想想我其實很壞。」毛毛先生的笑淺淺的，可以一把舀起來喝下去的樣子。不知道為什麼，無論伊紋帶來的甜食有多少奶油，從來不會沾到毛毛先生的小鬍子。兩個人很自然地從殖民談到康拉德。

毛毛收拾桌面，伊紋正說到，「我自己是女人，卻從來讀不出康拉德哪裡貶抑女人。」突然張太太按門鈴，走進來了。奇怪張太太的一頭紅捲髮本應該遠遠就看到。張太太的聲音比寒流還激動，哎呀，錢太太也在這裡，怎麼沒邀我啊，乾脆咱大樓在這兒開派對啊，毛毛你說好不好？

錢太太。毛毛的心整個變成檸檬，又苦又酸，還被削了皮又榨了汁。我一直以為的眼熟，是像大眾言情小說裡那種一見如故，那種上輩子看過妳。原來我真的看過妳，原來那天那個讓人無法直視的新娘是妳。原來我飛到香港挑的粉紅鑽戴在妳脖子上。伊紋的笑容像視覺暫留。毛毛先生的笑容擱淺在唇髭上。張太太的聲音像競選車一樣，那麼大聲，可是沒有一個字聽進去。張太太走了之後，伊紋抱歉地笑了：「對不起，我一直不好意思叫自己錢太太。」毛毛慢慢地、輕輕地說：「沒關係。」妳那樣對我笑，我怎麼可能不原諒妳。反正我本來就是最沒關係的人。

後來入夏，毛毛先生是唯一發現伊紋的長袖沒有隨著季節脫下來的人。除了思琪她們以外。毛毛責備自己是不是想看見伊紋的手臂。伊紋除了袖子，還多出一種畏寒的表情。當他問她要不要咖啡的時候，她會像被嚇到一樣，聲音跳起來：嗯？他知道她低頭的時候不是在看首飾，只是怕泛紅的眼眶被看見。也知道她抬起頭不是為了看他，只是不要眼淚流出來。妳怎麼了。要是我不只是妳的珠寶設計師就好了。我寧願當妳梳子上的齒。當妳的洗手乳的鴨嘴。妳怎麼了。妳怎麼了。妳怎麼了。

那天張太太和吳媽媽、陳太太一齊來看新一批的珠寶。說是看珠寶，還是八卦的成份多。人人都知道毛毛和毛媽媽等於是沒有嘴巴。毛媽媽招呼她們。毛毛先生捧著剛影印好的設計圖，紙張熱騰騰得像剛出爐的麵包，下樓梯的時候，他聽見張太太的聲音說：「所以說，都打在看不見的地方麼。」打得很厲害嗎？「當然厲害！小錢先生以前可是陸戰隊的！我表弟以前也是陸戰隊的，那個操啊！」毛媽媽聽見腳步聲停了，跟太太們鞠躬抱歉一句，慢慢地走上樓。上樓看見毛毛把設計圖揉成球往牆上扔。毛媽媽只是自言自語似地，用麵線白米的口氣說一句，就又下樓了：「不要傻了，人家就算離婚也不會跟你在一起。」原來毛媽媽早就知道了。也許比毛毛自己還早知道。

他想起有一次伊紋一面拿著一只雞尾酒戒端詳，一面說這只我好像看過？他馬上把她第一天第一次來這裡翻過的首飾全端上來，連她那天的衣著都流利地背出來。像背白日依山盡一樣清瘦而理所當然的聲音。想起伊紋那時候驚喜的笑容，笑裡卻有一種往遠處看的表情，像是看不到現在。

毛毛先生晚上開車回到家，打開電腦看新聞，有人貪汙，有人偷竊，有人結婚。他覺得新聞的白底比平時還要白，而黑字又比平時還要黑。他解開褲子，一面想著伊紋，伊紋笑起來的時候睫毛簇擁到一起，剛認識她的一個夏日，她的肩膀在小背心之外露出了酒紅色蕾絲的肩帶，趴下去看櫥窗的時候乳被玻璃擠出了領口，想著她念法文時小紅舌頭在齒間跳躍。一面想著伊紋一面自慰。滿室漆黑，電腦螢幕的光打在毛毛身上，他的褲子癱在小腿上。沒辦法打下去了。毛毛裸著下半身，小學畢業以來第一次哭了。

在李國華的臺北小公寓，思琪坐在地板上摩娑沙發扶手捲起來的絨布羊角，一面摸一面說：老師，你可以帶我去看醫生嗎？妳怎麼了？我——我好像生病了。妳不舒服嗎，妳該不會懷孕了吧？不是。那是什麼？我常常會忘記事情。忘記事情不是病。我的意思是，真的忘記事情。妳這樣講話老師聽不懂。小小聲地說，你當然聽不懂。李國華說：「妳對老師不禮貌喔。」思琪指著地上自己的衣褲，說：「你這是對學生不禮貌。」李國華沉默了。沉默像冰河一樣長。我愛妳，我也是會有罪惡感的，妳可以不要增加我的罪惡感嗎？我生病了。妳到底生什麼病？我常常不知道自己有沒有去學校。聽不懂。思琪吸了一口氣，鼓起耐心開始說：我常常在奇怪的時候、奇怪的地方醒過來，可是我不記得自己有去過那些地方，有時候一整天下來我躺在床上才醒過來，我完全沒有印象自己一整天做了什麼，怡婷常常說我對她很兇，可是我根本不記得我有罵她那些話，怡婷說那天我上課到一半就直接走出教室，可是我根本不知道那天我有去學校，我忘記了。

思琪沒有說的是，而且她沒有辦法睡覺，因為她連趴在桌上十分鐘也會夢見他插進她，她每次睡著都以為自己會窒息而死。她只好每天酗咖啡，怡婷被磨豆的聲音吵醒，氣呼呼走出房間，每次都看到月光下思琪臉上牽著亮晃晃的鼻涕在泡咖啡。怡婷說，妳有必要這樣嗎，像骷髏一樣，妳拿我的作業去抄，老師又跟妳在一起，現在妳連我的睡眠也要拿走？思琪也不記得那天她拿起磨豆機就往怡婷砸，她只記得她有一天竟沒跟怡婷一起走回家，開門也不熟悉，拿成了他小公寓的鑰匙，插半天插不進去，終於開好門以後，就看到客廳一地的渣滓。

思琪高中幾年，除了李國華，還會夢到別的男人強汙她。有一次夢見數學課的助教，助教瘦黑得像鉛筆芯，喉結鼓出了黑皮膚，撐在她上面吞口水的時候，喉結會哆嗦一下，喉結蠕動著說：「都是妳的錯，妳太美了。」喉結像電影裡鑽進人皮膚底下的蛋白石顏色甲蟲，情話鑽進喉結裡，喉結鑽進助教的喉嚨裡，而助教又鑽進思琪裡。有很久她都不能確定那是否只是夢。每次數學課改考卷，思琪盯著助教念ＡＢＣＤ，Ａ是命令，Ｂ是髒話，Ｃ是噓了要她安靜，Ｄ是滿足的微笑。直到有一天，助教在講臺上彎腰，思琪無限地望進他的襯衫，她發現助教從不戴項鍊，但是夢裡的助教配著小小的觀音玉墜子。所以是夢。還有一次夢到小葵。也是很久都不知道那是否只是夢。直到有一天伊紋姊姊在電話裡說小葵在美國讀書，三年了都沒有回臺灣。原來是夢。還夢過劉爸爸。夢過她自己的爸爸。

李國華想到書裡提到的創傷後壓力症候群，以前叫作退伍軍人病的。創傷後壓力症候群的症狀之一就是受害人會自責，充滿罪惡感。太方便了，他心想，不是我不感到罪惡，是她們把罪惡感的額度用光了。小女生的陰唇本身也像一個創傷的口子。太美了，這種罪的移情，是一種最極致的修辭法。

李國華問思琪，妳要看心理醫生嗎？還是妳想要跟心理醫生講些什麼？心理醫生會從妳那兒問出什麼？思琪說，我什麼都不會說的，我只是想睡好，想記得東西。妳這樣多久了？大概三四年吧。怎麼可能三四年妳都不聲不響，現在就要看醫生，照妳說的，妳根本就不正常啊！思琪慢吞吞地說：因為我不知道是不是只有我會這樣。李國華笑了：「正常人哪會那樣呢？」思琪看著指甲，慢慢地說：「正常人也不會這樣。」李國華又沉默了，沉默是冰山一角，下面有十倍冰冷的話語支撐著。妳是要找架吵嗎？妳今天為什麼這麼不聽話？思琪把另一隻白襪子穿上，說，我只是想好好睡一覺。然後她不說話了，這件事再也沒有被提起。

出小公寓，大樓門口，騎樓下有街友。地上的鐵便當盒裡硬幣散如米飯上的芝麻。街友在用手移動下身的斷肢。思琪按著裙子蹲下去，和街友平視，把錢包裡的零錢嘩啦嘩啦倒出來，捧著放到他手上。街友揣著錢，一面折了又打開身體，右腳的殘肢磕在磚地上響亮的一聲一聲。他連連說：好小姐，妳一定會福如東海，壽比南山，福如東海，壽比南山啊。思琪微笑，大樓的穿堂風把她的頭髮潑起來，蜜在護唇膏上。她無限信服地說了謝謝。

上計程車之後，李國華對她說，很好，妳爸爸媽媽教得好，妳不知道晞晞已經領養了幾個黑小孩——但是妳別再給那個乞丐了，我好歹算半個名人，我們兩個在門口磨磨蹭蹭的，不好。思琪沒有說話，她只是把沾在嘴唇上的頭髮拈下來。啃著髮梢，被口水濡濕的頭髮在嘴裡沙沙作響，她開始白日夢，她想，啊，這個沙沙的聲音，在路樹哭葉的季節，有一條鋪滿黃葉的大河，任自己的身體順著這河漂流，一定就是這樣的聲音。老師還在講晞晞領養的小孩。作祖父的人了，思琪突然笑出來。老師問她笑什麼。沒事。妳真的有在聽我說話嗎？有。思琪一邊含著髮尾一邊心想：你真的有要我聽你說話嗎？

小公寓有貯藏間，別墅有倉庫。李國華就是那種就是被打發去買菜，也會把整個超市每一種菜都買過一輪的人。他有時候會覺得，賺錢，大量蒐集骨董，是對他另一面的生活最好的隱喻。他總是對小女學生說：「我有好玩的東西給妳看。」心裡頭激動不已，因為這句話的雙關如此明顯，卻從來沒有人發現。他指點著被帶去小公寓的女學生，要她看牆上的膠彩仕女圖。仕女在看書，眉眼彎彎如將蝕之月。女學生試圖看懂那畫的時候，他從後面把她的四肢鐐成一束，而另一隻手伸出去，他總說這一句：「妳看，那就是妳。妳知道在妳出現之前我有多想念妳嗎？」被帶去臥室她們總哭。而客廳裡的仕女的臉孔還總是笑吟吟、紅彤彤、語焉不詳的。

李國華只帶思琪去他在內湖的別墅那麼一次。別墅倉庫裡滿滿是骨董。

門一推開，屋外的陽光投進去，在地上拉開一個金色的平行四邊形。一尊尊足有小孩高的木雕隨意觀音，一個跌在另一個身上，有的甚至給新來的磕掉了口鼻。無數個觀音隔著一扇扇貝殼屏風和一幅幅蘇繡百子圖，隔著經年的灰塵，從最幽深處向思琪微笑。思琪感到一絲羞辱，淡淡地說：「看不懂。」他狡猾到有一種憨直之色，問她：「當初給妳上作文課，妳怎麼可能不懂。妳那麼聰明。」思琪認真想了想，說：「我覺得以為自己有能力使一個規矩的人變成悖德的人，是很邪惡的一種自信。也許我曾經隱約感到哪裡奇怪，但是我告訴自己，連那感覺也是不正當的，便再也感覺不到。」她理直氣壯的聲音又癱瘓下來：「但也許最邪惡的是放任自己天真地走下樓。」

說是帶她去別墅，其實還只是帶去別墅二樓客房的床上。他又假寐，思琪繼續說下去，前所未有地多話，像是從未被打斷過：「以前，我知道自己是特別的小孩，但我不想以臉特別，我只想跟怡婷一樣。至少人稱讚怡婷聰明的時候我們都知道那是純粹的。長成這樣便沒有人能真的看到我。以前和怡婷說喜歡老師，因為我們覺得老師是『看得到』的人。不知道，反正我們相信一個可以整篇地背長恨歌的人。」

星期一拉她去『喜』字頭的小旅館，星期二『滿』字頭小旅館，星期三『金』字頭小旅館，喜滿金很好，金滿喜也很好，在島嶼上留情，像在家裡夢遊，一點不危險。說書，說破她。文學多好！

那次思琪問她之於他是怎麼呢？他只回答了四個字：「千夫所指。」問他是千夫所指也無所謂嗎？記得老師的回答，「本來有所謂，但是我很少非要什麼東西不可，最後便無所謂了。」便第一次地在大街上牽起她的手，他自己也勇敢不已的樣子。雖然是半夜，陋巷裡，本來就不可能有人。抬頭又是滿月，她突然想到天地為證那一類的句子。走回小公寓，他趴在她身上，她只感覺到手背上給月光曬得辣辣的，有老師手的形狀留在那裡。想到千夫所指這個成語的俗濫，可以隨意置換成千目所視，甚至千刀萬剮，反正老師總是在照抄他腦子裡的成語辭典。思琪很快樂。

李國華回高雄的期間，思琪夜夜傳簡訊跟他道晚安。轉背熄了燈，枕了頭，房間黑漆漆的，手機螢幕的光打探在她臉上，刻畫出眉骨、鼻翼、酒窩的陰影。酌量字句的時候，不自覺歪頭，頭髮在枕上輾著，輾出流水金砂的聲音。整個頭愈陷愈深。傳簡訊的口吻也還像從前國中時寫作文那樣。道了晚安也不敢睡著，怕作夢。看著被子裡自己的手，不自覺握著他送的說能幫助入眠的夜明珠。夜明珠像摘下陰天枝頭的滿月，玉綠地放著光。可是滿月太近了，那些坑坑疤疤看得太清楚了。

李國華最近回高雄老是帶禮物給師母和晞晞，帶最多的是骨董店搜來的清朝龍袍。一涮開來，攤在地上，通經斷緯的緙絲呈明黃色的大字人形，華麗得有虎皮地毯之意。晞晞一看就說：「爸爸自己想蒐集東西，還把我跟媽咪當成藉口。」而李師母一看就有一種傷感，覺得自己永遠不會理解她的枕邊人。死人的衣服！有的還給斬了首示了眾！她總是苦笑著說這我看不懂，你自己拿回去研究吧。師母不知道那是另外一種傷感——受傷的預感。李國華每每露出敗陣而馴順的模樣，乖乖把龍袍收起來。下一次再送的時候他幾乎相信師母是真的可能喜歡。皇后的明黃不喜歡，那妃的金黃呢？妃的金黃不喜歡，那嬪的香色呢？一件一件收回自己小公寓的貯藏間，最後幾乎要生起氣，氣太太永遠不滿意他的禮物。又一轉念，高貴地原諒太太。

每次收禮，李師母心中的恐懼都會以傷感的外貌出現。對師母而言，傷感至少健康，代表她還在戀愛著這人。他從十多歲就不善送禮，好容易兩人第一次出國，他在當地的小市集挑了在她看來根本等於破爛的小骨董回家。這還是蜜月旅行。剛剛在補習班一炮而紅那年，他有一天揣摩著一尊唐三彩回家，「三彩，主要是黃綠白，但當然三不只有三種顏色，三代表多數」，直到她跟著他唸一次「黃，綠，白」，他才鬆手說：這是送妳的。

這多年，李師母唯一不可思議的是他寵晞晞到固執的地步，晞晞十多歲就買上萬塊的牛仔褲，上了國中便拿名牌包。她也不好生氣，生氣，她從此就變成兩個人當中黑臉的那一個了。問他可不可以拜託同補習班的老師幫晞晞補習，他只說了兩字：「不好。」她隱隱約約感覺他的意思是那些人不好，而不是這個主意不好。同衾時問了：「補習班那些人是不是不太好？」「怎麼不好？跟我一樣，都是普通人。」手伸過去撫摩她的頭髮，常年燙染的頭髮像稻殼一樣。對她微笑：「我老了。」「如果你老，那我也老了。」「妳眼睛漂亮。」「老女人有什麼漂亮。」李國華又微笑，心想她至少還有眼睛像晞晞。她的頭髮是稻殼是米糠，小女生的頭髮就是軟香的熟米，是他的飯，他的主食。李師母只知道他不會買禮物是始終如一。思琪在臺北愈是黏他他愈要回高雄送禮物，不是抵銷罪惡感，他只是真的太快樂了。

思琪她們北上唸書之後，伊紋的生活更蒼白了。她開始陪一維出差。最喜歡陪一維飛日本，一維去工作，她就從他們在銀座的公寓裡走出來，閒晃大半天。日本真好，每個人臉上都寫著待辦事項四個字，每個人走路都急得像趕一場親人的喜事，或是喪事。一個九十秒的路燈日本人只要十秒就可以走完，伊紋可以慢慢地走，走整整九十秒，想到自己的心事被投進人潮之中變得稀釋，想到她總是可以走整整九十秒的斑馬線，黑，白，黑，白地走。她浪費了多少時間啊。她還有那麼多的人生等著被浪費！

一維每次來日本都會找一個他以前在美國唸書的好朋友，他們總講英文，伊紋也跟著一維喚他吉米。每次請吉米上公寓，伊紋總要先從附近的壽司店訂三盒壽司便當，日文夾纏在英文裡，便當連著硃砂色漆器一齊送過來，上面有描金的松竹梅。松樹虯蜷的姿勢像一維的胸毛。竹子亭亭有節像一維的手指。一朵沾在歪枝上欲落未落的梅花像一維的笑容。

吉米是個矮瘦的男人，在日本住忒久也看得出他有一股洋腔洋調，也說不出為什麼，也許是襯衫最上面兩顆解開的釦子，也許是鞠躬時的腰身不軟，也許是他都直接喚她伊紋。今天，一維跟伊紋說，本來畢業了就想拉吉米到公司工作，但是他太聰明了，我不能想像他會甘願待在我手下。在日本，伊紋只要傻傻地當個好太太就好了，在日本的一維也確實讓她甘心只做個太太。只是，這次一維回家的時候帶了一瓶大吟釀，伊紋看見長形木盒的臉色，就像看著親人的棺材。晚上，吉米下班就來訪了，看見滿桌的飯菜馬上大聲用英文說，老兄，你怎麼不多來日本啊？一維笑得像枝頭不知道自己是最後一朵的梅花。喚老兄，拍肩膀，擊拳頭，在伊紋看起來都好美，那是在異國看見異國。只有吃完飯一維叫她拿酒出來的時候她才像醒了一樣。

一維上樓中樓，拿要給吉米的臺灣伴手禮，伊紋說了聲不好意思就離開座位，從飯廳走向廚房，木盒像個不可思議的瘦小嬰孩的棺木。吉米坐在飯桌前。一維在樓上看見吉米盯著伊紋的背影看，伊紋蹲下來拆箱子的時候露出一截背跟臀連接的細白肉，可以隱約看見伊紋脊椎的末端一節兩節凸出來，望下延展也隱約可以想見股溝的樣子。他的地盤。這裡是他的地盤，那裡也是他的地盤。一維突然覺得閣樓的扶手像拐杖一樣。若無其事走下樓，酒倒好了，小菜也齊了。從大學兄弟會談到日本黑道，從壽司談到二戰時沖繩居民集體自殺。一維講話愈來愈大聲，乾杯的時候伊紋每次都以為杯子會迸碎。

聊到深夜的時候，伊紋累了，說抱歉，趿著拖鞋進臥室找亮眼的眼藥水。一維跟吉米招招手就跟進去。一維抱住伊紋，從背後伸手進去。伊紋小聲地說，不行，不行，一維，現在不行。一維把手伸到別的地方。不行，一維，那裡不行，真的不行。一維除了手掌，手指也動用了，除了嘴唇，舌頭也出動了。不可以，一維，不可以，現在不可以。一維開始解開自己。至少讓我把臥室的門關起來，一維，拜託。一維知道吉米全聽見了。

吉米坐在飯廳聽伊紋。懶散地把頭靠在高椅背上。一個臺灣人，中年了也夜深了還逗留在日本首都的黃金地段，十多坪的飯廳天花板上裸露出正年輕的美東夜空，聽朋友的老婆。搖搖晃晃出了他們的公寓門，路邊居酒屋寫著漢字，看起來跟臺灣的招牌一模一樣。而櫥窗裡的人形模特應該是頭的地方是一個個鉤子狀的問號。

一個季節剛剛過完，一維又得去日本。伊紋在旁邊聽一維跟吉米講電話，眼前新聞在說什麼突然都聽不懂了。

有時候思琪從臺北打電話回高雄給伊紋，思琪講電話都跟白開水一樣，嘩啦嘩啦講了半小時，卻聽不出什麼。那天房媽媽半嗔半笑說思琪從不打電話回家，伊紋在席上凝固了臉孔。下次思琪再打電話回來更不敢問她學校如何，同學如何，身體心情如何，太像老媽子了。她知道思琪不要人囉嗦，可是她不知道思琪要什麼。她每次嘩啦啦講電話，講的無非是臺北雨有多大，功課多麼多，可是真要她形容雨或作業，她也說不上來，就像是她口中的臺北學生生涯是從電視上看來的一樣。伊紋隱約感覺思琪在掩蓋某種慘傷，某種大到她自己也一眼望之不盡的爛瘡。可是問不出來，一問她她就講雨。只有那天思琪說了一句，今天雨大到「像有個天神在用盆地舀水洗身子」，伊紋才感覺思琪對這個夢幻中的創傷已經認命了。

怡婷倒是很少打給她，也不好意思問劉媽媽怡婷有沒有音信。

伊紋不喜歡夏天，儘管從沒有人問她，她總覺得滿街滿城的人對她的高領抱著疑問，她覺得那些爪狀問號像鉤子一樣恨不得把她的高領鉤下來。這次到了東京，伊紋照例向壽司店訂了壽司。描金的朱色漆器看起來還是像一維，可是訂了這多次，盒器堆堆疊疊在樓中樓，斜陽下有一種慘澹之意。愈是工筆的事情重複起來愈顯得無聊。伊紋幽幽地想，自己若是到了四十歲，一維就六十幾歲了，那時他總不會再涎著臉來求歡了。可是說不準還是打她。單單只有被打好像比較好受。比下午被上晚上被打好受。想到這裡就哭了，眼淚滴在地上，把地板上的灰塵濺開來。連灰塵也非常嫌棄的樣子。

今天一維和吉米沒有喝酒。光是談馬英九的連任就談了一晚上。伊紋不知道，自己聽見一維叫她，眼睛裡露出驚嚇的表情。吉米說謝謝伊紋的招待，問一維可以陪他走一段嗎？一維笑說這好像送女生回宿舍門口。

吉米一踏出門，被風吹瞇了眼睛，熱風餒在馬球衫上，吹出他瘦弱的腰身。一維親熱地勾著吉米的脖子，無意識地展示他物理上或任何方面都高人一等。吉米瞇著眼睛看一維，用他們的英文開口了：老兄，你打她了對吧？一維的笑容一時收不起來，你說什麼？你打她了，對吧？一維放開吉米的脖子，淺淺說一句，飛一趟聽你跟我說教。吉米推一維一把，看著他簇新的衣領一時間竟幻想到伊紋擁抱著一團髒衣服跟洗衣機搏鬥的樣子，才沒有把他推到牆上去，喔，這真的一點都不酷，你搞不搞得清楚狀況啊？一維沒有回推他，只是站得用力，讓人不能動搖他半分，他說，這不關你的事。靠，你真的是混蛋，你以為她像以前那些女孩子一樣，拿一些錢就閉嘴走人？她是真的愛你！一維停頓一下，像是在思考，又開口，微微笑說，我看到你在看她。你說什麼屁話？我說的屁話是，我看見你盯著我的老婆看。一維繼續說，就像以前在學校你老是跟著我追同一個女人。此時，吉米的臉看起來像家家戶戶的冷氣滴下來的廢水一樣，一滴一滴的。滴，滴答，滴，滴答。吉米嘆口氣，你比我想像的還糟，說完就轉身走了。一維這才發現滿街都是人，太陽照在東方人的深髮色上，每一個頭顱都非常圓滑、好說話的樣子。一轉眼就找不到吉米的身影了。

伊紋第一次見到吉米是在婚禮後的派對上。婚禮是老人的，派對是我們的。伊紋喜歡一維說「我們」兩個字，他說「我」字嘴唇嘟起來欲吻的樣子，「們」字的尾巴像一個微笑。一維真可愛。

婚禮上有官，有媒體，那都算了；伊紋和一維去訂製婚紗，伊紋喜孜孜地畫了心目中婚紗的樣子，簡單的平口，很澎很澎的紗裙，背後有一排珍珠扣。我不知道妳會畫畫。你不知道的還很多。手摸進她的腰，那妳什麼時候讓我知道呢？你很壞。伊紋笑得手上的畫筆都顫抖，紙上的紗裙皺紋愈來愈多。一維回家，老錢太太一看設計圖就說不行，「她乾脆把胸部捧出去給人看好了。」婚紗改成蕾絲高領長袖，魚尾的款式。伊紋自我鬥爭一下就想，算了，婚禮只是一個日子，以後我愛怎麼穿就麼穿，在家裡脫光光也可以。想到這裡笑出聲來，笑到睫毛像群起革命一樣擁戴她的眼睛，大眼睛淹沒在睫毛裡。

婚禮之後包了飯店高樓層的露天餐廳，在泳池旁開了派對。請的都是一維的朋友，大家都講英文。伊紋蠟在那兒給人拍打照相，對她而言，這只是穿上喜歡的衣服的日子。香檳、紅白酒一瓶一瓶地開，有人喝到走進泳池裡。那人從水裡甩出頭，第一句就罵了：靠，我可以濕，手機不能濕。大家都笑了。

一維在美國唸書的時候參加了大學的兄弟會，入會資格只有兩種：一是很有錢，二是很聰明。伊紋沒有問過一維是靠哪一種進去。一維喝起酒來鬧得真兇。一維對麥克風大喊，吉米，你在哪，給我到臺上來。誰？伊紋湊過去問。我要介紹給妳，我的兄弟。

伊紋站在臺上，看見人們一叢一叢聚在一起招呼了又分開，分分合合比乾杯還快。一個人走過來，一個人走過去，像在打一種複雜的毛線，一個人穿過一個人，再一個人織進另一個人裡面。脫下西裝外套的來賓看起來跟打領結端小菜的侍者沒有兩樣。吉米？誰？彷彿有一個矮小的男人朝這裡走過來。又馬上被一個胖大的身影遮住。胖大男人走了。每個人都是古埃及壁畫似的側面，只有那矮小的男人直面著他們走來。又有人把那矮小男人遮住。伊紋感覺自己的智力正在漸漸褪色。那個矮小男人終於近了，暴露出整個的自己，他走到臺上，跟一維擁抱。在高大的一維懷裡矮得像個小孩。喔，這是吉米，全校最聰明的人，聰明到我不敢叫他來我們公司上班。吉米你好，叫我伊紋就好囉。

鬧到深夜，伊紋累得溜進室內，在飯店的長桌上就趴著睡著了。吉米去找廁所的時候，被這一幕迷住了：室內太暗了，滿室金銀像被廢棄一樣，兩張六十人的長桌平行著，那麼長，從這裡望過去，桌的另一端小得像一個點，長到像繪畫教學裡的透視技法。小小的新娘子趴在這一頭，粉色洋裝外露出背部，肩頸，手臂，白得要化進白桌巾裡。外面的燈光透過格子窗投進來，光影在桌上拉出一個個菱形，像桌子長出異艷的鱗片。新娘子像睡在神話的巨獸身上，隨時會被載走。

一維走進來了，嘿。嘿。他們一起看著這個畫面。伊紋的背均勻地起伏。老兄，要對她好，你知道我的意思嗎？吉米小聲說完這一句，就插著口袋去廁所了。

一維用西裝外套蓋住伊紋。回到外頭，他拿著麥克風，用英文說，好了，大夥兒，睡覺時間到了。兄弟會裡最瘋的泰德高舉酒瓶，大聲說，喔，少來了，全世界都知道你急著想回家幹嘛。一維笑了，喔，泰德，Fuck you。泰德手裡的酒灑出來，喔，你將要fuck的不是我。一面做著猥褻的姿勢。大家笑得更厲害了。而屋子裡的伊紋只是靜靜地睡著，窗外燈光移動的時候，伊紋也長出了鱗片，像是她自己也隨時可以起飛。

房思琪放學了總是被接回李國華的公寓。桌上總是擺了一排飲料，老師會露出異常憨厚的表情，說，不知道妳喜歡什麼，只好全買了。她說，我喝什麼都可以，買那麼多好浪費。他說，沒關係，妳挑妳喜歡的，剩下的我喝。思琪覺得自己跳進去的這個語境柔軟得很怪異。太像夫妻了。

思琪拿了咖啡起來喝，味道很奇怪。跟手沖咖啡比起來，便利商店的罐裝咖啡就像是一種騙小孩子的咖啡——跟我的情況很搭。思琪想到這裡，不小心笑出聲來。什麼那麼好笑？沒事。沒事笑什麼？老師，你愛我嗎？當然，我在世界上最愛的人就是妳，從來沒想到我這麼老了竟然才找到了知音，比愛女兒還愛妳，想到竟然都不覺得對女兒抱歉，都是妳的錯，妳太美了。

他從包裡掏出一疊鈔票，鈔票有銀行束帶，思琪一望即知是十萬元。他隨意地把鈔票放在飲料旁邊，就好像鈔票也排入了任君挑選的飲料的隊伍。給妳的。思琪的聲音沸騰起來：「我不是妓女。」妳當然不是，但是我一個禮拜有半禮拜不能陪妳，我心中有很多歉疚，我多想一直在妳身邊，照料妳，打理妳的生活，一點點錢，只是希望妳吃好一點，買喜歡的東西的時候想起我，妳懂嗎？那不是錢，那只是我的愛具像化了。思琪的眼睛在發燒，這人怎麼這樣蠢。她說，無論如何我是不會收的，媽媽給我的零用錢很夠了。

李國華問她，今天沒課，我們去逛街好不好？為什麼？妳不是欠一雙鞋子嗎？我可以先穿怡婷的。逛也不一定要買。思琪沒說話，跟著他上了計程車。思琪看著涮過去的大馬路，心想，臺北什麼都沒有，就是很多百貨公司。他們踏進以平底鞋聞名的專櫃，思琪一向都穿這家的鞋子，也不好開口問他他怎麼認得。思琪坐在李國華旁邊試鞋子，店員殷勤到五官都有點脫序，思琪馬上看出什麼，覺得自己也像是漂漂亮亮浴著鹵素燈被陳列在那裡。李國華也看出來了，小小聲說，「精品店最喜歡我這種帶漂亮小姐的老頭子。」思琪不可思議地看著他。馬上說，我們走吧。他說，不不不，拿了鞋，便結帳。思琪覺得心裡有什麼被打破了，碎渣刺得她心痛痛的。思琪隔天回到她和怡婷的家，才發現他直接把那疊錢塞進她的書包。馬上想到，這人倒是很愛隨便把東西塞到別人裡面，還要別人表現得歡天喜地。她充滿痛楚，快樂地笑了。

從百貨公司回到小公寓，思琪還在賭氣。老師問她，別生氣了好嗎？幹嘛跟漂亮東西過不去？我說了，那不是錢，那也不是鞋子，那是我的愛。禮物不就是這樣美麗的一件事嗎？禮物不就是把抽象的愛捧在手上送給喜歡的人嗎？他半蹲半跪，做出捧奉的手勢。思琪心想，就好像是古代跟著皇帝跳祈雨舞的小太監，更像在乞討。討什麼？討她嗎？

他的小公寓在淡水河離了喧囂的這岸。夏天太陽晚歸，欲夕的時候從金色變成橘色。思琪被他壓在玻璃窗上，眼前的風景被自己的喘息霧了又晴，晴了又霧。她不知道為什麼感覺太陽像顆飽滿的蛋黃，快要被刺破了，即將整個地流淌出來，燒傷整個城市。

她穿衣服的時候他又悠哉地躺在床上，他問，「夕陽好看嗎？」「很漂亮。」漂亮中有一種暴力，忍住沒有說出口。他閑散地說，「漂亮，我不喜歡這個詞，太俗氣了。」思琪扣好最後一顆釦子，緩緩地轉過去，看著他坦著身體自信到像個站在廣場已有百年的雕像，她說，「是嗎？那老師為什麼老說我漂亮呢？」他沒有回答這句話，只是揚起語氣說，「要是能一個月不上課跟妳廝混多好。」「那你會膩。」他招招手把她招到床邊，牽起她的小手，在掌心上寫了：「是溺水的溺。」

大起膽子問他：「做的時候你最喜歡我什麼？」他只答了四個字：「嬌喘微微。」思琪很驚訝。知道是紅樓夢裡形容黛玉初登場的句子。她幾乎要哭了，問他：「紅樓夢對老師來說就是這樣嗎？」他毫不遲疑：「紅樓夢，楚辭，史記，莊子，一切對我來說都是這四個字。」一剎那，她對這段關係的貪婪，嚷鬧，亦生亦滅，亦垢亦淨，夢幻與詛咒，就全部了然了。

不知不覺已經天黑了，從淡水河的這岸，望過去熙攘的那岸，關渡大橋隨著視線由胖而瘦，像個穿著紅色絲襪的輕艷女子從這裡伸出整隻腿，而腳趾輕輕蘸在那端市區的邊際。入夜了，紅色絲襪又織進金線。外面正下著大雨，像有個天神用盆地舀水洗身子。潑到了彼岸的黑夜畫布上就成了叢叢燈花，燈花垂直著女子的紅腳，沿著淡水河一路開花下去。真美，思琪心想，要是伊紋姊姊不知道會怎樣形容這畫面。又想到，也沒辦法在電話裡跟伊紋姊姊分享。這美真孤獨。美麗總之是孤獨。在這愛裡她找不到自己。她的孤獨不是一個人的孤獨，是根本沒有人的孤獨。

思琪在想，如果把我跟老師的故事拍成電影，導演也會為場景的單調愁破頭。小公寓或是小旅館，黑夜把五官壓在窗上，壓出失怙的表情，老師總是關燈直到只剩下小夜燈，關燈的一瞬間，黑夜立刻伸手游進來，填滿了房間。黑夜蹲下來，雙手圍著小夜燈，像是欲撲滅而不能，也像是在烤暖。又不是色情片，從頭到尾就一個男人在女孩身上進進出出，也根本無所謂情節。她存在而僅僅占了空間，活得像死。又想到老師最喜歡幻想拍電影，感覺到老師在她體內長的多深邃的根。

老師從來不會說愛她，只有講電話到最後，他才會說「我愛妳」。於那三個字有一種汙爛的悵惘。她知道他說愛是為了掛電話。後來，思琪每次在她和怡婷的公寓的鞋櫃上看到那雙在百貨公司買的白鞋，總覺得它們依舊是被四隻腳褪在床沿的樣子。

自從張太太她們那次之後，伊紋就沒有來過毛毛先生的店裡。毛毛先生每天在心裡撕日曆，像撕死皮一樣，每一個見不到妳的日子都只是從醃漬已久的罐子裡再拿出一個，時間不新鮮了。整個蟬叫得像電鑽螺絲釘的夏天，伊紋都沒有出現。檸檬蛋糕還是永永遠遠的，毛毛先生也一樣。

那天毛毛先生在店門口講手機，突然伊紋從遠處大馬路斑馬線上跳進他的眼眶，他馬上把電話切斷，小跑步起來。白上衣白長褲，一定是妳，不是也要追追看。第一次覺得街道無止盡地長。錢太太！錢太太！她像是聽很久才聽懂那名銜是在喊她，遲遲地轉過來。這一幕像慢動作一樣。是妳。伊紋戴著漆黑的墨鏡，不能確定是不是看著毛毛。他在伊紋面前停下來，喘了一下，錢太太，好久不見。啊，毛先生，你好。錢太太怎麼會路過這邊呢？啊，咦，我忘記自己要幹嘛了。伊紋笑了，皺出她那雙可愛的小酒渦，可是此時酒渦卻有一種待填補的表情。我可以陪妳走一段嗎？啊？我可以開車載妳，我車子就停在那邊，手長長指出去，那個停車場。好吧。兩個人沉默地低頭走路的時候，我很難不去看白長褲在妳小小的膝蓋上一皺一皺地，像潮汐一樣。很難不去看妳靠近我的這隻手用力地握了起來，握出手背上一根一根骨頭，像是怕我會情不自禁去牽妳。我也無法不去想像妳的墨鏡下拳頭的痕跡。

毛毛幫伊紋打開副駕駛座的車門，好險天氣已經涼了，否則車給太陽曬得。毛毛坐上駕駛座。妳要去哪呢？我真的忘記了。伊紋抱歉地笑了一下之後，把下唇的唇蜜咬掉。兩個人沒有一個要先繫上安全帶。「錢太太。」「叫我許小姐，拜託。」「伊紋。」毛毛念伊紋這兩個字，就好像他從剛出生以來就有人反覆教他這個詞，刻骨銘心地。毛毛看見她的墨鏡下流出了眼淚，伊紋馬上摘了墨鏡，別過頭去擦眼淚，毛毛一瞬間看見她的眼睛不是給打的，只是哭腫了，但是那血脈的顏色彷彿比烏雲顏色的瘀青看了更叫人心驚。

毛毛開始說話，彷彿是自言自語，又溫柔得像新拆封的一包面紙，伊紋從沒有聽過他一次說那麼多話：「伊紋，妳已經忘記妳第一次見到我的情景，可是我沒有忘記。有點蠢，三十幾歲的人在這邊講一見鍾情。我不是貪心的人，可是愈認識妳我想知道的愈多，深夜回到家我會對自己背誦妳說的話。其實我第一次見到妳是在妳的婚禮上，大概妳那時也沒有看見我。我回想起那天，交換誓詞的時候，妳看著——錢先生——的眼神，我真的願意犧牲我擁有的一切去換取妳用那樣的表情看我一眼。」毛毛停頓一下，繼續說：「有時候我會想，或許我真的就不是妳喜歡的型，我身上沒有那種昂貴的血液。」

伊紋不知道什麼時候已經拿下墨鏡，上唇的唇蜜也被她吃掉了。她沉默了很久很久，兩個人都感覺這沉默像在一整本辭海裡找一片小時候夾進去的小手掌楓葉，厚厚的沉默，翻來覆去的沉默，鑲上金邊的薄透聖經紙翻頁的沉默。伊紋只說了一句話，不知道算不算是回答他，她抬起頭，很用力地用紅紅的小白兔眼睛望進去毛毛的眼睛，她說：我懷孕了。

在高雄家裡，伊紋一定要看十點的新聞，與其是看新聞，不如是倒數著有沒有人會打電話來拉一維去喝酒。整點新聞開場的音樂像卡通裡的主角變身時的配樂一樣，神采奕奕地。今天，電話響了。伊紋發現自己隨著電話聲直打顫。她看見一維說好。她聽見一維走進更衣室。她看見衣架被扯動的聲音。像是日本一個個吊在那兒的電車扶手，進站的時候會前後晃動。

一維一打開更衣室的門就看見伊紋的臉，原本應該是緊緊貼在門上，那麼近。一維笑了，嚇我一跳。伊紋用身體擋著更衣室，沒有要讓一維出去的意思。妳怎麼了？伊紋的眼淚一顆顆跳下她的臉頰。一維，你愛我嗎？我的蜜糖，我的寶貝，妳怎麼了，我當然愛妳，不要哭，告訴我發生什麼事了。伊紋像跌倒一樣啪地坐到地上，兩腿大開像個小孩，駝著背把臉埋在手裡，哭得像一具孩屍。一維蹲下來，妳怎麼了，我的寶貝。一維從沒有聽過伊紋的聲音這樣大。你不要給我理由不愛你好不好？伊紋把手上的鑽錶卸了，往地上一摜，錶裡的指針脫落了，沒有指針的錶面看上去像一張沒有五官的臉。

我一心一意喜歡你、愛你、崇拜你，你要我當笨蛋我就當，你要我吞下去我就吞，不是說好要守護我愛顧我的嗎，到底為什麼要打我？伊紋不斷踢動雙腳，像個尿失禁的小孩子，哭到沒有辦法呼吸，手指一格一格耙著書牆，爬到臥室吸氣喘藥。抱著自己縮在床頭櫃前抽搐地哭。一維伸手要拍拍她，她以為又要打她，嚇得跌倒了，牛奶色的四肢都翻倒。伊紋，伊紋伊紋我的親愛的，我不去了，今天不去，以後也不去了，好嗎？我愛妳，都是我的錯，我真的好愛妳，我再也不喝了，好不好？

一整個晚上，一維要碰伊紋，她都露出受驚正逃獵的小羊表情，眼睛大得要掉出來。伊紋哭累了，靠著床的高腳睡著了。一維要把她抱到床上，碰到她的一瞬間，她在夢中擰起了眉頭，緊緊咬著牙齒，紅紅的眼皮像塗了眼影。一維第一次真的覺得自己做錯事了。她在一維的臂彎裡那麼小，放下去的時候對折的腰肢張開來，像一朵花為他盛開。一維去收拾客廳，大理石地上靜靜躺著他買給她的錶和一杯打翻的水。收拾好玻璃渣子，回臥室，已經比深夜還要深，一維發現她醒了，躺在那兒睜大眼睛流眼淚，像是她也沒發現自己哭了一樣，像是每次他這個時間才回家看到的一樣。一維拉張椅子在床邊坐下，問伊紋要不要喝水，她說好。扶她起來，她小口小口喝水的樣子真可愛。她把杯子還給他的時候，手和杯子一起留在他的手裡。她靜靜地說：一維，我懷孕了，前幾天去醫院確定了，我叫他們先別告訴你，應該是在日本有的。

從此一維和伊紋變成世界上最恩愛的夫妻。一維只要看見嬰兒用品就會買一件粉紅，一件粉藍的。伊紋笑他浪費，說如果是男生，用粉紅色也沒什麼不好啊。一維會瞇起眼睛說再生一個就不浪費了，一面把小玩具放進推車裡一面把伊紋笑著打他的手拿過去吮吻。

思琪和怡婷都是冬天的小孩，十三，十四，十五歲的生日，都是和伊紋姊姊一起過的，因為伊紋也是冬天的小孩。升上高三，要過十八歲生日，思琪只覺得木木的，沒有長大的感覺。生日當然不是一種跨過去了就保證長大的魔咒，可是她知道無論如何她都不會再長大了，她的心事就算是餵給一個超級黑洞，黑洞也會打出一串凌亂的飽嗝。更何況黑洞就在她裡面。大家都說她太白了，白得像石膏雕塑。她總是會想像一雙手伸進自己的肚子，擦亮一支火柴，肚子內壁只刻著那句老師對她說的：「雕塑，是藉由破壞來創造。」

一維領伊紋上毛毛先生的店，要挑誕生禮給肚子裡的寶寶。毛毛先生看著他們手牽手走進來，毛毛的臉看起來就像燒烤店門口那籃任人拿的薄荷糖。啊，錢先生錢太太，恭喜。伊紋看著毛毛的眼神像海。我好想往裡面大喊，像我們最喜歡嘲笑的日本勵志愛情電影那樣，把手圈在嘴邊，把我的名字喊進妳的海眼裡。

寶寶的話，我推薦腳鍊，對寶寶安全。一維馬上說，那就腳鍊吧。簡單的款式就好，伊紋接著說。毛毛看見一維的手放在伊紋的大腿上。簡單的話，像這樣呢？幾筆就畫出來。就這個吧，一維看起來很開心。最近案子有點多，一個月以後可以嗎？一維笑了，還有九個月給你做！毛毛笑著回答，錢先生一定很開心。那當然！錢太太也一定很開心吧？嗯。送客的時候毛毛發現伊紋穿平底鞋只到一維的胸前，而他必須抬起頭才能看見一維的眼睛，必須低下頭才能看見伊紋的。妳的睫毛在撓癢我的心，可是它沒有格格笑，它癢得哭了。一維早已坐進駕駛座，上副駕駛座之前，伊紋大大地跟他揮揮手，他卻覺得還是睫毛在揮手。回去店裡，上二樓，很快地選定了克拉數，畫好了一比一的設計圖，修改的地方仔細地用橡皮擦擦乾淨，擦到那腳鍊在白紙上顯得理所當然到跋扈。只要妳幸福就好了。

伊紋沒有隔幾天就上毛毛先生這兒。毛毛問她：錢太太很開心吧？前兩天才問過同一句話，可是彼此都知道不是同一句話。嗯，開心，真的開心。那太好了。毛毛發現自己說的是真心話，他全身都睜開了眼睛，吃吃地流淚。只有眼睛沒有流淚。我要來拿給我的小朋友的墜子。小朋友？啊，當然。

一雙白金墜鍊，細細的鳥籠裡有青鳥站在鞦韆上，鳥籠有清真寺穹頂，鳥的身體是水汪汪的搪瓷，眼睛是日出般的黃鑽，鳥爪細細刻上了紋路和指甲，鳥籠的門是開著的，輕輕搖晃，鳥和鞦韆會跟著盪起來。伊紋輕輕晃著墜子，又拈著還給毛毛先生，她手指碰到他的掌心柔軟地方的時候，毛毛覺得自己是高崗上被閃電劈開的樹。「毛先生真的是藝術家。」「哪裡，錢太太客氣了。」「太謙虛這點也很藝術家。」「其實做完這個，我心裡蠻驕傲的。」兩個人都笑了。「心裡頭驕傲也非常藝術家呢。」妳笑起來真美，想把妳的笑風化了收在絨布盒子裡。

伊紋突然斂起笑容，來回轉弄自己的婚戒，又瘦了，一推就推出來。這個象徵不好。馬上停下玩弄的左手。伊紋開口了：「那天，對不起。」毛毛愣了一下，慢慢地開口，用很小聲但不是說祕密的語氣：「該說抱歉的是我，我說了令妳困擾的話。可是想想，覺得自己給妳帶來困擾，這樣的想法也好像在自抬身價。總之很抱歉。」伊紋默默把青鳥墜子的絨布盒子啪地夾起來，關了一個還有一個。關上盒子，四指和拇指合起來的手勢，像是她從學生時代就喜歡逗鄰居小孩玩，套著手指玩偶的樣子。拇指一張一弛，玩偶說出人話，孩子們笑得像一場大夢。她知道毛毛知道她的手勢在做什麼。毛先生喜歡小孩嗎？喜歡。他又笑出來，可是我待在店裡十年沒看過幾個小孩。伊紋笑了，她說，我從來沒有想過喜歡小孩的人該選什麼工作，可以遇到小孩，卻又不用管教他們。他們都笑了。毛毛沒有說的是，喜歡妳的小孩，就算是錢一維的小孩也會喜歡。

毛毛先生上樓之後一整天都在畫一只雞尾酒戒，各色搪瓷迷你花卉團團包圍一顆大寶石，藤蔓從戒身爬上主石，主石上沾著一雙蝴蝶，蝴蝶身上有拉花，花紋裡有小寶石。畫了一整天，腰酸背痛，起身活絡的時候脊椎卡卡響。一只反正無法實現的雞尾酒戒。第一次覺得自己畫得其實蠻好。第一次做一整天白工。那幾天毛毛都在修改那只雞尾酒戒，連3D圖都做好了。為妳浪費的時間比其他時間都好，都更像時間。

過沒幾天一維竟來毛毛的店。毛媽媽一如往常端坐在那兒，啊，錢先生，需要我叫毛毛下來嗎？好。毛媽媽走上樓，特地加重了腳步。錢先生在樓下。錢先生？小錢先生？對，找你。下樓，漾出笑容，錢先生怎麼來了？馬上對自己專業的親熱感到羞愧。就是這人打得妳不見天日。原來一維想送伊紋生日禮物。毛毛先生這才知道伊紋的年紀。小心翼翼地問，有要什麼石頭嗎，多大？一維揮揮手，預算無所謂。又補了一句，但是不要跟別人一樣的。要簡單還是複雜的？愈華麗愈好，愈夢幻愈好，你不知道，伊紋她整天都在做白日夢。

毛毛突然明白為什麼覺得這人奇怪，也許世界對他太容易了，他又不像伊紋寧願自己有罪惡感也不要輕慢別人，一維的毛病就是視一切為理所當然。馬上想到伊紋說她為什麼不喜歡維多利亞時期的小說，伊紋說：「古典這兩個字，要當成貶意的話，在我的定義就是：視一切為理所當然。」這人真古典。毛毛翻了幾張圖，一維都說不夠。毛毛上樓印了最近那只戒指的圖下來，影印機的光橫行過去的時候毛媽媽的眼光也從毛毛身上切過去。一維看一眼就說這個好，就這個吧。聯絡香港的金工師傅，一個鍵一個鍵按電話的時候，毛毛很幸福。沒有黑色幽默或反高潮的意思，他只是婉曲地感到本屬於伊紋的就一定會到伊紋手上。

再沒幾個禮拜就要大考，怡婷還是收到很多同學送給她的生日禮物，大部分是書，也不好跟她們講她早不看這些了，只是道謝。兩個人走路回家的路上怡婷撒嬌又賭氣地對思琪說，禮物在家裡。回家以後兩個人交換了卡片和禮物，怡婷收到的是銀書籤，思琪收到的是喜歡的攝影師的攝影集。

怡婷在卡片上寫道：「好像從小我們就沒有跟對方說對不起的習慣，或者是沒有說對不起的機會。很難開口，我只好在這裡向妳道歉。但是我也不是很確定自己對不起妳什麼。其實，我聽見妳夜哭比誰都難受，可是我不理解那哭的意思。有時候面對妳，我覺得自己好小好小，我好像一個沿著休火山的火山口健行的觀光客，而妳就是火口，我眼睜睜看著深邃的火口，有一種想要跳下去，又想要它噴發的欲望。小時候我們夸夸談著愛情與激情、至福、寶藏、天堂種種詞彙的關係，談得比任何一對戀人都來得熱烈。而我們戀愛對象的原型就是老師。我不確定我嫉妒的是妳，或是老師，或者都有。與妳聊天寫功課，我會發現妳臉上長出新的表情，我所沒有的表情，我心裡總是想，那就是那邊的痕跡。我會猜想，如果是我去那邊，我會不會做得更好？每次妳從那邊回來，我在房間聽妳在隔壁哭，不知道為什麼，我連妳的痛苦也嫉妒。我覺得那邊並不在他方，而是橫亙在我們之間。如果不幸福，為什麼要繼續呢？希望妳早點睡。希望妳不要再喝酒。希望妳不要酗咖啡。希望妳坐在教室裡聽課。希望妳多回我們的家。說『為妳好』太自以為是了，但是我總覺得妳在往陌生的方向前進，我不確定是妳丟下我，或其實是我丟下妳。我還是如往常般愛妳，只是我知道自己現在對妳的愛是盲目的，是小時候的妳支持著我對現在的妳的愛。可是天知道我多麼想了解妳。十八歲是大日子，我唯一的願望是妳健健康康的，希望妳也許願自己健健康康的。很抱歉前幾天說了那麼重的話。我愛妳，生日快樂。」

一回家，她們也馬上收到伊紋姊姊寄來的禮物和卡片。兩個人的禮物一樣，是個異常精緻的鳥籠墜子，那工麗簡直讓人心痛。思琪馬上浮現毛毛先生穿著藍衣衫的樣子。

伊紋姊姊的字跟她的人一樣，美麗，堅強，勇敢。伊紋在給思琪的卡片上寫了：「親愛的親愛的琪琪，十八歲生日快樂！雖然妳們好遠好遠，但至少有一樣好處，這幾年的禮物都是用寄的，妳就不能退還給我了。我十八歲的時候在幹嘛呢？我小時候好像幻想過，一過了十八歲生日，我就不是聰明，而是有智慧。甚至還幻想過一夜長高。我十八歲的時候會整本地背一個人的聖經和圍城，神曲和哈姆雷特，聽起來很厲害，其實此外也沒有別的了。十八歲的時候，我沒有想像過自己現在的樣子，我一直是個苟且、得過且過的人，總以為生活就像背辭典，一天背十頁就一定可以背完。現在也是這樣，今天削蘋果，明天削梨子，再往後，就想不下去了。跟妳們每天一起唸書的時光，是我這一生中最逼近理想未來的時刻。以前，我以為自己唸完博士就考大學老師，在大學當助教，當講師，當副教授，一路走上去，理所當然到可惡。後來妳們就是我的整個課堂。我常常在想，我是不是無意中傷害了妳們，尤其是妳，琪琪。寫實主義裡，愛上一個人，因為他可愛，一個人死了，因為他該死，討厭的角色作者就在閣樓放一把火讓她摔死——但現實不是這樣的，人生不是這樣的。我從來都是從書上得知世界的慘痛，懺傷，而二手的壞情緒在現實生活中襲擊我的時候，我來不及翻書寫一篇論文回擊它，我總是半個身體卡在書中間，不確定是要縮回裡面，還是乾脆掙脫出來。也許我長成了一個十八歲的自己會嫌惡的大人。但是妳們還來得及，妳們還有機會，而且妳們比我有智慧。真的，妳相信嗎？妳還來得及。我現在身體起了微妙的變化，這種變化也許其實跟十八歲的可愛少女所感受到的生理變化是相似的，也許相似到令人匪夷所思的地步。有機會再詳細跟妳講。我好喜歡妳打電話給我，可是有時我又會害怕，我不敢問妳妳好嗎，大概是我懦弱，我怕聽見妳跟我說妳其實並不好，更怕妳不要我擔心遂說妳好。高三的生活一定很辛苦，有時我還害怕妳跟我講電話浪費了妳的時間。好希望有一天，我可以大大方方地問妳，妳好嗎？也大大方方接納妳的答案。我想念我們唸書的時光，想念到祕密基地喝咖啡的時光，如果把我想念妳們時在腦子裡造的句子陳列出來，那一定簡直像一本調情聖經，哈。一維在旁邊要我向妳招手問好。最後，我想告訴妳，無論什麼事都可以跟我說，從小得像蜉蝣，到大得像黑洞的事情。妳們生日了真好，我終於有藉口可以好好寫信給妳們。生日快樂！希望妳們都還喜歡生日禮物。p.s. 妳們去買一整塊蛋糕吃光光吧！妳誠摯的，伊紋。」

房思琪隨身帶著這兩封信。在李國華的小公寓只要一穿好了衣服，就馬上從書包掏出信來。思琪問李國華，又似自言自語：「我有時候想起來都不知道老師怎麼捨得，我那時那麼小。」他躺在那裡，不確定是在思考答案，或是思考要不要回答。最後，他開口了：「那時候妳是小孩，但是我可不是。」她馬上低下頭用指腹描摹信上伊紋姊姊的筆跡。老師問她怎麼哭了。她看著他說沒事，我只是太幸福了。

一維說今年不辦派對了，我只想我們兩個人好好的。是三個人，伊紋糾正他，手伸進他的袖管裡。伊紋笑著說，但是無論如何蛋糕是一定要吃的。一維買了一塊小蛋糕回家，伊紋拆蛋糕的臉像個小孩，她把老牌蛋糕店的漬櫻桃用拇指食指拈起來，仰起頭吃下去，紅紅的櫻桃梗在嘴唇前面一翹一翹地，非常性感。吐出來的櫻桃核皺紋深刻，就像每次他從她坦白的小腹爬下去，她大腿中間的模樣。伊紋每次都想夾起來，喃喃道：一維，不要盯著看，拜託，我會害羞，真的。

關燈點蠟燭，數字的頭頂慢慢禿了流到身體上，在燭光裡伊紋一動也不動，看起來卻像是在搖曳。嘬起嘴去吹滅的時候像兩個飛吻。開了燈，兩支蠟燭黏著許多大頭燭淚，像一群精子要去爭卵子的樣子。一維拿雞尾酒戒出來，伊紋一看就嘆了一聲，喔，天啊，這根本是我夢裡的花園，一維，你真了解我，你真好。

晚上就收到女孩們從臺北快遞來的包裹，一隻比她還大的凱蒂貓，伊紋緊緊抱著玩偶，像是就可以抱著她們。

包裹裡夾著思琪給伊紋寫的卡片：「最親愛的伊紋姊姊，今天，我十八歲了，好像跟其他的日子沒有兩樣。或許我早就該放棄從日子裡挖掘出一個特別的日子，也許一個人的生日，或無論叫它母難日，甚至比拿香唸佛的臺灣人過耶穌的生日還要荒唐。我沒有什麼日本人所謂存在的實感，有時候我很快樂，但這快樂又大於我自己，代替我存在。而且這快樂是根據另一個異端星球上的辭典來定義的，我知道，在這個地球上，我的快樂絕對不是快樂。有一件事情很遺憾，這幾年，學校的老師從沒有給我們出過庸俗的作文題目，我很想寫我的志願，或者我的夢想。以前我會覺得，把不應該的事當作興趣，就好像明知道『當作家』該填在『我的夢想』，卻錯填到『我的志願』那一欄一樣。但現在我不那麼想了。我喜歡夢想這個詞。夢想就是把白日夢想清楚踏實了走出去。我的夢想，是成為像伊紋姊姊那樣的人——這句話並不是姊姊的生日禮物，是事實。姊姊說十四行詩最美的就是形狀：十四行，抑揚五步格，一句十個音節——一首十四行詩像一條四四方方的手帕，如果姊姊能用莎士比亞來擦眼淚，那我一定也可以拿莎士比亞擦掉別的東西，甚至擦掉我自己。莎士比亞那麼偉大，在莎士比亞面前，我可以用數學省略掉我自己。我現在常常寫日記，我發現，跟姊姊說的一樣，書寫，就是找回主導權，當我寫下來，生活就像一本日記本一樣容易放下。伊紋姊姊，我非常想念妳，希望妳一切都好，希望所有俗套的祝福語都在妳身上靈驗，希望妳萬事如意，壽比南山，希望妳春滿乾坤福滿門，希望妳生日快樂。愛妳的，思琪。」

李國華很少看錯人，但是他看錯郭曉奇了。

曉奇被攆出李國華的臺北小公寓以後，開始玩交友網站。在她，要認識人是太容易了。一開始就講明了不要談戀愛，僅僅是約在小旅館裡。曉奇是一個堅強的人，也許太堅強了。每次搭捷運去赴約，捷運的風把她的裙子吹胖，她心裡總有一種風蕭蕭兮易水寒的感覺。那些男人，有的一脫褲子便其臭無比，有的嘴巴比內褲還臭。但是這正是曉奇追求的，她要糟蹋自己。她不知道她花了大半輩子才接受了一個惡魔而惡魔竟能拋下她。她才知道最骯髒的不是骯髒，是連骯髒都嫌棄她。她被地獄流放了。有什麼地方比地獄更卑鄙、更痛苦呢？

那些男人見了她多半很訝異，赴約前一心以為交友網站上曉奇少報了體重或多報了上圍。有人甚至佈道起來，妳還這麼年輕漂亮，何必呢？曉奇睜大了眼睛問：何必什麼？男人便不說話了，只是靜靜脫衣服。每一個要與陌生男子見面的日子都是高音的日子。大學課堂上老師說什麼漸漸聽不到了。

有個男人帶她回家，男人家裡的牆壁都是黑色矽礦石，黑色小牛皮沙發好軟，簡直要被壓進去。男人的頭蓄在她的頸窩裡，曉奇偏著頭聞到那是小牛皮，心裡想：好奢侈。沒有想到更奢侈的是一個個男人作賤從小這樣規矩的自己。男人結束的時候輕輕地痙攣，像是知道她心不在焉，害怕吵醒她。躺下來之後男人第一句便用了英文說，我的上帝啊。上帝那個詞的字首拖得很長，像大房子裡喚一個熟極的傭人。曉奇一聽就笑了。

曉奇去一家出名的酒館喝酒。老闆把握著一瓶酒，酒瓶上有約束的鐵嘴，他用華麗誇飾的拋物線來回調酒。曉奇看著老闆聳起的二頭肌想到老師。老闆抬起頭看了曉奇一眼。曉奇問他，你們開到幾點？男人回答：早上。早上是幾點，曉奇忍住沒有問，跟老師在一起的幾年學會了忍耐。她一直坐在那裡，直到太陽點點滴滴漏進來，不知道為什麼感覺那玻璃不是窗玻璃而是酒瓶的玻璃。男人笑著對曉奇說：現在是早上了，我們要打烊了。整間店只剩下她坐在吧檯前，他在吧檯後講話非常大聲，彷彿他們一人踞在一座山頭上，隔著的不是屋外挖進來的陽光隧道之霧霾，而是山嵐。老闆就住在店頭樓上。

還有一次，曉奇倒是面目都不記得，只記得棕色的頭髮和高軒的濃眉，高出她雙腿之間。老師從不會這樣。老師總是舌頭游到肚臍就停了。曉奇只覺得一陣滑稽。她像個任人飲水洗臉的湖。老師倒是每次都按著她的頭，而她像羔羊跪乳。只記得老師的大手耙抓著她的頭皮，那感覺像久久去一次美容院，美髮師在洗頭的時候一邊按摩。想著頭皮就能忘記嘴巴。但是高中之後曉奇上美容院再也不洗頭了。

曉奇也很快進了追求她幾年的幾個學長的房間。男生總是問：「要不要來我家看 DVD？」學長趴在她身上抽搐，她總是把頭越過男生的脖子，側過去電視的那一邊，認真地看起電影，只有純情的男主角和重病的女主角接吻的時候，她才會默默流下眼淚。看著看著，她漸漸明白電影與生活最大的不同：電影裡接吻了就要結束，而現實生活中，接吻只是個開始。

她枯著白身體在那邊看電視，電視的光在漆黑的房間裡伸出七彩的手來，摸她一把。男生萎豩著五官問她，那我們是男女朋友了嗎？她的身體撇開電視的光之手，而男生的臉像一盆久未澆水的盆栽。男生繼續追問，妳也喜歡我吧？只有男生把遙控器搶走，曉奇才會真的生氣。妳難道一點感覺也沒有嗎？妳都已經給我了，妳怎麼可能不喜歡我？曉奇撿起男生枯手上的遙控器，轉到電影臺，看了一會兒，電影裡的金髮爸爸親吻了金髮小女孩，金髮爸爸要去拯救地球。曉奇心想，如果老師知道我現在在做什麼，他一定會自滿，老師一定懂得我是在自殘。男生生氣了，難道妳只是單純跟我做？她轉過臉來，手指梳了梳頭髮，露出異艷的臉，用一個男生一生中可能聽過的最軟香的聲音說：「難道你不喜歡嗎？」後來這句話在學校傳開了。

曉奇在城市裡亂走，常常看到路人模仿老師。有的人有老師的手，有的人有老師的脖子，有的人穿了老師的衣服。她的視線會突然斷黑，只左前方一個黑衣服的身影被打了舞臺燈光，走路的時候黑手臂一盪一盪的，一下一下拉扯她的眼球，她遂被遛著走。老師，是你嗎？她的眼球牽動她的身體，她跌跌撞撞地挨擠到那男人旁邊。像扶著洞穴穴壁走向一個光。不是老師。為什麼你偷穿老師的衣服？為什麼你有老師的手臂？她的視線斷了，站在大街上遲遲地看著人群被眼裡的眼淚融化。

曉奇的閨蜜約她出來吃飯，曉奇心裡有一種冷漠的預感，像是還沒走進清粥小菜的店裡就已經在心裡填好了菜單。欣欣說，嗯，我不知道怎麼跟妳講，學校最近很多人在說妳壞話。曉奇問，什麼壞話？我也是聽來的，說妳跟很多學長，當然我很生氣，我告訴他們妳不會這樣。曉奇把手貼在落地窗上，讓冬陽在桌上照出影子，手指已經夠瘦了，照出來的影子甚至還要瘦，像流言一樣。曉奇把吸管咬得爛爛的。那些是真的。真的？我真的那樣做了。為什麼？很難解釋。天啊，郭曉奇，妳知道有多少人說妳，說妳好上嗎？妳知道我花了多大的力氣跟他們澄清嗎？結果竟然是真的？總有原因吧？妳喝酒了嗎？沒有，我很清醒，太清醒了。欣欣一聽到這裡就哭了。曉奇看到她的眼淚馬上生了氣，站起來就走，不懂世界上竟有人在她哭之前就先哭了。

郭曉奇的二一通知單從學校寄回家裡的時候，她對家人宣布說不再上學了。郭媽媽哭著說她乖巧的小孩哪裡去了。曉奇說那個女生高三的時候就已經死了。郭媽媽問高三是什麼意思。曉奇只說了三個字：李國華。

全家沉默了兩秒鐘，箱型電視裡有啦啦隊在呼喊，鄰居養的鳥兒在爭食，陽光在樹上沙沙作響。兩秒鐘裡，地球上有好多人死亡，有更多人出生。兩秒鐘後，郭爸爸的聲音如土石流，淹埋了整個家：妳以為做這種事妳以後還嫁得出去？什麼叫「這種事」？亂倫！那兩個字像石頭一樣擊中曉奇的眉心，曉奇倒在長藤椅上，藤椅癢癢地嘎吱響。媽媽把喉嚨都吼出來，妳跑去傷害別人的家庭，我們沒有妳這種女兒！爸爸把拳頭都吼出來，他一定是個騙子，騙年輕女生的第一次！曉奇的眼淚一路燒灼她的臉，她說，我們是真心相愛。妳跟一個老男人上床，做愛，性交！家門口紗門的小方格子現在看起來像一張羅網。爸，媽，不要這樣對我說話。不然妳去找他啊，你們相愛，叫他收留妳啊！曉奇拿了手機就要走，媽媽抓了手機摜在地上，掀蓋手機張大嘴巴啃著地磚，背蓋的粉紅色跑馬燈笑咪咪的。曉奇把腳套進鞋子，媽媽推了她，鞋也不用穿了！

雖說是春天，太陽還是曬得馬路辣辣的，赤腳踩在柏油路上，那感覺就像眼睜睜看著一盆花旱死。曉奇一路赤腳走到李國華的祕密小公寓附近，隔著馬路停在小公寓對面，靠著騎樓柱子就癱下來，整個人一坨在地上。隨著時間開始腐爛，直到下午，她看見熟悉的皮鞋褲腳下了計程車，她張嘴叫喊的時候發現自己發不出聲音，也馬上發現車的另一邊下來了一個小女生。顯然比她小了多年。看著他們進電梯，曉奇還以為自己會瞎掉。

曉奇招計程車回家，跳表一下，那殷紅的電子鐘彷彿是扎她的血。司機不認識她家，她沒有意識到自己希望司機永永遠遠迷路下去。郭爸爸郭媽媽說要把事情告訴李師母。

李國華李師母約郭爸爸郭媽媽曉奇在飯店高廣華蓋的餐廳。李國華選的地點，說是人少，其實他知道郭家在做小吃攤，光是飯店的裝潢就可以嚇掉他們一半。李師母特地從高雄北上，和李國華坐在桌的那一端，郭家坐一頭。郭爸爸郭媽媽穿得比參加喜筵還莊重。曉奇的表情像是她砸破了自己最珍愛的玻璃杯。而且再珍愛那杯也不過是便利商店集點的贈品，人人家裡有一個。

郭爸爸提起嗓子，問李老師愛曉奇嗎？李國華把右手納在左手掌裡，款式簡單的婚戒長年不脫，緊箍著左手無名指，而皺紋深刻的指關節看起來比戒指更有承諾的意味。他講課有好幾種語氣，其中有一種一聽就讓學生知道這個段落要畫三顆星星。李國華用三顆星星的聲音開口了：「我愛曉奇，可是我也愛師母。」曉奇聽了這句話，欲聾欲啞，毛孔發抖，一根根寒毛都舉起手想要發問：那天那個計程車上的女生是誰？而師母一聽這話就哭了。郭爸爸郭媽媽不停向師母道歉。

曉奇看見老師駝著背，襯衫領口可以望進去，老師胸前有一顆小小的紅色肉芽。她想到這幾年老師在公寓裡自己按了一下肉芽便說自己變身成吃人的怪獸，追著她跑。想起老師在她坦白的腰腹上寫了一百次「曉奇」，講解道，博物誌說，這樣就可以蟲樣永遠鑽進她心裡。那肉芽像隻從老師身體鑽出頭的蠕蟲。一抬起頭就看見師母用家裡佛像才有的水汪汪大慈大悲眼光照著她。曉奇嘔吐了。

最後郭爸爸和李老師爭著付帳。回家的路上郭爸爸對郭媽媽說，好險沒有認真爭，大飯店喝個飲料就那麼貴。

李國華跟著師母回高雄的大樓。

回到家，師母也不願意坐下休息，只是站著，枯著頭，讓眼淚流到脖子上。幾次了？她的聲音是死水的鹹。李國華站在師母面前，用三顆星星的口吻說：就那麼一次。他想到死水這譬喻的時候，想起高中一年級時化學老師說過一句話：「喝海水的人是渴死的」——他從來也沒有弄懂過滲透壓，才讀了文組，但是這話的詩意一直刻在他心裡。現在那調皮又晦澀的詩意又浮出來了。我有什麼理由相信你？李國華明白這句話背後的意思是：請給我理由相信你。他癱坐在地上，說：我清清白白二十年，做爸爸的人，希望女兒在外面遇到什麼樣的人，自然會作什麼樣的人。那怎麼會有這一次？他的聲音飛出更多星星：求妳原諒我，是她誘惑我的，蔡良說她有問題要問我，是她硬要的，就那麼一次。師母的聲音開始發抖：她怎麼誘惑你？他用大手抹了眼睛：是她，是她主動的，從頭到尾都是她主動的。聲音又大起來：天啊，那簡直是一場噩夢！但是你有興奮吧，不然怎麼可能？有，我的身體有，她很頑強，沒有一個男人不會興奮的，但是我發誓，我的腦子一點也不興奮。但你說你愛她。愛她？什麼時候？剛剛嗎？我根本不愛她，剛剛那樣說，只是怕她爸爸媽媽發怒，妳不知道她是怎樣的人，我不知道她為什麼要設計我，她還威脅我，跟我要了幾十萬去亂花，她還威脅我買名牌給她。你可以跟我討論啊！我怎麼敢，我已經犯下滔天大錯，我恨自己，我只能一直去補那個洞。這事情多久了？他折著頸子，很低很低地回答了：兩年了，她反覆拿這件事威脅我，我好痛苦，可是我知道妳現在更痛苦，是我對不起妳。師母起身去拿繡花衛生紙盒。怎麼可能你一個大男人的力氣抵不過一個高中女生？所以我說對不起妳，天啊，那個時候，我不知道怎麼跟妳解釋，她真的是，我根本動都不敢動，我好怕她會受傷，她真的很，她很，她，她，她就是騷，她根本就是一個騷屄！李國華淹在自己的大手裡無淚地大哭了。我不會說這是全天下男人都會犯的錯，是我沒能控制好自己，我不該被她誘惑，我錯了，請妳原諒我。師母坐到他對面默默擤鼻子。他繼續說：看妳這樣痛苦，我真是個垃圾，我根本不該被她勾引的，我真是垃圾，人渣，廢物，我去死算了。一面說一面拿起桌上的寶特瓶狠敲自己的頭。師母慢動作把寶特瓶搶下來。

他們對坐著，望進寶特瓶裡面。寶特瓶裡的橘紅色飲料漸漸緩靜，將死將善的樣子。半小時後，師母開口了：「我們什麼也不要告訴晞晞。」

郭爸爸郭媽媽回家就商議著讓曉奇休學，天知道她會不會又被教授哄騙。曉奇在旁邊聽，也只是木木然把碗筷洗了。搓筷子覺得這好像拜拜的手勢，想到那一次老師帶她去龍山寺，老師講解民俗掌故的樣子好美，好虔誠，她那時問老師信什麼教？老師回答，我只信妳。她那時候就想，老師是真的愛我。計程車上的女生是誰？用拇指指腹旋轉著洗湯匙，想到這些年回老師的公寓，按電梯按到電梯按鍵都斑駁。計程車上的女生是誰？手深深伸進杯子的時候，馬上想到第一次被載到老師的公寓，在車上班主任蔡良說了老師很喜歡妳，進了公寓才知道那喜歡是什麼意思。老師，你計程車上的女生到底是誰？

曉奇慢吞吞走上二樓，爸媽關切的眼神像口香糖黏在她身上。家裡的藥盒在走廊的小櫃子上。有抗頭痛的，有順腸道的，有趨疹子的。曉奇心想，沒有一種可以治我。她的心給摔破了，心沒有紋理花樣，再拼不起來。拼湊一顆心比拼湊一灘水還難。小膠囊擠出鋁箔包裝的聲音啵啵地，像老師公寓大缸裡的金魚吃飼料。整盒的藥都擠出來，像一座迷你的垃圾山，五彩繽紛地。雜燴亂倫的病要雜燴亂倫的藥醫。曉奇全部吞下去之後躺在床上，唯一的感覺是肚子脹。喝太多水了。

曉奇第二天竟醒了過來。她從未對自己如此失望。下樓看見爸爸媽媽一如往常在看電視。左腳絆到右腳，地板打她一巴掌。曉奇跟爸爸媽媽說她可能要去醫院。手機渥在袖裡，一個人坐在病床上的時候用沒吊點滴的那隻手打電話，打了四十幾通都沒人接，她像一個小孩子大熱天站在自動販賣機前，投了硬幣進去又馬上從退幣口滾出來，不能解渴，圓滾滾的著急。最後傳了簡訊：老師，是我啊。過很久手機才震動，背蓋的粉紅色微笑跑馬燈顯示是半夜，急診室不熄燈，無所謂日夜，她也不知道自己躺在那多久了。

一打開就是老師的回訊：「我從來沒有愛過妳，我從頭到尾都是欺騙妳，每個人都這樣跟妳說妳還不信？妳不要再打電話來了，我的太太很不能諒解。」曉奇遲遲地看了一遍又一遍簡訊，突然想到一幕：老師用蠢笨的表情按手機，傻憨地笑說，「我是洞穴裡的原始人，我不會傳簡訊。」也從沒寫東西給她過。原來他不要任何證據落在她這裡。她還愛他這多年。她的眼淚掉到手機螢幕上，淚滴把「老師」兩個字扭曲、放大。

出院回家以後，郭曉奇把所有李國華送她的書在家裡的金爐燒了。王鼎鈞，劉墉，林清玄，一本一本撕開了投進去。火焰一條條沙沙作響的紅舌頭向上鶯啼，又鼠竄下去。每一張書頁被火鑲上金色的光圈，天使光圈圍起來侵蝕黑字，整個勵志的、清真的、思無邪的世界化為灰燼。最難撕的是封面，尤其上膠的那幾本，幸好曉奇對老師多得是耐心。全部搖滾、招呼、翻沸的紙張，一一紋上火圈，蜷起身來，像人類帶著心事入睡的樣子。曉奇不是多想的人，可是此時她卻有一種自己也在金爐裡的感覺。

那一次，錢一維凌晨酒醒了，覺得渥在被子裡的手濕濕的，躡手躡腳不要吵醒伊紋，拍打臉頰，走進浴室，開燈看見臉上是血手印。此時的一維像希臘悲劇裡的一幕，主人公不可思議地看著自己捧勢卻成空的雙手，浴室燈光如舞臺燈光如一束倒掛的鬱金香包裹住他。他馬上洗了臉，跑回房，開了燈，掀被子，發現睡在右首的伊紋下身全是血。一維突然想起昨天半夜回家，他用皮鞋尖猛踢伊紋。窄皮鞋頭如一窩尖頭毒蛇瘋竄出去。伊紋抱緊雙腿，他只能踢她的背。他想起伊紋一直說不要不要，不要不要。原來，伊紋說的是寶寶，寶寶。

伊紋被推進錢家旗下的醫院。推出手術室，進一般病房，伊紋很快就醒了。一維坐在病床旁邊，伊紋的手被他握在手裡。她白得像毒品。窗外有鳥啼春，伊紋的表情像從一個前所未有的好夢中醒過來，從此才明白好夢比噩夢更令人恐怖。她發出從前那對萬物好奇的聲音：寶寶呢？她白得像一片被誤報了花訊的櫻花林，人人提著豐盛的野餐籃，但櫻花早已全部被雨水打爛在地上，一瓣一瓣的櫻花在腳下，花瓣是愛心形狀，愛心的雙尖比任何時候看起來都像是被爽約的缺口，而不是本來的形狀。寶寶呢？對不起，伊紋，我的親親，我們可以再生一個。伊紋看著他，就像他是由她所不懂的語言所寫成。伊紋寶貝？妳沒事最重要，不是嗎？一維看著伊紋全身顫抖，隆隆的馬達，催到極限，眼看要發動的時候，又整個人熄滅了。

「我沒有力氣。」「我知道，醫生要妳好好休息。」「不是，手，我是說手，請你放開我，我沒有力氣抽出來。」「伊紋。」「放開我，求求你。」「那等等我還能牽妳嗎？」「我不知道。」「妳不愛我了嗎？」「一維，你聽我說，剛剛在夢裡我就知道寶寶沒了，或許這是注定的，我也不希望寶寶出生在這樣的家庭裡。寶寶很好，寶寶為我好，寶寶讓我回到一個人。你懂嗎？」「妳要離婚嗎？」「我真的沒有力氣了，對不起。」伊紋用無光的眼睛數天花板的磁磚。屋外的鳥還在叫，像學生時期站在校門口，男校男生經過的口哨。她靜靜聽著一維走出去，在走廊上又是哭又是吼。

伊紋主動打電話給思琪。喂？啊，琪琪，終於有一天是我聽妳喂了，我好開心。思琪想起每一次打電話回伊紋家，伊紋姊姊喂一聲都像是從前朗讀的樣子。琪琪，妳們考得如何？對不起，我想了很久，想不到比較委婉的問法。成績出來了，我們兩個大概都可以上文科的第一志願，如果嘴巴沒有突然在面試官面前便秘的話。她們都笑了。那就好，親愛的，妳們考試我比當年自己考試還緊張。姊姊呢，姊姊好嗎？伊紋極慢地說了：「琪琪，我搬出來了，我流掉一個寶寶了。」思琪非常震驚，她知道伊紋把搬家跟流產連在一起講是什麼意思。思琪也知道伊紋姊姊知道她一聽就會懂。伊紋搶先開口了，我沒事的，真的沒事，我現在三餐都吃蛋糕也可以。

伊紋聽見思琪在啜泣，她在電話另一頭，也可以看見思琪把手機拿遠了小肩膀一聳一聳的樣子。思琪說話了：「為什麼這個世界是這個樣子？為什麼所謂教養就是受苦的人該閉嘴？為什麼打人的人上電視上廣告看板？姊姊，我好失望，但我不是對妳失望，這個世界，或是生活，命運，或叫它神，或無論叫它什麼，它好差勁，我現在讀小說，如果讀到賞善罰惡的好結局，我就會哭，我寧願大家承認人間有一些痛苦是不能和解的，我最討厭人說經過痛苦才成為更好的人，我好希望大家承認有些痛苦是毀滅的，我討厭大團圓的抒情傳統，討厭王子跟公主在一起，正面思考是多麼媚俗！可是姊姊，妳知道我更恨什麼嗎？我寧願我是一個媚俗的人，我寧願無知，也不想要看過世界的背面。」思琪哭得字跟字都連在一起，伊紋也可以看見她涕淚滿臉，五官都連在一起。

思琪正在李國華的公寓裡，蓋上手機背蓋，她聽見隔壁的夫妻在做愛。妻子哼哼得像流行歌，歌手花腔的高潮。她聽著聽著，臉上的眼淚被隔壁的聲音塞住了，她不覺得穢褻，只覺得滿足。或者當然是在等老師的緣故。靜靜喝起了柳橙汁，寫起日記。鋁箔包裡摻了絲絲柳橙果肉的濃縮還原果汁，就像長得好看這件事一樣，是贗品的鄉愁，半吊子的田園詩，裝模作樣，徒勞。隔壁的男聲女聲突然一瞬間全都沒了，女人的啊聲斷在半空中。原來只是在放色情電影。思琪覺得慘然，覺得周圍的一切都在指出她人生的荒唐。她的人生跟別人不一樣，她的時間不是直進的，她的時間是折返跑的時間。小公寓到小旅館，小旅館到小公寓，像在一張紙上用原子筆用力地來回描畫一個小線段，畫到最後，紙就破了。後來怡婷在日記裡讀到這一段，思琪寫了：「其實我第一次想到死的時候就已經死了。人生如衣物，如此容易被剝奪。」

思琪回到她和怡婷的家，天色像死魚翻出魚肚白，怡婷竟還趴在客廳大桌上寫作業。她打招呼而怡婷抬起頭的時候，可以看見怡婷眼睛裡有冰川崩落。怡婷把筆停住，說起唇語，筆頂吊著的小玩偶開始哆嗦：「You smell like love.」幹嘛躲在英文裡？思琪有點生氣了。妳回來了啊。怡婷說完便低下頭。妳不看著我，我們要怎麼講話？思琪開始指畫自己的嘴唇。怡婷突然激動起來：就像大部分的人不理解為什麼「我們」要這樣說話，而全部的人都聽不懂「我們」在說什麼，我與妳有一條隱形的線索，我也矜持，也驕傲的——「你們」呢？「你們」有自己的語言嗎？蒙住他的眼二選一的時候，他會選擇妳，而不會選成我嗎？他可以看穿妳的臉，知道妳今天是頭痛而不是胃痛，他做得到嗎？思琪瞪直了睫毛：妳到底是嫉妒我，還是嫉妒他？我不知道，現在我什麼都不知道了，小時候我們都說不學語言，可是「我們」之間不是語言還會是什麼？「你們」之間不是語言難道是什麼？我一個人在屋子裡好孤單，每次妳回家，就像在炫耀一口流利的外語，像個陌生人。我不相信妳這個理論，我在「那邊」只有聽話的份。聽話本來就是學習語言，就像文革時的標語和大字報。妳說對了，這正是文革，我在「那邊」的願望就是許願，夢想就是作夢。我不想跟妳辯論。我也不想跟妳辯論。怡婷繼續唇語：老師跟師母在一起那麼久，他一定見過或想見過師母痛苦的表情，雖然殘忍，但是我必須說，他是比較負責任的一方，他摸過底才做的，但是我們是從未受過傷地長大，我好疑惑，妳現在看起來前所未有地快樂，又前所未有地痛苦，難道躲在「我們」的語言背後，也不能解脫嗎？思琪露出踏進被洗劫的家的表情：妳要我訴苦嗎？如果有苦的話，對，但是，如果妳覺得只有妳跟老師在一起才有可能演化出語言，那只是妳沒看過我跟老師單獨在一起的樣子，或是妳沒看過他和師母在一起的樣子，我猜整棟大樓都掉到海裡他也只會去救晞晞。思琪搖頭。沒有苦，但是也沒有語言，一切只是學生聽老師的話。怡婷開始誇飾著嘴型，像是她的言詞難以咬碎：這樣很弔詭！妳說妳既不嫌惡也沒有真愛嗎？妳騙人，妳騙人妳騙人妳騙人。這不是妳來決定的。妳明明就愛他愛得要命。我沒有。妳有。我沒有。妳有。我說沒有就是沒有。妳有。妳什麼都不知道。妳騙不了我，你們太明顯了，妳一進門我就聞到了。什麼？真愛的味道。妳說什麼？妳全身都是，色情的味道，夜晚的味道，內褲的味道，妳全身都是內褲。妳閉嘴！指尖的味道，口水的味道，下體的味道。我說閉嘴！成年男子的味道，精——精——精液的味道。

怡婷的臉像個遼闊的戰場，小雀斑是無數悶燒的火堆。妳根本不知道自己在羨慕什麼，妳好殘忍，我們才十三歲啊——思琪放聲大哭，眼淚漸漸拉長了五官，融蝕了嘴型。怡婷真的看不懂。

伊紋搬出大樓之後，也並不回家，她有點受不了爸爸媽媽關切的眼神。在家裡，爸媽道早安晚安的聲音就像一塊塊磁磚。搬進名下的一間透天厝，三層樓，爸爸媽媽定期維護得很好，太好了，她想打掃整理讓自己累得睡著都不行。五年，或是六年？跟一維在一起的日子像夢一樣。也不能完全說是噩夢。她確實愛一維，那就像學生時期決定了論文題目就要一心一意做下去一樣。一維的世界是理所當然的，就像一個孩子求索母親的胸乳，直吃奶吃到男女有別的年紀，面對這樣口齒伶俐的孩子，妳根本不忍心給他哪怕是最逼真的奶嘴。

離開大樓的那天，回頭看一眼，高大磅礴的大廈開著大門，裡面亮晶晶的水晶燈像牙齒，像是張著大嘴要把她吃進去。

伊紋晚上從來睡不著，直貼到天花板的繡花壁紙連著四壁像一個精美的盒子，把她關在裡面。她總是下到客廳看電影臺，大白鯊吃了人她哭，大白鯊給宰了她也哭，哭累了就在沙發上睡著了。沙發有牛皮的軟香，趴在那兒被自己的呼吸撐起來又癟下去，感到呼吸是沙發的。躺在一頭牛身上睡著一定就是這樣的感覺。睡著了又驚醒，醒了繼續看電視。上一部電影裡演配角的女明星隔著十年在下一部電影裡當上主角，十年前後長得一模一樣。伊紋的歲月就像好萊塢女明星的臉，無知無覺。

伊紋有一天終於打電話給毛毛先生。「喂？」「啊，毛先生，我吵到你了嗎？」「當然沒有。」「你在做什麼？」「我嗎，我在畫圖，我的手不是拿著筆就是在前往筆筒的路上。」妳沒有笑。妳沉默得像拿錯筆擦不掉的一條線。毛毛只好繼續說，「我好像忘記吃晚餐了，每次急著把手上的東西做完，我的晚餐就是便利商店，想想蠻浪費的，人也不過活幾十年，每天只有三餐，好像應該聽妳的話，每餐都吃自己最想吃的東西喔。妳吃飯了嗎？」伊紋答非所問，一如往常：「你可以過來陪我嗎？」

伊紋應門，門一開，毛毛有一種終於讀了從小熟習的翻譯小說的原文的感覺。第一次看見妳戴眼鏡。妳比任何經典都耐看。伊紋坐在長長沙發的這端，毛毛坐在那端，電影裡導演要逗觀眾笑的橋段伊紋終於會笑了。

隱形眼鏡盒子和眼藥水擱在茶几上，妳的拖鞋呈聖筊，一正一翻潑在地上，外套聳起肩膀掛在椅背上，原文書突出脊梁，呈人字壓在桌上，整塊沉重的黑紋大理石桌都是妳的書籤。連看了三部電影，伊紋睡著了。頭偏倚在沙發背上，大腿間的冰淇淋桶在融化。毛毛輕輕地拿走冰淇淋，輕輕地打開冰箱，輕輕地放進去。冰箱空蕩蕩的。關起冰箱門之際毛毛突然想到伊紋的淺藍色家居服大腿間那一塊濕成靛色。一張張發票像蟲微微蜷著身子，隨意放在桌上的大皿裡，不是速食就是便利商店。扶手椅裡窩著一席匆匆疊好的涼被，椅子前有咖啡渣乾涸在杯底的咖啡杯，杯沿有唇形的咖啡漬，也有水杯，磨豆機的小抽屜拉出來，還有磨了未泡的一匙咖啡末。我可以想像妳整天待在沙發前的樣子。毛毛脫了拖鞋，襪子踏在地上，怕拖鞋的舌頭打在地上吵醒伊紋。關上電視的時候，因為太安靜，所以伊紋醒了。毛毛看見她的眼睛流出了眼淚。「晚上也可以陪我嗎？」毛毛不知道該說好還是不好。我不想利用妳的脆弱。伊紋補了一句，「房間很多。」那好。

毛毛下了班先回自己家，拿了些東西再回伊紋家，每天搬愈多東西過來，漸漸地，連設計圖也在伊紋這裡畫了。伊紋坐在他對面，一個人畫圖一個人看書，兩個人中間卻不是山崖的沉默，而是崖壁有寶石礦的沉默。伊紋會小心翼翼地招手，就像毛毛在遠方，毛毛抬起頭之後伊紋把書推過去，手指指著一個段落，毛毛會停下畫畫的手，讀完以後說：真好。伊紋對毛毛說：「其實我們兩個很像，你是一個比較溫柔的我。」忍住沒有說：你對我就像我對一維一樣。這是愛情永不俗濫的層遞修辭。

毛毛幫自己倒水的時候也幫伊紋添水，伊紋會睜大小羊的眼睛，認真地說，謝謝你。妳說謝謝兩個字的時候皺出一雙可愛的小酒窩，妳知道酒窩的本意真的跟酒有關嗎？古時釀酒，為了能與更多的空氣接觸，把酒麴和混合好的五穀沿著缸壁砌上去，中間露出缸底。我彷彿也可以從妳的酒窩望見妳的底。但毛毛只是說，不用謝。忍住沒有說：這樣，其實我比妳還開心，是我要謝謝妳。

伊紋上樓進房間前，學大兵向上級敬禮的姿勢，調皮地說：「室友晚安。」漸漸沒有聽見妳在夢裡哭泣了。早上看見妳穿著粉紅運動家居服走下來，腳上套著毛茸茸的粉紅色拖鞋，我在心裡會自動放大妳被厚近視眼鏡縮小的眼睛。吃完鹹派我端甜派出來，妳假裝嗚咽說，慘了，毛毛先生要把我寵成廢人了。我願意墮入麵團地獄裡，生生世世擀麵皮。用一輩子擀一張妳可以安穩走在上面餓了就挖起來吃的麵皮。

晚上一起看電影。伊紋要拿高處的光碟，拉緊了身子，一面拉長聲音說嘿咻。蹲在那兒操作光碟播放器，按個按鈕，嘴裡會發出嗶的一聲。我有時候都不忍心去幫妳，妳太可愛了。看法國電影要配馬卡龍，看英國電影要配司康，看俄羅斯電影要配俄羅斯軟糖，吃著棉花口感的糖，咬到一粒乾硬的核桃碎，就像是作夢被打斷了，像是我時不時冒出的問句得自己吞下去——我們到底是什麼關係呢？看二戰納粹的電影什麼都不可以吃。

喜歡跟妳去熟識的咖啡廳挑咖啡豆，老闆把咖啡豆鏟起來的時候，妳把頭髮塞到耳後湊過去聞，用無限驚喜的臉跟我說，這個是蜂蜜，剛剛那個是堅果！這個是楚浮，剛剛那個是奇士勞斯基！我好想跟妳說，有的，還有布紐爾，有高達。這個世界有的是喝起來公平又貿易得美麗的咖啡。我想替這個世界向妳道歉，彌補妳被搶走的六年。喜歡妳逛夜市比觀光客還新奇，汗水沾在妳的臉上我都不覺得那是汗水，而是露珠。喜歡妳蹲在地上研究扭蛋，長裙的裙襬掃在地上像一隻酣睡的尾巴。喜歡妳把六個十元硬幣握到熱汗涔涔還是沒辦法決定要扭哪一個，決定之後兩個人打賭會扭出哪一個，輸的人要請對方喝珍珠奶茶。喜歡妳欠我上百杯的珍珠奶茶也從不說要還。只有老闆跟我說你女朋友真漂亮的時候我的心才記得要痛一下。喜歡在家裡妳的側臉被近視眼鏡切得有一段凹下去，像小時候唸書唸到吸管為什麼會在水裡折斷，一讀就寧願永遠不知道，寧願相信所有輕易被折斷的事物，斷層也可以輕易彌補。我看過妳早起的眼屎，聽過妳沖馬桶的聲音，聞過妳的汗巾，吃過妳吃過的飯菜，知道妳睡覺的時候旁邊有一隻小羊娃娃，但是我知道我什麼也不是，我只是太愛妳了。

毛毛先生拍了拍鬆沙發，以為是一道皺褶的陰影，原來是伊紋的長頭髮。輕輕地拈起來，可以在指頭上繞十二圈。喜歡妳用日文說「我回來了」。更喜歡妳說「你回來了」。最喜歡的還是先在桌上擺好對稱的刀叉杯盤碗筷，只要在這裡成雙就足夠了。

郭曉奇出院回家之後，馬上在網頁論壇發了文，指名道姓李國華。她說，李國華和蔡良在她高三的時候聯合誘騙了她，而她因為膽怯，所以與李國華保持「這樣的關係」兩三年，直到李國華又換了新的女生。

跟李國華在一起的時候，曉奇曾經想過，她的痛苦就算是平均分給地球上的每一個人，每個人也會痛到喘不過氣。她沒有辦法想像她之前有別的女生，之後還有。她從小就很喜歡看美國的ＦＢＩ重案緝凶實錄，在ＦＢＩ，殺了七個人就是屠殺。那七個小女生自殺呢？按下發文的確認按鈕，她心裡只有一個想法：這樣的事情應該停下來了。論壇每天有五十萬人上線，很快有了回覆。與她想像的完全不同。

「所以妳拿了他多少錢」
「飽飽換包包」
「當補習班老師真爽」
「第三者去死」
「可憐的是師母」
「對手補習班工讀生發的文吧」
「還不是被插的爽歪歪」

每檢閱一個回應，曉奇就像被殺了一刀。

原來，人對他者的痛苦是毫無想像力的，一個惡俗的語境——有錢有勢的男人，年輕貌美的小三，淚漣漣的老婆——把一切看成一個庸鈍語境，一齣八點檔，因為人不願意承認世界上確實存在非人的痛苦，人在隱約明白的當下就會加以否認，否則人小小的和平就顯得壞心了。在這個人人爭著稱自己為輸家的年代，沒有人要承認世界上有一群女孩才是真正的輸家。那種小調的痛苦其實與幸福是一體兩面：人人坐享小小的幸福，嘴裡嚷著小小的痛苦——當赤裸裸的痛苦端到他面前，他的安樂遂顯得醜陋，痛苦顯得輕浮。

長長的留言串像一種千刀刑加在曉奇身上，雖然罪是老師的，而她的身體還留在他那裡。

蔡良告訴李國華網路上有這樣一篇貼文。李國華看過以後，心裡有了一份短短的名單。蔡良請人去查，一查，那帳號背後果然是郭曉奇。李國華很生氣。二十年來，二十年來沒有一個女生敢這樣對他。補習班的董事也在問。「要給她一點顏色瞧瞧。」李國華想到這句話的時候，笑了，笑自己的心裡話像惡俗的香港警匪片對白。

過幾天，蔡良說郭曉奇還在帳號背後回覆底下的留言，她說她是被誘姦的，她還說她這才知道為什麼李國華要硬塞給她十萬塊錢。李國華坐在蔡良對面，沙發軟得人要流沙進去，他看著蔡良的腳蠻不在乎地抖，李國華買給她的名牌鞋子半勾半踢著。她的右腳翹在左腳上，右腿小腿肚撒嬌一樣擠出來，上面有剛刮新生的腿毛。一根一根探出頭，像鬍渣一樣。他想，他現在高雄沒有人，每次要來臺北見房思琪，鬍子都長得特別快。荷爾蒙，或是別的什麼。想到思琪小小的乳被他的鬍渣磨得，先是刮出表皮的白粉，白粉下又馬上浮腫出紅色。那就像在半透明的瓷坯上用硃砂畫上風水。這些蠢女孩，被姦了還敢說出來的賤人。連蔡良都有心思坐在浴室抹泡沫刮腿毛。沒有人理解他。全世界的理解加總起來，都沒有他的鬍渣對他理解得多。鬍渣想要爭出頭，不只是渣，而是貨真價實的毛髮。想當年他只是一個窮畢業生，三餐都計較著吃，他不會就這樣讓一個白癡女孩毀了他的事業。

李國華回臺北之後馬上開始聯絡。

老師的計程車到之前，思琪跟怡婷在聊上大學第一件事想要做什麼。怡婷說她要學法文。思琪馬上亮了眼睛，對，跟法國學生語言交換，他教我們法文而我們教他中文。怡婷說，我們可以天花亂墜地講，字正腔圓地教他說「我矮你」，說「穴穴」，說「對不擠」。兩個人笑開了。思琪說，是啊，每學一個語言總是先學怎麼說我愛你，天知道一個人面對另一個人要花多大的力氣才走得到我愛你。怡婷笑了，所以如果我們出國丟了護照，也只會一個勁地在街上喃喃說我愛你、我愛你、我愛你。思琪說，如此博愛。兩個人笑翻了。

怡婷繼續說，人家在路上討的是錢，我們討的是愛。思琪站起來，踮起腳尖轉了一圈，把雙手向外游出去，對怡婷送著飛吻，我愛妳。怡婷笑到跌下椅子。思琪坐下來，啊，這個世界，人不是感情貧乏，就是氾濫。怡婷半跪在地上，抬起頭對思琪說，我也愛妳。樓下喇叭在叫。

思琪慢慢站起身來，眼神搖曳，她把怡婷拉起來，說，明天我一定回家，這個話題好好玩。怡婷點點頭，車子開走的時候她也並不透過窗簾的罅隙望下看，她在她們的房子裡靜靜地笑了。我愛妳。

李國華把思琪折了腰，從小公寓的客廳抱到臥室。她在他的懷裡說：今天不行，生理期，對不起。老師泛出奇妙的微笑，不只是失望，更接近憤怒，一條條皺紋顫抖著。一被放到床上，她像乾燥花遇水一樣舒張開來，又緊緊按著裙子：今天真的不行，生理期。又挑釁地問：老師不是說怕血嗎？李國華露出她從未見過的表情，像好萊塢特效電影裡反派角色要變身成怪物，全身肌肉鼓起來，青筋云云浮出來，眼睛裡的大頭血絲如精子游向眼睛的卵子。整個人像一布袋欲破的核桃。只一瞬間，又放鬆了，變回那個溫柔敦厚詩教也的老師，撕破她的內褲也是投我以木瓜報之以瓊琚的老師。她懷疑自己是不是又幻覺。好吧。她不知道他在「好吧」什麼。他俯下去，親了親她，幫她拍鬆又蓋好了棉被，她的身體被夾藏在床單和被單之間。他的手扶著臥室門框，另一隻手去關燈。晚安。燈熄了之前思琪看到了那個只有他自己磕破了骨董時才會出現的半憤怒半無所謂，孩子氣的表情。他說晚安，卻像是在說再見。

燈和門關起來之後，思琪一直盯著房門下，被門縫夾得憋餒、從客廳漏進來的一橫劃燈光看。光之門檻之橫書被打斷了，一個金色的一字，中間有一小截黑暗，變成兩個金色的一字。顯然是老師還站在門外。我躺在這裡，手貼著衣服側縫線，身上像有手摸來摸去，身體裡有東西撞來撞去。我是個任人雲霄飛車的樂園。人樂雲霄，而飛車不懂雲霄之樂，更不懂人之樂。我在這張床上沒辦法睡。恨不得自己的皮膚、黏膜沒有記憶。腦子的記憶可以埋葬，身體的記憶卻不能。門縫還是兩個金色一字。一一什麼？隔壁座位交換考卷，在怡婷的考卷上一一打了勾，換回自己的考卷，也一一被打了勾，同分的考卷，竟然能夠通向不同的人生！

老師因為押著我，所以錯把溫柔鄉的出處講成了趙飛燕，我彷彿忍耐他的手這久，就是在等這一個出錯的時刻。他踩空欲望與工作之間的階梯，被客廳到臥房的門檻絆倒。當我發現自己被揉擰時心裡還可以清楚地反駁是飛燕的妹妹趙合德，我覺得我有一種最低限度的尊嚴被支撐住了。上課時間的老師沒有性別，而一面頂撞我一面用錯了典故的老師既穿著衣服又沒有穿衣服，穿著去上課的黑色襯衫，卻沒有穿褲子。不能確定是忘記脫掉上衣，還是忘記穿上褲子。那是只屬於我，周身清澈地掉落在時間裂縫中的老師。有一次問他：「最當初為什麼要那樣呢？」老師回答：「當初我不過是表達愛的方式太粗魯。」一聽答案，那個滿足啊。沒有人比他更會用詞，也沒有詞可以比這個詞更錯了。文學的生命力就是在一個最慘無人道的語境裡挖掘出幽默，也並不向人張揚，只是自己幽幽地、默默地快樂。文學就是對著五十歲的妻或十五歲的情人可以背同一首情詩。我從小到大第一首會背的詩是曹操的短歌行，剛好老師常常唱給我聽，我總在心裡一面翻譯。「月明星稀，烏鵲南飛。繞樹三匝，何枝可依？」第一次發現眼睛竟像鳥兒一樣，隔著老師的肩窩，數枝狀水晶燈有幾支燭，數了一圈又一圈，水晶燈是圓的，就像在地球上走，跟走一張無限大爬不完的作文稿紙沒有兩樣，就像大人聚會的圓桌，老師既在我的左邊，也在我的右邊，眼睛在水晶燈上繞呀繞地，數呀數地，不知道是從哪裡開始的，又要如何停下來。

突然想到小葵。如果沒有跟老師在一起，我說不定會跟小葵在一起，有禮貌，紳士，門當戶對，但是執拗起來誰都扳不動。總之是那樣的男生。記得小時候有一次偶然在他家看見了給他的糖果，盒子隔了一年還留著，也並不是特別好看的盒子。他注意到我的目光，馬上語無倫次。那時候才明白小葵為什麼向來對怡婷特別壞。收到他從美國寄回來的明信片也只能木然，從來沒回過。不知道他是多絕望或多樂觀才這樣再三向一個深不見底的幽谷投石子。或許他在美國也同時追求著其他的女生——這樣一想，多麼輕鬆，也心碎無比。小葵，小葵沒有不好，事實上，小葵太好了。明信片裡英文的成分隨著時間愈來愈高，像一種加了愈來愈多香料，顯得愈來愈異國的食譜。

我很可以喜歡上他，只是來不及了。也並不真的喜歡那一類型的男生，只是緬懷我素未謀面的故鄉。原來這就是對老師不忠的感覺，好痛苦。要忍住不去想，腦子裡的畫面更清楚了。一個高大的男人，沒看過，但是臉上有小時候的小葵的痕跡，看樂譜的眼睛跟樂譜一樣黑白分明，黑得像一整個交響樂團待做黑西裝黑禮服的黑緞料之海，我從床上跌落進去。

我永遠記得國中的那一天，和怡婷走回家，告訴怡婷她去給李老師上作文的時候我要去陪陪伊紋姊姊。說的陪字，出口了馬上後悔，不尊重伊紋姊姊對傷痛的隱私權利。在大樓大廳遇到老師，怡婷拉了我偎到老師旁邊，說起學校在課堂上唱京劇的國文老師。金色的電梯像個精美的禮物盒把三個人關起來，不能確定有禮的是誰，被物化的又是誰，我只想著要向伊紋姊姊道歉。隱約之中聽見怡婷說學校老師的唱腔「千鈞一髮」，訝異地意識到怡婷在老師面前說話這樣賣力，近於深情。我們的脖子磕在金色的電梯扶手上。七樓到了。為什麼怡婷沒有跟我一起走出來？怡婷笑了，出聲說：送妳到門口，我們下去囉。一愣之後，我走出電梯，磨石地板好崎嶇，而家門口我的鞋子好瘦小。轉過頭來，看著怡婷和老師被金色電梯門緩緩夾起來，謝幕一樣。我看著老師，怡婷也看著老師，而老師看著我。這一幕好長好長。老師的臉不像即將被關起來，而像是金色電梯門之引號裡關於生命的內容被一種更高的存在芟刈冗字，漸漸精煉，漸漸命中，最後內文只剩下老師的臉，門關上之前老師直面著我用唇語說了：「我愛妳。」拉扯口型的時候，法令紋前所未有的深刻。皺紋夾起來又鬆懈，鬆懈又夾起來，像斷層擠出火山，火山大鳴大放。一瞬間我明白了這個人的愛像岩漿一樣客觀、直白，有血的顏色和嘔吐物的質地，拔山倒樹而來。他上下唇囁弄的時候捅破我心裡的處女膜。我突然想道：「老師是真愛我的。」而我將因為愛他而永永遠遠地看起來待在七樓而實際上處在六樓。六樓老師家客廳裡的我是對臥房裡的我的仿冒，而七樓我們的家裡的我又是對六樓客廳的我的仿冒。從那之後，每一次他要我含，我總有一種唐突又屬於母性的感激，每一次，我都在心裡想：老師現在是把最脆弱的地方交付給我。

明天，老師會帶我到哪一個小旅館？思琪汗涔涔翻了身，不確定剛剛一大串是夢，或者是她躺著在思考。她看向門縫，一個金色的一字被打斷成兩個一字，老師又站在門外。

寤寐之際，彷彿不是滿室漆黑對襯那光，而是那光強調了老師拖鞋的影子，影子被照進來，拖得長長的，直到沒入黑暗之中。而黑暗無所不在，彷彿老師的鞋可以乘著黑暗鑽過門縫再無限地偷進被窩來，踢她一腳。她感到前所未有的害怕。

她聽見門被悄悄打開的嘶嘶聲，臥室的主燈崁燈投射燈同時大亮，門隨即被用力地推到牆上，轟地一聲。先閃電後打雷似的。老師快手快腳爬到她身上，伸進她的裙子，一摸，馬上樂呵呵地說：我就知道妳騙我，妳不是才剛剛過生理期嗎。思琪疲憊地說：對不起，老師，我今天真的累了。累了就可以當說謊的孩子？對不起。

老師開始喀喀折著手指。也沒有去沖澡，聞起來像動物園一樣。他開始脫她的衣服，她很詫異，從不是她先脫。老師鬍渣好多，跟皺紋相互文，就像一種荊棘迷宮。她開始照往常那樣在腦子裡造句子。突然，句子的生產線在尖叫，原本互相咬合的輪軸開始用利齒撕裂彼此，輸送帶斷了，流出黑血。老師手上的東西是童軍繩嗎？把腿打開。不要。不要逼我打妳。老師又沒有脫衣服，我為什麼要打開？李國華深深吸了一口氣，佩服自己的耐性。溫良恭儉讓。馬總統的座右銘。好險以前陸戰隊有學過，這裡打單結，那裡打平結。她的手腳像溺水。不要，不要！該露的要露出來。這裡再打一個八字結，那裡再打一個雙套結。她的手腕腳踝被繩子磨腫。不要！不要！不要！不要！沒錯，像螃蟹一樣。不能固定脖子，死了就真的不好玩了。

不要，不。房思琪的呼叫聲蜂擁出臟腑，在喉頭塞車了。沒錯，就是這個感覺。就是這個感覺，盯著架上的書，開始看不懂上面的中文字。漸漸聽不到老師說的話，只看見口型在拉扯，像怡婷和我從小做的那樣，像岩石從泉水間噴出來。太好了，靈魂要離開身體了，我會忘記現在的屈辱，等我再回來的時候，我又會是完好如初的。

完成了。房媽媽前幾天送我的螃蟹也是綁成這樣。李國華謙虛地笑了。溫良恭儉讓。溫暖的是體液，良莠的是體力，恭喜的是初血，儉省的是保險套，讓步的是人生。

這次，房思琪搞錯了，她的靈魂離開以後，再也沒有回來了。

過幾天，郭曉奇家的鐵捲門被潑了紅漆。而信箱裡靜靜躺著一封信，信裡頭只有一張照片，照的是螃蟹思琪。

第三章

復樂園

怡婷高中畢業之際，只和伊紋姊姊和毛毛先生去臺中看過思琪一次。白色衣服的看護士執起思琪的枯手，裝出娃娃音哄著思琪說，「妳看看誰來看妳了啊？」伊紋和怡婷看到思琪整個人瘦得像髑髏鑲了眼睛。鑲得太突出，明星的婚戒，六爪抓著大鑽。一隻戒指在南半球，一隻在北半球，還是永以為好。沒看過兩隻眼睛如此不相干。看護士一面對她們招招手說，「過來一點沒關係，她不會傷人。」像在說一條狗。只有拿水果出來的時候思琪說話了，她拿起香蕉，馬上剝了皮開始吃，對香蕉說，謝謝你，你對我真好。

怡婷看完了日記，還沒有給伊紋姊姊看。姊姊現在看起來很幸福。

怡婷上臺北，伊紋和毛毛先生下高雄，在高鐵站分手之後，伊紋才哭出來。哭得跌在地上，往來的旅客都在看她裙子縮起來露出的大腿。毛毛慢慢把她攙在肩上，搬到座位坐好。伊紋哭到全身都發抖，毛毛很想抱她，但他只是默默遞上氣喘藥。毛毛。怎麼了？毛毛，你知道她是一個多聰明的小女孩嗎？你知道她是多麼善良，對世界充滿好奇心嗎？而現在她唯一記得的就是怎麼剝香蕉！毛毛慢慢地說：不是妳的錯。伊紋哭得更厲害了，就是我的錯！不是妳的錯。就是我的錯，我一直耽溺在自己的痛苦裡，好幾次她差一步就要告訴我，但是她怕增加我的負擔，到現在還沒有人知道她為什麼會變成這樣！毛毛輕輕拍著伊紋的背，可以感覺到伊紋駝著背骨出了脊梁，毛毛慢慢地說：「伊紋，我不知道怎麼跟妳講，在畫那個小鳥籠墜子的時候，我真的可以藉由投入創作去間接感受到妳對她們的愛，可是就像發生在妳身上的事情不是妳自己，更不可能是她的錯一樣，發生在思琪身上的事也絕對不是妳的錯。」

回家沒幾天伊紋就接到一維的電話。只好用白開水的口氣接電話：「怎麼了嗎？」省略主語，不知道該怎麼稱呼他。一維用比他原本的身高要低的聲音說，「想看看妳，可以去妳那兒嗎？」毛毛不在。「你怎麼知道我在哪裡？」「我猜的。」伊紋的白開水聲音摻入墨汁，一滴墨汁向地心的方向開花，「喔，一維，我們都放彼此一馬吧，我前幾天才去看了思琪。」「求求妳？」一維裝出鴨子的聲音。「求求妳？」

開門的時候一維還是那張天高地闊的臉，一維默默地看著伊紋家裡的陳設，書本和電影亂糟糟砌成兩疊。伊紋轉過去流理臺的時候，一維坐在廚房高腳椅上看著伊紋在背心短褲之外露出大片的皮膚，白得像飯店的床，等著他躺上去。一維聞到咖啡的香味。伊紋要很用力克制才不會對他溫柔。給你，不要燙到。天氣那麼熱，一維也不脫下西裝外套，還用手圍握著馬克杯。伊紋埋在冰箱裡翻找，而一維的眼睛找到了一雙男襪。伊紋在吧檯的對面坐下。一維的手伸過去順遂她的耳輪。伊紋偏了偏頭。一維。我已經戒酒了。那很好，真的。一維突然激動起來，我真的戒酒了，伊紋，我已經超過五十歲了，我真的沒辦法就這樣失去妳，我真的很愛妳，我們可以搬出來，想住哪裡就住哪裡，妳可以像這樣把房子搞得亂七八糟的，也可以整個冰箱裝垃圾食物，再給我一次機會，好嗎？好嗎，我粉紅色的伊紋？他呼吸到她的呼吸。伊紋心想，我真的沒辦法討厭他。他們的四肢匯流在一起，沙發上分不清楚誰誰。

一維趴在她小小的乳上休息。剛剛射出去的高潮的餘波還留在她身體裡，他可以感到她腰背規律的痙攣，撐起來是潮是嗯，弓下去是汐是啊。她的手拳緊了浮出靜脈，又漸漸鬆手，放開了，整隻手臂涮到沙發下。一瞬間，他可以看見她的手掌心指甲的刻痕，粉紅紅的。

伊紋像從前來回搬那些琉璃壺一樣，小心翼翼地把一維的頭拿開，很快地穿好了衣服。伊紋站起來，看著一維拿掉眼鏡的臉像個嬰孩。伊紋把衣服拿給他，坐在他旁邊。妳原諒我了嗎？伊紋靜靜地說：「一維，你聽我說，你知道我害怕的是什麼嗎？那一天，如果你半夜沒有醒來，我就會那樣失血過多而死吧。離開你的這段時間，我漸漸發現自己對生命其實是很貪婪的。我什麼都可以忍耐，但是一想到你曾經可能把我殺掉，我就真的沒辦法忍耐下去了。什麼事都有點餘地，但是生死是很決絕的。也許在另一個世界，你半夜沒有醒來，我死掉了，我會想到滿屋子我們的合照睜大眼睛圍觀你，你會從此清醒而空洞地過完一生嗎？或者你會喝得更兇？我相信你很愛我，所以我更無法原諒你。我已經一次又一次為了你推遲自己的邊界了，但是這一次我真的好想要活下去。你知道嗎？當初提出休學，教授問我未婚夫是什麼樣的人，我說『是個像松木林一樣的男人喔』，還特地去查了英語辭典，確定自己講的是世界上所有松科中最挺拔、最堅忍的一種。你還記得以前我最常唸給你聽的那本情詩集嗎？現在再看，我覺得那簡直就像是我自己的日記一樣。一維，你知道嗎？我從來不相信星座的，可是今天我看到報紙上說你直到年末運勢都很好，包括桃花運——你別說我殘忍，連我都沒有說你殘忍了。一維，你聽我說，你很好，你別再喝酒了，找一個真心愛你的人，對她好。一維，你就算哭，我也不會愛你，我真的不愛你，再也不愛了。」

毛毛回伊紋這兒，打開門就聽見伊紋在淋浴。一屁股坐上沙發，立刻感覺到靠枕後有什麼。一球領帶。領帶的灰色把毛毛的視野整個蒙上一層陰影。淋浴的聲音停了，接下來會是吹風機的聲音。在妳吹乾頭髮之前我要想清楚。我看見妳的拖鞋，然後是小腿，然後是大腿，然後是短褲，然後是上衣，然後是脖子，然後是臉。「伊紋？」「嗯？」「今天有人來嗎？」「為什麼問？」拿出那球領帶，領帶在手掌裡鬆懈了，嘆息一樣滾開來。「是錢一維嗎？」「對。」「他碰妳了嗎？」毛毛發現自己在大喊。伊紋生氣了，「為什麼我要回答這個問題？你是我的誰？」毛毛發現自己的心下起大雨，有一隻濕狗一跛一跛哀哀在雨中哭。毛毛低聲說，「我出門了。」門靜靜地關起來，就像從來沒有被開過。

伊紋默默收拾屋子，突然覺得什麼都是假的，什麼人都要求她，只有杜斯妥也夫斯基屬於她。

一個小時後，毛毛回來了。

毛毛說，我去買晚餐的材料，抱歉去久了，外面在下雨。不知道在向誰解釋。不知道在解釋什麼。毛毛把食材收進冰箱。收得極慢，智慧型冰箱唱起了關門歌。

毛毛開口了，毛毛的聲音也像雨，不是走過櫥窗，騎樓外的雨，而是門廊前等人的雨：「伊紋，我只是對自己很失望，我以為我唯一的美德就是知足，但是面對妳我真的很貪心，或許我潛意識都不敢承認我想要在妳空虛寂寞的時候溜進來。我多麼希望我是不求回報在付出，可是我不是。我不敢問妳愛我嗎？我害怕妳的答案。我知道錢一維是故意把領帶忘在這裡的。我跟妳說過，我願意放棄我擁有的一切去換取妳用看他的眼神看我一眼，那是真的。但是，也許我的一切只值他的一條領帶。我們都是學藝術的人，可是我犯了藝術最大的禁忌，那就是以謙虛來自滿。我不該騙自己說能陪妳就夠了，妳幸福就好了，因為我其實想要更多。我真的很愛妳，但我不是無私的人，很抱歉讓妳失望了。」

伊紋看著毛毛，欲言又止，就好像她的舌頭跌倒了爬不起來。彷彿可以聽見隔壁棟的夫妻做愛配著髒話，地下有種子抽芽，而另一邊的鄰居老爺爺把假牙泡進水裡，假牙的齒縫生出泡泡，啵一聲啵一聲破在水面上。我看見妳的臉漸漸亮起來，像拋光一樣。

伊紋終於下定決心開口，她笑了，微微誇飾的嘴唇就好像即將要說出口的話極為燙舌一樣。她像小孩子手指著招牌一個字一個字認，一個字一個字篤實實、甜蜜蜜地念：「敬、苑。」「咦？妳為什麼從來沒有告訴我？」「你又沒有問我，我為什麼要告訴你呢。」伊紋笑到手上的香草蛋糕山崩、地裂、土石流。毛敬苑的上髭下鬚遲遲地分開來，說話而抖擻的時候可以隱約看見髭鬚下的皮膚紅了起來，像是適紅土的植被終於從黃土被移植到紅土裡，氣孔都轟然大香。毛敬苑也笑了。

怡婷看完了日記，她不是過去的怡婷了。她靈魂的雙胞胎在她樓下、在她旁邊，被汙染，被塗鴉，被當成廚餘。日記就像月球從不能看見的背面，她才知道這個世界的爛瘡比世界本身還大。她靈魂的雙胞胎。

怡婷把日記翻到會背了，她感覺那些事簡直像發生在她身上。會背了之後拿去給伊紋姊姊。有生以來第二次看到姊姊哭。姊姊的律師介紹了女權律師，她們一齊去找律師。辦公室很小，律師的胖身體在裡面就像整個辦公室只是張扶手椅一樣。律師說：沒辦法的，要證據，沒有證據，妳們只會被反咬妨害名譽，而且是他會勝訴。什麼叫證據？保險套衛生紙那類的。怡婷覺得她快要吐了。

怡婷思琪，兩個人一起去大學的體育館預習大學生活，給每一個球場上的男生打分數，臉有臉的分數，身材有身材的分數，球技有球技的分數。大考後吃喝玩樂的待做事項貼在牆上，一個個永遠沒有機會打勾的小方格像一張張呵欠的嘴巴。有老師當著全班的面說思琪是神經病，怡婷馬上揉了紙團投到老師臉上。游泳比賽前不會塞衛生棉條妳就進廁所幫我塞。李國華買的飲料恰有我愛喝的，妳小心翼翼揣在包裡帶回來，我說不喝，妳的臉死了一秒。剛上高中的生日，我們跟學姊借了身分證去ＫＴＶ，大大的包廂裡跳得像兩隻蚤。小時候兩家人去賞荷，荷早已凋盡，葉子焦蜷起來，像茶葉萎縮在梗上，一池荷剩一支支梗挺著，異常赤裸，妳用唇語對我說：荷盡已無擎雨蓋，好笨，像人類一樣。我一直知道我們與眾不同。

詩書禮教是什麼？領妳出警察局的時候，我竟然忍不住跟他們鞠躬說警察先生謝謝，警察先生不好意思。天啊！

如果不是連我都嫌妳髒，妳還會瘋嗎？

怡婷約了李國華，說她知道了，讓她去他的小公寓吧。門一關起來怡婷就悚然，感覺頭髮不是長出來的而是插進她的頭皮。屋子裡有一缸金魚，金魚也不對她的手有反應，顯然是習慣了人類逗弄，她的腦海馬上浮現思琪的小手。

關門以後，怡婷馬上開口了，像打開電視機轉到新聞臺，理所當然的口氣，她在家裡已演練多時：為什麼思琪會瘋？她瘋了啊？喔，我不知道，我好久沒聯絡她了，妳找我就是要問這個嗎？李國華的口氣像一杯恨不能砸爛的白開水。老師，你知道我告不了你的，我只是想知道，思琪，她為什麼會瘋？李國華坐下，撫摸鬍渣，他說，她這個人本來就瘋瘋顛顛的，而且妳有什麼好告我呢？李國華笑咪咪的，愁胡眼睛瞇成金魚吐的小氣泡。怡婷吸了一口氣，老師，我知道你在我們十三歲的時候強暴思琪，真的要上報也不是不可以。李國華露出小狗的汪汪眼睛，他用以前講掌故的語氣說，「唉，妳沒聽我說過吧，我的雙胞胎姊姊在我十歲的時候自殺了，一醒來就沒了姊姊，連最後一面也見不到，聽說是晚上用衣服上吊的，兩個人擠一張床，我就睡在旁邊，俗話說，可惡之人必有可憐之處。」怡婷馬上打斷他的話，「老師，你不要跟我用佛洛伊德那一套，你死了姊姊，不代表你可以強暴別人，所謂可惡之人必有可憐之處，那是小說，老師，你可不是小說裡的人物。」李國華收起了小狗眼睛，露出原本的眼睛，他說，瘋就已經瘋了，妳找我算帳她也不會回來。怡婷一口氣把衣褲脫了，眼睛裡也無風雨也無晴。「老師，你強暴我吧。」像你對思琪做的那樣，我要感受所有她感受到的，她對妳的摯愛和討厭，我要作兩千個晚上一模一樣的噩夢。「不要。」「為什麼？拜託強暴我，我以前比思琪還喜歡你！」我要等等我靈魂的雙胞胎，她被你丟棄在十三歲，也被我遺忘在十三歲，我要躺在那裡等她，等她趕上我，我要跟她在一起。抱住他的小腿。「不要。」「為什麼？求你強暴我，我跟思琪一模一樣，思琪有的我都有！」李國華的腳踢中怡婷的咽喉，怡婷在地板上乾嘔起來。「妳撒泡尿照照自己的麻臉吧，死神經病母狗。」把她的衣物扔出門外，怡婷慢慢爬出去撿，爬出去的時候感到金魚的眼睛全凸出來抵著缸壁看她。

房爸爸房媽媽搬出大樓了。他們從前不知道自己只是普通人。女兒莫名其妙發瘋之後，他們才懂得那句陳腔的意思：太陽照常升起，活人還是要活，日子還是要過。離開大樓的那天，房媽媽抹了粉的臉就像大樓磨石均勻的臉一樣：沒有人看得出裡面有什麼。

曉奇現在待在家裡幫忙小吃攤的生意。忙一整天，身上的汗像是她也在

蒸籠裡蒸過一樣。每天睡前曉奇都會禱告：上帝，請祢賜給我一個好男生，

他願意和我與我的記憶共度一生。睡著的時候，曉奇總是忘記她是不信基督

的，也忘記她連跟爸媽去拜拜都抗拒。她只是靜靜地睡著。老師如果看到藍

花紋的被子服貼她側睡的身體，一定會形容她就像一個倒臥的青瓷花瓶，而

老師自己是插花的師傅。但是曉奇連這個也記不得了。

有時候李國華在祕密小公寓的淋浴間低頭看著自己，他會想起房思琪。

想到自己謹慎而瘋狂，明媚而膨脹的自我，整個留在思琪裡面。而思琪又被

他糾纏拉扯回幼稚園的詞彙量，他的祕密，他的自我，就出不去思琪的嘴巴，

被鎖在她身體裡。甚至到了最後，她還相信他愛她。這就是話語的重量。想

當年在高中教書，他給虐待小動物的學生開導出了眼淚。學生給小老鼠澆了

油點火。給學生講出眼淚的時候他自己差一點也要哭了。可是他心裡自動譬

喻著著火的小老鼠亂竄像流星一樣，像金紙一樣，像鎂光燈一樣。多美的女

孩！像靈感一樣，可遇不可求。也像詩興一樣，還沒寫的、寫不出來的，總

以為是最好的。淋浴間裡，當蚯蜷的體毛搓出白光光的泡沫，李國華就忘記

了思琪，跨出浴室之前默背了三次那個正待在臥房的女孩的名字。他是禮貌的人，二十多年了，不曾叫錯名字。

伊紋一個禮拜上臺中一次，拿削好的水果給思琪，照往常那樣唸文學作品給她聽。一坐就是許久，從書中抬起頭，看見精神病院地上一根根鐵欄杆的影子已經偏斜，卻依舊整齊、平等，跟剛剛來到的時候相比，就像是中共文革時期邊唱邊搖晃的合唱團的兩張連拍相片。而思琪總是縮成一團，水果拿在手上小口小口啃。伊紋姊姊讀道：我才知道，在奧斯維辛也可以感到無聊。伊紋停下來，看看思琪，說，琪琪，以前妳說這一句最恐怖，在集中營裡感到無聊。思琪露出努力思考的表情，小小的眉心皺成一團，手上的水果被她壓出汁，然後開懷地笑了，她說：我不無聊，他為什麼無聊？伊紋發現這時候的思琪笑起來很像以前還沒跟一維結婚的自己，還沒看過世界的背面的笑容。伊紋摸摸她的頭，說，聽說妳長高了，妳比我高了耶。思琪笑著說，謝謝妳。說謝謝的時候水果的汁液從嘴角流下去。

和毛毛先生在高雄約會，伊紋發現她對於故鄉更像是觀光。只有一次在圓環說了：「敬苑，我們不要走那條路。那棟樓。」毛毛點點頭。伊紋不敢側過臉讓毛毛看到，也不想在副駕駛座的後視鏡裡看見自己。不左不右，她覺得自己一生從未這樣直視過。回到毛毛家，伊紋才說了，「多可悲，這是我的家鄉，而有好多地方我再也不敢踏上，就好像記憶的膠捲拉成危險的黃布條。」毛毛第一次打斷她說話，「妳不要說對不起。」「我還沒說。」「那永遠別說。」「我好難過。」「或許妳可以放多一點在我身上。」「不，我不是為自己難過，我難過的是思琪，我一想到思琪，我就會發現我竟然會真的想去殺人。真的。」「我知道。」「你不在家的時候，我會突然發覺自己正在思考怎麼把一把水果刀藏在袖子裡。我是說真的。」「我相信妳。但是，思琪不會想要妳這樣做的。」伊紋瞪紅了眼睛，「不，你錯了，你知道問題在哪裡嗎？問題就是現在沒有人知道她想要什麼了，她沒有了，沒有了！你根本就不懂。」「我懂，我愛妳，妳想殺的人就是我想殺的人。」伊紋站起來抽衛生紙，眼皮擦得紅紅的，像抹了胭脂。「妳不願意當自私的人，那我來自私，妳為了我留下來，可以嗎？」

怡婷在大學開學前，和伊紋姊姊相約出來。伊紋姊姊遠遠看見她，就從露天咖啡座站起身來揮手。伊紋姊姊穿著黑地白點子的洋裝，好像隨手一指，就會指出星座，伊紋姊姊就是這樣，全身都是星座。她們美麗，堅強，勇敢的伊紋姊姊。

伊紋姊姊今天坐在那裡，陽光被葉子篩下來，在她露出來的白手臂上也跟星星一樣，一閃一閃的。伊紋跟怡婷說：「怡婷，妳才十八歲，妳有選擇，妳可以假裝世界上沒有人以強暴小女孩為樂，假裝從沒有小女孩被強暴，假裝思琪從不存在，假裝妳從未跟另一個人共享奶嘴，鋼琴，從未有另一個人與妳有一模一樣的胃口和思緒，妳可以過一個資產階級和平安逸的日子，假裝世界上沒有精神上的癌，假裝世界上沒有一個地方有鐵欄杆，欄杆背後人人精神癌到了末期，妳可以假裝世界上只有馬卡龍，手沖咖啡和進口文具。但是妳也可以選擇經歷所有思琪曾經感受過的痛楚，學習所有她為了抵禦這些痛楚付出的努力，從妳們出生相處的時光，到妳從日記裡讀來的時光。妳要替思琪上大學，唸研究所，談戀愛，結婚，生小孩，也許會被退學，也許會離婚，也許會死胎，但是，思琪連那種最庸俗、呆鈍、刻板的人生都沒有辦法經歷。妳懂嗎？妳要經歷並牢牢記住她所有的思想，思緒，感情，感覺，記憶與幻想，她的愛，討厭，恐懼，失重，荒蕪，柔情和欲望，妳要緊緊擁抱著思琪的痛苦，妳可以變成思琪，然後，替她活下去，連思琪的分一起好好地活下去。」怡婷點點頭。伊紋順順頭髮，接著說：「妳可以把一切寫下來，但是，寫，不是為了救贖，不是昇華，不是淨化。雖然妳才十八歲，雖然妳有選擇，但是如果妳永遠感到憤怒，那不是妳不夠仁慈，不夠善良，不富同理心，什麼人都有點理由，連姦汙別人的人都有心理學、社會學上的理由，世界上只有被姦汙是不需要理由的。妳有選擇——像人們常常講的那些動詞——妳可以放下，跨出去，走出來，但是妳也可以牢牢記著，不是妳不寬容，而是世界上沒有人應該被這樣對待。思琪是在不知道自己的結局的情況下寫下這些，她不知道自己現在已經沒有了，可是，她的日記又如此清醒，像是她已經替所有不能接受的人——比如我——接受了這一切。怡婷，我請妳永遠不要否認妳是倖存者，妳是雙胞胎裡活下來的那一個。每次去找思琪，唸書給她聽，我不知道為什麼總是想到家裡的香氛蠟燭，白胖帶淚的蠟燭總是讓我想到那個詞——尿失禁，這時候我就會想，思琪，她真的愛過，她的愛只是失禁了。忍耐不是美德，把忍耐當成美德是這個偽善的世界維持它扭曲的秩序的方式，生氣才是美德。怡婷，妳可以寫一本生氣的書，妳想想，能看到妳的書的人是多麼幸運，他們不用接觸，就可以看到世界的背面。」

伊紋站起來，說，敬苑來接我了。怡婷問她：「姊姊，妳會永遠過著幸福快樂的日子嗎？」伊紋提包包的右手無名指有以前戒指的曬痕。怡婷以為伊紋姊姊已經夠白了，沒想她以前還要白。伊紋說：「沒辦法的，我們都沒辦法從此過著幸福快樂的日子，誠實的人是沒辦法幸福的。」怡婷又點點頭。伊紋突然一瞬間紅了鼻頭掉下眼淚：「怡婷，其實我很害怕，其實有時候我真的很幸福，但是經過那個幸福之後我會馬上想到思琪。如果有哪怕是一丁點幸福，那我是不是就和其他人沒有兩樣？真的好難，妳知道嗎？愛思琪的意思幾乎就等於不去愛敬苑。我也不想他守著一個愁眉苦臉的女人就老死了。」

跨進前座之前，伊紋姊姊用吸管喝完最後一口冰咖啡的樣子像鳥啣花。

伊紋搖下車窗，向怡婷揮手，風的手指穿過伊紋的頭髮，飛舞得像小時候和思琪玩仙女棒的火花，隨著車子開遠而漸小、漸弱，幾乎要熄滅了。劉怡婷頓悟，整個大樓故事裡，她們的第一印象大錯特錯：衰老、脆弱的原來是伊紋姊姊，而始終堅強、勇敢的其實是老師。從辭典、書本上認識一個詞，竟往往會認識成反面。她恍然覺得不是學文學的人，而是文學辜負了她們。車子消失在轉角之前，怡婷先別開了頭。

每個人都覺得圓桌是世界上最美好的發明。有了圓桌，便省去了你推搡我我推搡你上主位的時間。那時間都足以把一隻蟹的八隻腿一對螯給剔乾淨了。在圓桌上，每個人都同時有作客人的不負責任和作主人的氣派。

張先生在桌上也不顧禮數，伸長筷子把合菜裡的蔬菜撥開，挑了肉便夾進太太的碗裡。

劉媽媽一看，馬上高聲說話，一邊用手肘擠弄丈夫：你看人家張先生，結婚這麼久還這麼寵太太。

張先生馬上說：哎呀，這不一樣，我們婉如嫁掉那麼久了，我們兩個人已經習慣相依為命，你們怡婷才剛剛上大學，劉先生當然還不習慣。

大家笑得酒杯七歪八倒。

陳太太說：你看看，這是什麼啊，這就是年輕人說的，說的什麼啊？

李老師接話：放閃！

吳奶奶笑出更多皺紋：還是當老師最好，每天跟年輕人在一起，都變年輕了。

陳太太說：小孩一個一個長大了，趕得我們想不老都不行。

謝先生問：晞晞今天怎麼沒有來？

李師母跟熟人在一起很放鬆，她說：晞晞說要到同學家寫功課。每次去那個同學家，回來都大包小包的。我看她功課是在百貨公司寫的！

又嗔了一下李老師：都是他太寵！

張太太笑說：女孩子把零用錢花在自己身上，總比花在男朋友身上好。

李師母半玩笑半哀傷地繼續說：女孩子花錢打扮自己，那跟花在男朋友身上還不是一樣。

劉媽媽高聲說：我家那個呀，等於是嫁掉了，才上大學，我還以為她去火星了！連節日都不回家。

劉爸爸還在小聲咕噥：不是我不夾，她不喜歡那道菜啊。

謝太太接話，一邊看著謝先生：都說美國遠，我都告訴他，真的想回家，美國跟臺北一樣近！

陳先生笑說：該不會在臺北看上誰了吧？誰家男生那麼幸運？

謝先生笑說：不管是遠是近，美國媳婦可不如臺灣女婿好控制。

公公婆婆岳父岳母們笑了。

吳奶奶的皺紋彷彿有一種權威性，她清清嗓子說：以前看怡婷她們，倒不像是會輕易喜歡人的類型。

她們。

圓桌沉默了。

桌面躺著的一條紅燒大魚，帶著刺刺小牙齒的嘴欲言又止，眼睛裡有一種冤意。大魚半身側躺，好像是趴在那裡傾聽桌底下的動靜。

劉媽媽高聲說：是，我們家怡婷眼光很高。

又乾笑著說下去：她連喜歡的明星都沒有。

劉媽媽的聲音大得像狗叫生人。

吳奶奶的皺紋剛剛繃緊，又鬆懈下來：現在年輕人不追星的真的很少。

又咳嗽著笑著對李師母說：上次你們來我們家，晞晞一屁股坐下來就開電視，我問她怎麼這麼急，她說剛剛在樓下看到緊張的地方。

吳奶奶環顧四周，大笑著說：坐個電梯能錯過多少事情呢？

大家都笑了。

張太太把手圍在李老師耳邊，悄聲說：我就說不要給小孩子讀文學嘛，你看讀到發瘋了這真是，連我，連我都寧願看連續劇也不要看原著小說，要像你這樣強壯才能讀文啊，你說是不是啊？

李老師聽著，只是露出哀戚的神氣，緩緩地點頭。

陳太太伸長手指，指頭上箍的祖母綠也透著一絲玄機，她大聲說：哎呀，師母，不好了，張太太跟老師有祕密！

老錢先生說：這張桌上不能有祕密。

張先生笑著打圓場說：我太太剛剛在問老師意見，問我們現在再生一個，配你們小錢先生，不知道來得及來不及？

也只有張先生敢開老錢一家玩笑。

老錢太太大叫：唉唷，這不是放閃了，自己想跟太太生孩子，就算到一維頭上！

先生太太們全尖聲大笑。紅酒灑了出來，在白桌巾上漸漸暈開，桌巾也羞澀不已的樣子。

在李老師看來，桌巾就像床單一樣。他快樂地笑了。

李老師說：這不是放閃，這是放話了！

每個人笑得像因為恐怖而尖叫。

侍酒師沿圈斟酒的時候只有一維向他點了點頭致謝。

一維心想，這個人作侍酒師倒是很年輕。

一維隱約感到一種痛楚，他從前從不用「倒是」這個句型。

張太太難得臉紅，說：他這個人就是這樣，在外面這麼殷勤，在家裡喔，我看他，我看他，就剩那一張嘴！

吳奶奶已經過了害臊的年紀，說道：剩嘴也不是不行。

大家笑著向吳奶奶乾杯，說薑還是老的辣。

李老師沉沉說一句：客廳裡的西門慶，臥室裡的柳下惠。

大家都說聽不懂的話定是有道理的話，紛紛轉而向李老師乾杯。

張太太自顧自轉移話題說：我不是說讀書就不好。

老錢太太自認是讀過書的人，內行地接下這話，點頭說：那還要看讀的是什麼書。

又轉過頭去對劉媽媽說：從前給她看那些書，還不如去公園玩。

一維很痛苦。他知道「從前給她看那些書」的原話是「從前伊紋給她們看那些書」。

一維恨自己的記性。他胸口沉得像從前伊紋趴在上面那樣。

伊紋不停地眨眼，用睫毛搔他的臉頰。

伊紋握著自己的馬尾稍，在他的胸口寫書法。寫著寫著，突然流下了眼淚。

他馬上起身，把她放在枕頭上，用拇指抹她的眼淚。她全身赤裸，只有脖子戴著粉紅鑽項鍊。鑽石像一圈聚光燈照亮她的臉龐。

伊紋的鼻頭紅了更像隻小羊。

伊紋說：你要永遠記得我。

一維的眉毛向內簇擁，擠在一起。

我們當然會永遠在一起啊。

不是，我是說，在你真的占有我之前，你要先記住現在的我，因為你以後永遠看不到了，你懂嗎？

一維說好。

伊紋偏了偏頭，閉上眼睛，頸子歪伸的瞬間項鍊哆嗦了一下。

一維坐在桌前，環視四周，每個人高聲調笑時舌頭一伸一伸像吐鈔機，笑出眼淚時的那個晶瑩像望進一池金幣，金幣的倒影映在黑眼珠裡。歌舞昇平。

一維不能確定這一切是伊紋所謂的「不知老之將至」，還是「老而不死是為賊」，或者是「縱然行過死蔭的幽谷，也不怕遭害，因為你與我同在」。

一維衣冠楚楚坐在那裡，卻感覺到伊紋涼涼的小手深深地把指甲摁刻進他屁股裡，深深迎合他。

說你愛我。

我愛妳。

說你會永遠愛我。

我會永遠愛妳。

你還記得我嗎？

我會永遠記得妳。

上了最後一道菜，張先生又要幫太太夾。

張太太張舞著指爪，大聲對整桌的人說：你再幫我夾！我今天新買的戒指都沒有人看到了！

所有的人都笑了。所有的人都很快樂。

她們的大樓還是那樣輝煌，豐碩，希臘式圓柱經年了也不會被人摸出腰身。路人騎摩托車經過，巍峨的大樓就像拔地而出的神廟，路人往往會轉過去，掀了安全帽的面蓋，對後座的親人說：要是能住進這裡，一輩子也算圓滿了。

後記

「等待天使的妹妹」，我和B結婚了。

我常常對我的精神科醫師說：「現在開始我真不寫了。」

高中畢業八年，我一直游離在住處、學校與咖啡館之間。在咖啡館，戴上耳機，寫文章的時候，我喜歡憑著唇舌猜測隔壁桌的客人在談些什麼。猜他們是像母子的情侶，或是像情侶的姊妹。最喜歡自助咖啡廳，看前一秒還對著智慧型手機講電話講得金牙都要噴出來的西裝男人，下一秒走一步看一腳地端咖啡回座位。一個如此巨大的男人，被一杯小小的咖啡收束起來。那是直見性命的時刻。我往往在他臉上看見他從前在羊水裡的表情。我會想起自己的少女時代。

我永遠記得高中的那一堂下課。我們班被學校放在與「別班」不同的大樓，我走去「別的」大樓，等那個從國中就喜歡的女生下課。大樓前的小庭院密叢叢種著欖仁樹，樹下有黑碎白末矽礦石桌椅。桌椅上的灰塵亦有一種等待之意。大約是夏日，樹葉滎滋得像一個本不願留長髮的英氣女孩被媽媽把持的豐厚馬尾。太陽鑽過葉隙，在黑桌面上針孔成像，一個一個圓滾滾、亮晶晶地，錢幣一樣。我想起國中時放學又補習後我總傳簡訊給她，一去一返，又堅持著她要傳最後一封，說這樣紳士。一天她半生氣半玩笑說，電話費要爆炸了。我非常快樂。我沒有說的是：我不願意在簡訊裡說再見，即使絕對會再見也不願意。那時候就隱約明白有一種愛是純真到甚至可以計算的。

抬起頭看欖仁樹，可以看見肥厚的綠葉相打鬧的聲音。和入冬腳下黃葉窸窸窣窣的耳語終究不同，夏日綠葉的嚷鬧有些無知。國中時，為了考進第一志願資優班，我下課時間從不下課，總是釘在座位上解題目。她是個大鳴大放的人，一下課便吆喝著打球，我的眼睛釘在式子上，她的聲音夾纏著七彩的荷爾蒙鑽進我的耳孔，然而我寫下的答案還一樣是堅定、涅槃的。她的聲音像一種修辭法，對襯我僵硬的駝背，有一種苦行感。風起時，欖仁樹的香味噓進來，和早餐吃的數學題和三明治做了多項式火腿蛋欖仁三明治，我的七竅裊裊哼著香。望進去她們的班級，粉筆在黑板上的聲音像敲門。講臺下一式白衣黑裙，一眼彷彿人山人海，分不清楚誰誰。可我知道她在裡面。我很安心。望另一頭望去，是排球場。球場的喊聲像牧犬和羊群，一個趕便一群堆上去。我想起她打球的樣子，汗水沾在她的臉上，我都不覺得那是汗水，而是露珠。那豐饒！當天說了我沒辦法再等她了。以為鬧個脾氣，賣個自尊。當時不知道是永別。

那天，妳跟我說妳的故事。我逃命一樣跑出門，跑去平時寫文章的咖啡廳，到了店門口，手上不知道怎麼有電腦。整個季節當頭澆灌下來，像湯霜刑，抬頭看太陽，像沉悶在一鍋湯底看湯面一團凝聚的金黃油脂。被淫燙之際我才發現整個世界熊熊燃燒的核心題旨是我自己。自動地走進店裡，美式咖啡不加奶不加糖，雙手放上鍵盤，我放聲痛哭。我不知道為什麼自己這時候還想寫。後來我有半年沒有辦法識字。醜惡也是一種知識，且跟不進則退的美之知識不同，醜惡之知識是不可逆的。有時候我竟會在我跟B的家裡醒過來，發現自己站著，正在試圖把一把水果刀藏到袖子裡。可以忘記醜惡，可是醜惡不會忘了我。

我常常對我的精神科醫師說：「現在開始我真不寫了。」

「為什麼不寫了？」

「寫這些沒有用。」

「那我們要來定義一下什麼是『用』。」

「文學是最徒勞的，且是滑稽的徒勞。寫這麼多，我不能拯救任何人，甚至不能拯救自己。這麼多年，我寫這麼多，我還不如拿把刀衝進去殺了他。真的。」

「我相信妳。幸好這裡不是美國，不然我現在就要打電話警告他。」

「我是說真的。」

「我真的相信妳。」

「我不是生來就想殺人的。」

「妳還記得當初為什麼寫嗎？」

「最當初寫，好像生理需求，因為太痛苦了非發洩不行，餓了吃飯渴了喝水一樣。後來寫成了習慣。到現在我連B的事情也不寫，因為我竟只會寫醜陋的事情。」

「寫成小說，也只是習慣嗎？」

「後來遇見她，我的整個人生改變了。憂鬱是鏡子，憤怒是窗。是她把我從幻覺幻聽的哈哈鏡前拉開，陪我看淨几明窗前的風景。我很感謝她。雖然那風景是地獄。」

「所以妳有選擇？」

「像小說裡伊紋說的那樣嗎？我可以假裝世界上沒有人以強姦小女孩為樂，假裝世界上只有馬卡龍、手沖咖啡和進口文具？我不是選擇，我沒辦法假裝，我做不到。」

「整個書寫讓妳害怕的是什麼？」

「我怕消費任何一個房思琪。我不願傷害她們。不願獵奇。不願煽情。我每天寫八個小時，寫的過程中痛苦不堪，淚流滿面。寫完以後再看，最可怕的就是：我所寫的、最可怕的事，竟然是真實發生過的事。而我能做的只有寫。女孩子被傷害了。女孩子在讀者讀到這段對話的當下也正在被傷害。而惡人還高高掛在招牌上。我恨透了自己只會寫字。」

「妳知道嗎？妳的文章裡有一種密碼。只有處在這樣的處境的女孩才能解讀出那密碼。就算只有一個人，千百個人中有一個人看到，她也不再是孤單的了。」

「真的嗎？」

「真的。」

「等待天使的妹妹」，我在世界上最不願傷害的就是妳，沒有人比妳更值得幸福，我要給妳一百個棉花糖的擁抱。

國中期中期末考試結束的下午，我們一群人總會去百貨公司看電影。因為是周間，整個電影院總只有我們。朋友中最大膽的總把鞋子脫了，腳丫高高翹上前排座位。我們妳看我我看妳，一個個把鞋脫了，一個個腳翹上去。至頑劣不過如此。我永遠記得散場之後搭電梯，馬尾女孩的手疲憊而愉悅地撐在扶手上。無限地望進她的手，她的指甲形狀像太陽公轉的黃道，指節的皺紋像旋轉的星系。我的手就在旁邊，我的手是解題目的手，寫文章的手，不是牽手的手。六層樓的時間，我完全忘記方才的電影，一個拳頭的距離，因為一種幼稚的自尊，竟如此遙遠，如此渺茫。

後來，長大了，我第二次自殺，吞了一百顆普拿疼，插鼻胃管，灌活性碳洗胃。活性碳像瀝青一樣。不能自己地排便，整個病床上都是吐物、屎尿。病床矮柵關起來，一路直推進加護病房，我的背可以感到醫院的地板如此流利，像一首童詩。為了夾咬測血氧的管線，護理師姊姊替我卸指甲油，又像一種修辭法，一種相聲，護理師的手好溫暖，而去光水好冰涼。問護理師我會死嗎？護理師反問怕死為什麼自殺呢？我說我不知道。我真不知道。因為活性碳，糞便黑得像馬路。我身上阡陌縱橫，小小一張病床，一迷路就是八年。

如果她欲把手伸進我的手指之間。如果她欲喝我喝過的咖啡。如果她欲在鈔票間藏一張我的小照。如果她欲送我早已不讀的幼稚書本作禮物。如果她欲記住每一種我不吃的食物。如果她欲聽我的名字而心悸。如果她欲吻。如果她欲相愛。如果可以回去。好，好，都好。我想跟她躺在凱蒂貓的床單上看極光，周圍有母鹿生出覆著虹彩薄膜的小鹿，兔子在發情，長毛貓預知己身之死亡而走到了無跡之處。爬滿青花的骨瓷杯子裡，占卜的咖啡渣會告訴我們：謝謝妳，雖然我早已永永遠遠地錯過了這一切。自尊？自尊是什麼？自尊不過是護理師把圍簾拉起來，便盆塞到底下，我可以準確無誤地拉在裡面。

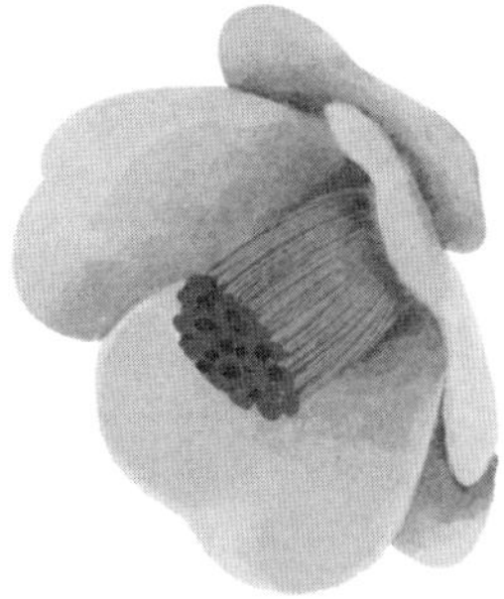

附錄

臺北國際書展「讀字迷宮」新書發表會逐字稿

二〇一七年二月十二日

大家好，我是《房思琪的初戀樂園》的作者林奕含。我今天其實不太知道為什麼我要講話，因為我有一個「有點固執，有一點任性，然後也滿無聊的美學觀」，就是：我覺得一本書——我們不要說「純文學」，說「純文學」好像是在說其他的文學是不純的——但，我覺得一個純文學作品是不能被轉述的。因為，我覺得一個作品最佳的表達方式就是那個作品自己。所以，無論是電影或是書本，你問：「這部電影在說什麼？」、「這本書在說什麼？」用兩、三句話去交代它，我覺得那樣是滿不道德的一件事情。所以，我今天也沒有打算要跟你們講這本小說在說什麼，或者是我想要表達什麼。好，這樣有點任性，也有點無聊，但這是我自己的美學觀。

首先，為了方便接下來可以繼續講，我現在用一句話來概括這本書：它是一個關於女孩子被誘姦的故事。但是我必須說「誘姦」這個詞不是很精確，用在這本書裡我覺得也不是很正確。等一下我會解釋，為什麼我不是很喜歡用「誘姦」這個詞，但暫時使用，我覺得是沒關係的。anyway，我就說這是一個關於女孩子被誘姦的故事。

我今天主要想討論的是，我在書的正文前面為什麼要強調「改編自真人真事」？什麼是真人真事？所謂的真實是什麼？我們都知道很多年以前佛斯特對於小說的定義是「一定長度的虛構散文」，這個定義非常地粗略，很粗淺，也很粗糙。它就只有三個要素。「一定長度」——就是夠長；第二個要素是「虛構」，就是虛構的；然後「散文」——就是不要是駢文、不要是韻文，你可以成韻、可以成對，但不一定。這個定義很粗略，但正是因為這個定義很粗略，所以從佛斯特到現在，小說已經有無數的變體，無論是敘事觀點或者是人稱，各式各樣、花樣百出，都可以被含納在這個定義裡面。這是因為這個定義很粗略，所以我們就可以挪用這個定義：（小說）就是一定長度的虛構散文。

相信很多人都看過有一種小說，就是（作者）他在書前面，強調了他的小說是虛構的，跟現實生活中的人物沒有關係，然後說：請你不要對號入座。你對號入座，如果你生氣了，什麼如有雷同，你自己生氣不干作者的事，就是「純屬巧合」。在十九世紀末或二十世紀初的小說，有很多這樣的小提示。我最近讀到有像這種小提示的書，是海明威的《渡河入林》，我現在稍微唸一下那個小提示。他在正文開始前說：「鑒於如今人們傾向於將小說中的人物與生活中的真實人物對號入座，因此有必要做如下的說明：本書中沒有真實的人物。書中的人物及其姓名都是虛構的。部隊的名稱和番號也是虛構的，小說中不存在現實生活裡的人物和部隊。」我們都知道海明威是一個說話非常簡練的人，他的口吻就是接近於黑白片、接近於素描，所以他在這個提示裡說話其實有點冗，因為正反兩面都講了一次。他說「小說中的事件不存在於現實生活中」，然後他又反過來講了一遍，他說「現實生活中的事件也不存在於小說中」，所以他再三地強調他的小說是虛構的。

可是回過頭來看，包括從佛斯特，還有前面更早以前的，我們都知道小說本來就是虛構的，為什麼海明威還要強調他的小說是虛構的呢？而我，為什麼在《房思琪的初戀樂園》的前面，又要強調我的小說中含有真實的成分？為什麼我要強調我的小說「改編自真人真事」？而這個「真實」又是什麼？這是我今天要探討的主題。

所以，毋寧說，當我在前面說這七個字「改編自真人真事」，我要給讀者的是一個預期心理，這個預期心理是：當你在讀書的時候，遇到不舒服或者痛苦的段落時，我希望你能知道這個痛苦它是真實的。就是，我希望你不要放下它，我希望你不要闔上書，然後覺得說：「啊！幸好這是一本小說，幸好它只是一個故事。」然後說：「啊！幸好我可以放下書。」——就是物理性地放下一本書那樣把它放下。我希望你不要放下它。我希望你可以像作者我一樣同情共感，希望你可以與思琪同情共感。我希望你可以站在她的鞋子裡。

接下來我要岔過去談一件比較無關的事情，就是可能有一些讀者，我也收到一些讀者的反響，有人在問房思琪是不是就是我林奕含。我覺得現在讀者的窺隱癖都有點過於旺盛了，但我覺得這種八卦小報樂趣還是比較次要，我覺得比較無所謂的事情。

有另外一件事情是，我覺得大家在閱讀的時候，有一個很不好的習慣，他們覺得「紅學就等於曹學」。我覺得很危險的一件事情就是，大家把那種國中、高中的時候，一字不漏地背國文課本前面的作者小傳那種習慣給承襲下來，然後把它沿用下來讀我們的各種文學作品，還有看電影。如果你不知道范仲淹被貶，你根本就看不懂〈岳陽樓記〉，我覺得這是非常愚蠢的一件事情。如果你不知道曹雪芹的祖父在哪一年負債，或者是你不知道曹雪芹的父親——當然他的生父是誰到現在還沒有定論——你不知道曹雪芹的父親在哪一年被抄家，如果你沒有辦法把曹雪芹的家譜與賈寶玉的家譜做那種很幼兒式的連連看，你在《紅樓夢》上便有一種失落感，我覺得這種閱讀是很不成熟的。所以面對這樣子的問題，我覺得這是很不成熟的問題。

我有個很喜歡的當代導演，叫做麥可．漢內克（Michael Haneke），我想在座應該有同學看過他的作品，他比較有名的是三年內拿了兩座金棕櫚獎，一部是《白色緞帶》，一部是《愛慕》，但我最喜歡的還是他早年拍過的《冰川三部曲》，比如說《隱藏攝影機》——但我最喜歡的還是《鋼琴教師》。漢內克有講過，他不是很喜歡被問到關於他自己生平的問題，他有一段話我很喜歡，在這裡可以稍微唸一下，稍微回答一下有一些人問我「房思琪是不是林奕含」這個問題。他說：

傳記不能解釋作品，把一部電影所提出的問題和導演的生平扯上關係，以這種方式侷限了問題的範圍。我一直都想直接在作品裡探問、對質，而非到別處去尋求解釋。這就是為什麼我拒絕回答與生平相關的問題。沒有比聽到像「電影拍得如此陰暗的漢內克，是哪一類怪人？」這種問題更令我惱火的，我覺得這很蠢，也不想展開這類錯誤的辯論。

所以，對那些可能心裡隱隱約約還在懷疑「房思琪到底是不是林奕含」那一類的讀者，我很想說，我相信可能有人隱隱在期待我是房思琪，但是我要說：「很抱歉，但我真的不是房思琪，讓你們失望了。」但我的立場是這樣的，就算我是房思琪，或者是我是與不是房思琪，跟我身為這本書的作者，還有如果《房思琪的初戀樂園》這本書有一點價值的話，我覺得我是不是房思琪跟這本書的價值沒有很大的關係，所以我沒有想回答這一類的問題。

接下來我要講的是，既然我那麼不喜歡被問到「你是不是房思琪」這類與現實生活相關的問題，那為什麼我又要在書的前面強調這是所謂的真人真事？所謂的真實又是什麼？這個故事是由我所認識的四個女生的真實人生經驗改編而來的。書裡面李國華的原型，是我所非常認識的一個老師。必須說，在我第一次得知有這樣的事情時，講得羅曼蒂克一點，就是在月光下的長凳上，我可以毫不誇張地說，在聽到這樣事情的當下，它完完全全地改變了我的一生。也許你可以想像一下，平常你可能會看到的襯衫的折線被燙得極為鋒利筆直，講話三句不離古文，臉上的皺紋很像漣漪一樣的，人人道好好人的那個長輩，還有你身邊所親狎的那個人。你突然發現事情的真相是這樣子之後，你會發現：啊！我再也無法用原本的眼光去看待眼前的這個世界了。

所以，當我說這是真人真事的時候，我想要說的是，書裡面它最慘痛，或者是令人不舒服的情節，並不是我作為一個寫小說的人在戲劇化，或者我在營造張力，或是我在製造高潮。都不是，那都是真的。所以無論是這本書本身，或者是我的寫作行為本身，它就是一個詭辯。它是一個非常巨大的詭辯，這個詭辯是什麼？其實這一整件事，或者是我得知的一整個故事，其實可以用極其簡單的大概一、兩句或是兩、三句話就可以概括。就是有一個老師，他用老師的職權，長年在連續誘姦、強暴、性虐待女學生。就這麼簡單，大概兩、三句話就可以把它講完，就這樣。最詭辯的在哪裡？最詭辯的就是，我用各種很華麗的，也許文字遊戲，也許各種奇詭的修辭法，去圍攻他，去包圍他，去針對他，去把他堆疊、垛砌成一個十萬字的小說。最詭辯的就在這裡，我們現在大家都很喜歡說——向政治人物、或是向偶像明星說我們要真相，向媒體說我們要真相、我們要事實。可是什麼是事實？什麼是真相？什麼是真實？當我們看報紙的時候，其實我們每天都可以看到類似這樣的事情在發生，那些東西都是真的，你打開報紙，那些油墨上，那些被馬賽克的照片、那些姓名、那些地址、那些腥羶的細節，那些都是真的。但是他們可曾在你的心裡留下哪怕是一點痕跡，我想應該是沒有。所以回來看佛斯特的定義，他說「小說是一定長度的虛構散文」，我的小說是虛構，但它比任何真的新聞都來得真實，這就是我要說的。

但我並不覺得我寫這個小說，是在做什麼很偉大的事情，我沒有覺得我要帶給大家什麼教訓。其實我覺得寫小說是一件非常無用的事情，我覺得我是全世界最無用之人，寫文章是很沒有必要的事情。這世界上沒有小說，也可以運轉得很順暢、流利。我寫這個東西也無法昇華、無法救贖、無法淨化、無法拯救——無法拯救我認識的任何一個房思琪，我甚至無法拯救日日夜夜生活在精神病的暴亂中的我自己。所以，其實寫這個東西是很荒蕪的，旁邊的人很難想像我站在伊紋跟思琪的鞋子裡面有多深，很難想像我在寫小說的過程中，我有多麼忠於小說的世界觀，包括思琪覺得她是她自己的贗品，包括她的平行世界的觀念，她覺得她的人生已經停止了。

我反覆改寫，當然寫的當下，之後反覆改寫、一直改寫的過程中，我強烈地感覺到，如果這本書有幸能夠有一些讀者的話，我希望這本書的讀者在讀完這本小說的時候，不要感到一絲一毫的希望。這本小說是一場糊塗的，它是一敗塗地的，它是慘無人道的，它是非人的。我要說的是，我沒有要救贖、淨化、昇華、拯救。我甚至可以很任性地說，如果你讀完了，然後你感到一絲一毫的希望，我覺得那是你讀錯了，你可以回去重讀。這樣好像有點任性，但我在寫的時候真的是這樣感覺的。

第二個我對讀者的小小要求嗎？還是大大的要求？我也不知道，就是我不希望你覺得這本書是一本控訴之書，或是一本憤怒之書。現在我們可以看到檯面上有些女性主義者，或是常常有一些書出版，就是他們自訴小時候一些性創傷——當然我不是說這些人不勇敢，這些人非常非常勇敢；我也不是說侵害他們的那些男人或女人不可惡，這些人非常可惡，他們都應該被閹割然後丟到河裡給淹死，不足惜——但我的意思是，他們很勇敢，但是憤怒這種東西它是比較純粹的一個情緒，或是比較乾淨的一個情緒，它可以點燃人內心的火，可以成為類似蒸氣火車蒸氣的一種情緒，但這本書不是一本憤怒的書，思琪她沒有辦法成為一個像亞里斯多德所謂「超越常人常德的悲劇英雄」那樣子的一個英雄，這本書絕對不是一個悲劇，甚至也不是一個悲喜劇，也不是荒謬劇，絕對不是，這本書只能是一個道道地地的慘劇。

所以，在最一開始的時候，為什麼我說我覺得「這本書是一個關於誘姦的故事」，我為什麼說我不想用這個詞？因為我覺得，如果把這個詞端到思琪面前，思琪她不會同意的，因為思琪她很早以前就已經拋棄了那樣子的字眼，她不覺得自己是被害者。我覺得這個故事它最慘痛的地方，或者說思琪的事情對她殺傷力如此之大，或者是思琪的故事對她如此具有毀滅性，或者是思琪為什麼注定終將會走向毀滅且不可回頭，就是（因為）她心中充滿了柔情，她心中有愛、有欲望，甚至到最後她心中還有性。所以，她沒有憤怒，這是這個故事它最毀滅性的一點，所以它不是一本憤怒的書，不是一本控訴的書。

最後我要說，大家在讀的過程中，也許覺得怡婷她可能解開這個事情，或者是伊紋，伊紋姊姊她可以解開這個事情，但老實說，我覺得遇到思琪這樣的事情就是無解，真的就是無解。包括我囉囉嗦嗦寫了十萬字真人真事的小說也是無解，一切都是枉然，怡婷是枉然，伊紋是枉然，作者我也是枉然。好，這是我的結尾，結得有點悲傷，但是就這樣。

最後，我想要說的是，我覺得這本書如果不客氣地來講，可能還有其它地方可以討論。我想要謝謝，當然張亦絢老師她本人不在這裡，所以在這邊謝謝有點矯情，但總而言之，張亦絢老師她在書末，她針對文學性的部分，包括思琪、伊紋，還有怡婷她們的文學性、對文學的早熟、文學性這邊，有了非常精闢的評論。事實上它原本是一個推薦序，但是後來討論一下就把它放到書末。我很感謝她的這個書評，因為她講得很好，就是比任何人講得都好。對，就是這樣子。

書評

〈羅莉塔，不羅莉塔：
21 世紀的少女遇險記〉—— 張亦絢

公共冊所座談會逐字稿

二〇一七年三月十二日

嗨！大家好……我有點緊張。我是《房思琪的初戀樂園》的作者，林奕含。

從這本書上市，二月初，到現在大概差不多快一個月，我其實每天都會去網路上看大家的心得。如果有設公開的話我都會看，仔細看。大部分的人的心得都是，看了滿痛苦的、滿不舒服的。滿多人都聚焦在：這是一個關於女孩子被性侵、被誘姦的故事——今天我就稍微講一下這一點。

在（臺北國際）書展的時候有講過——當然因為我沒有覺得自己重要到講過的話應該要被人家記得的程度，所以我再重複講一次——這本書不是一本憤怒的書、也不是一本控訴的書。不是像伊紋在最後跟怡婷講說「妳可以寫一本書，讓大家不用接觸就可以看到世界的背面」這樣子憤怒的書。所以這本書它不是劉怡婷寫的那樣子憤怒的書。這個故事，我覺得對思琪來講，之所以造成這麼大的慘傷，會讓思琪注定走向毀滅而且不可回頭，這是因為思琪心中是充滿著柔情的，她有愛、有欲望，甚至到最後她心中還有性。

所以這個故事不是像韓國的《熔爐》，或者是前陣子出版的《不再沉默》，或者是像美國的《不存在的房間》那樣子的書，絕對不是一本這樣的書。它不是一個關於女孩子被誘姦的故事。

「暫時挪用」這樣的說法說「這是一個女孩子被誘姦的故事」，我覺得是沒問題的。但是精確地來說，我覺得這個說法是不正確的。

之前我有給一個新媒體採訪，採訪的時候他問，他覺得李國華這個角色，身為一個老師，老師在社會上作為一個有職權的人，他是否是作為一個隱喻，在隱喻這個社會上有權力的人對沒有權力的人的傾軋？他問我這本書是否有想要對性、對性別、對權力與階級做進一步的連結？

我其實有一點害怕。在看完這本書之後，大家會得到一些所謂比較「大」的心得。我不是很會講什麼叫比較「大」。像我自己在寫這本小說的時候，或者是我自己很貼身地面對這樣的故事時，我不是很喜歡站在「很大的格局」去看，我不是很想要關照長遠，我不是很想要站在大歷史的角度去看這樣一個所謂的故事。我不希望思琪變成長條圖或折線圖上的一個點，或者是，我不希望她被扔到那個無限大的「分母之海」裡面，變成無限大的分母裡面的一個。

我覺得我有那個能力，或者說我可以把這個故事與所謂的社會學、所謂的性別與階級做連結，可是我有點不忍心這樣做。所以當我用很細的工筆，也許太細了的工筆去刻畫思琪的這些痛楚時，我覺得我想要做的是，讓在觀看的人、讓在閱讀的人能夠一步一腳印地、逐步逐步地去感同身受思琪的痛苦。

當然，現在可能閱讀了這本書、並且有所共鳴的人，都是比較願意讓自己清醒的人。當然有很多人選擇裝聾作啞，在這個社會上——如果這個詞還不至於太難聽的話。看了這本書，身為一個清醒的人，我們也許很多人知道自己是比較「進步的」，我只想得到這個形容詞。但要一個沒有受暴經驗、比較「進步」的人，說出「父權強暴女權」，或者是說出——比如說在這本書裡，因為文學是串連一切的線索——所以要一個沒有受暴經驗的、比較「進步」的人，說出「父權強暴女權」或是「體制強暴了知識」，要說出這樣的話，其實相對來說是比較輕鬆的。

相對於什麼比較輕鬆？相對於作者我，或者相對有思琪這樣經歷的女生，因為她對於一個即使是最親密的人，要她說出：「我小時候，愛上了強暴我的人。」那是非常、非常、非常困難的。那就是為什麼我不是很想要用一些很大的字眼去敘述這個故事，也不是很想要把它與一些很大的詞連結在一起。

所以這個故事我很難用幾句話來概述，它不是一個關於被誘姦的故事。「它是一個關於愛上了誘姦犯的故事」。當然，用一句話來概括還是不太好，但是勉強修正一下，要把它修成這樣子。它是有一個「愛」字的。

最近在網路上看到有作家前輩提到了這本書的一些評論，裡面提到，書中有一些比較——用他的語言來說，就是裡面有一些單一的、明確的、純淨的——如果這個「純淨」不要用「天真」來形容它的話——對所謂的「菁英文化」的信仰。他懷疑這本書，這本書讓他感到不滿的地方，就是這種對菁英文化的信仰，還有對菁英文化的想像。然後想當然耳，可能是因為裡面很大量、也許對他來說太大量的用典，還有一些也許對他來說太老派、太老成的用詞。

我要說的是，我覺得這種對菁英文化的信仰，《房思琪的初戀樂園》這本書毫不遲疑地把它放置在一種超然於俗世的絕對位置，這個是讓他會質疑這本書是否跟當代有所脫節的地方，是否它不那麼現實——「現實主義」那個「現實」，還有「現實性」那個「現實」，兩者皆是——我要說的是，這個論點之所以有很大的誤讀，是因為這個對菁英文化的想像，它確實是存在的——但是這個對菁英文化的想像，它不是我、不是作者的、不是林奕含的，這個對菁英文化的想像，是屬於思琪、屬於怡婷的。然後，李國華也算是利用了這個想像，去勾引、去挑逗她們，然後設下了圈套，所以這個想像確實是存在的，但是它並不存在作者身上。

另外一個是，提到了關於所謂「純文學」的部分。我在書展也講過，我沒有很喜歡「純文學」這個詞——但我沒有重要到大家應該要記得我說過什麼話——因為說「純文學」，好像在說其它文學「不太純」。但是反正有人說了這樣，所以我就挪用他的詞句來回應。

因為書中用了很多典故，所以彷彿看起來像是對「純文學」的一種膜拜。但這裡面又有一個很嚴重的誤讀——萬一這本書是對「純文學」的膜拜的話，那一個如此信仰所謂「文學」的思琪，她怎麼會遭到如此不幸的下場，以至於精神失常？

所以，顯然這本書要討論的不是「對文學的崇拜」，而是「對文學的幻滅」。

說到「純文學」，當我身為一個作者——我不是書中角色——當我說，我想要做的是「純文學」，我在說的是什麼？我在說的是，我在一開始書寫這本書的時候，我是沒有動機的。我的編輯她問過我說：「奕含，妳為什麼要寫這本書？」其實我沒有任何的理由，也沒有任何的動機，也沒有任何的願望。

我沒有想要去改善這個社會上任何醜惡的事情，我沒有想要救贖任何人，因為我知道我做不到。我知道我寫了這本書，生活在痛苦與暴亂中的我，自己也得不到救贖。書寫的過程當中，我也非常痛苦。所以我不能救贖任何人，不能救贖自己，不能改善任何事情。所以我說的「純」在於我沒有動機，也沒有目的。我沒有想去的地方，我也知道我到不了任何地方。我沒有一邊想著我要有什麼樣的受眾，或是我希望有什麼樣的讀者，才來寫這本書。

但是當我這個月以來，在網路上反覆檢閱各種評論或者是心得的時候，收到了很多的回音就是，很多人在看的時候，感到了也許不舒服、也許痛苦。那些痛苦、不舒服，它都是真實的。因為包括這個故事本身，還有包括我在書寫的時候，那些痛苦都是真實的。

剛剛講到對於作家前輩評論的，關於對菁英文化的信仰、對菁英文化的想像，我要說的是，李國華這個人，他在書中的形象絕對不是一個菁英，他是一個二流的人。他在文化上只是一種有蒐集強迫症的人，他是一個文化上的暴露狂。

書裡面大量的用典，絕對不是我想要吊書袋。因為我沒有任何必要在這個場合——也就是在這本書中——吊書袋。重點是，在這邊展示這些東西，是要說這些女孩子們，她們就像在自己的腦中、在自己的肚子裡、在自己的口齒間含藏這些東西，就像在那種陰森森的博物館裡面，有一些非常陳舊、古老的文物，被關在玻璃窗後頭，她們自己被困住了。書裡面那些東西是要表達這個。

在書寫的時候，雖然我看起來好像滿喜歡用文字遊戲或是什麼的，但我沒有覺得有些東西寫起來會很漂亮或寫起來會很帥，所以就嘩啦啦寫下去。其實寫的時候是「字斟句酌」下去寫的。

回應到剛剛那個對於所謂「菁英文化」的信仰，還有「純文學」，還有「李國華是否是個菁英」這件事情。在李國華第一次要姦汙思琪的時候，我寫到李國華對思琪說：「妳拿我剛剛講的那本書下來。」然後思琪就去拿。這時候我就寫到李國華——我又要用引號：「李國華用身體、雙手和書牆包圍她。」我不是在白描一個場面，當我寫「用身體、雙手和書牆」，我很有意識、我很清醒的，我是要說，思琪她一半是被這個人的「身體」——她的「官能」，一半是被所謂的「文學」——或不如說是「語言」：一半是被身體，一半是被書牆；一半是被她的官能，一半是被語言給困住了。所以，總而言之，我不是嘩啦啦覺得「啊很帥」，雖然裡面好像很多看起來可能是這樣子，但是並不是。

其實剛剛那邊我很怕被黑（笑）。對，我雖然不擅長社交，但我也不想要與人為惡。但覺得有些東西還是要「端正視聽」一下比較好。總而言之大概就是這樣，很感謝大家願意閱讀我寫的這個書，謝謝大家。

我接下來要朗讀，因為我不是很會朗讀，所以請大家見諒。我不知道為什麼會有這個環節，覺得我好像被編輯陰了（笑）。

不知道大家在讀的時候有沒有注意到，就是其實我寫的時候，下了滿多苦功在注意音樂性——就是所謂的節奏。我知道我做得還不夠好，顯然是不夠好，但是我會繼續努力。但有個問題，就是那個「音樂性」……我在書寫的時候，是用閱讀的速度，閱讀的速度會大於朗讀的速度，我沒辦法讀那麼快。這樣有懂我在講什麼嗎？好，大家都懂。

怎麼講那個音樂性，比較簡單地，比如說讀中文系的話大家應該都會讀到，「三字為促，四字為緩」之類的。或者是像排比句的時候重複使用一個詞，「魚戲蓮葉東，魚戲蓮葉西，魚戲蓮葉南……」那種比較簡單的。篇章的那種我就不知道要怎麼講。但沒有很厲害啦，就是要加油，但我有在努力的意思。

但我朗讀，我在家裡試過，我有點唸不出來。對不起有點蠢蠢的，這個環節，請大家多包容一下。我要唸的段落是一五〇到一五五，為什麼要選這段呢？我也不知道耶，因為我自己還滿喜歡這段，雖然我也不知道為什麼。

房思琪放學了總是被接回李國華的公寓。桌上總是擺了一排飲料，老師會露出異常憨厚的表情，說，不知道妳喜歡什麼，只好全買了。她說，我喝什麼都可以，買那麼多好浪費。他說，沒關係，妳挑妳喜歡的，剩下的我喝。思琪覺得自己跳進去的這個語境柔軟得很怪異。太像夫妻了。

思琪拿了咖啡起來喝，味道很奇怪。跟手沖咖啡比起來，便利商店的罐裝咖啡就像是一種騙小孩子的咖啡——跟我的情況很搭。思琪想到這裡，不小心笑出聲來。什麼那麼好笑？沒事。沒事笑什麼？老師，你愛我嗎？當然，我在世界上最愛的人就是妳，從來沒想到我這麼老了竟然才找到了知音，比愛女兒還愛妳，想到竟然都不覺得對女兒抱歉，都是妳的錯，妳太美了。

他從包裡掏出一疊鈔票，鈔票有銀行束帶，思琪一望即知是十萬元。他隨意地把鈔票放在飲料旁邊，就好像鈔票也排入了任君挑選的飲料的隊伍。給妳的。思琪的聲音沸騰起來：「我不是妓女。」妳當然不是，但是我一個禮拜有半禮拜不能陪妳，我心中有很多歉疚，我多想一直在妳身邊，照料妳，打理妳的生活，一點點錢，只是希望妳吃好一點，買喜歡的東西的時候想起我，妳懂嗎？那不是錢，那只是我的愛具象化了。思琪的眼睛在發燒，這人怎麼這樣蠢。她說，無論如何我是不會收的，媽媽給我的零用錢很夠了。

李國華問她，今天沒課，我們去逛街好不好？為什麼？妳不是欠一雙鞋子嗎？我可以先穿怡婷的。逛也不一定要買。思琪沒說話，跟著他上了計程車。思琪看著涮過去的大馬路，心想，臺北什麼都沒有，就是很多百貨公司。他們踏進以平底鞋聞名的專櫃，思琪一向都穿這家的鞋子，也不好開口問他他怎麼認得。思琪坐在李國華旁邊試鞋子，店員殷勤到五官都有點脫序，思琪馬上看出什麼，覺得自己也像是漂漂亮亮浴著鹵素燈被陳列在那裡。李國華也看出來了，小小聲說，「精品店最喜歡我這種帶漂亮小姐的老頭子。」思琪不可思議地看著他。馬上說，我們走吧。他說，不不不，拿了鞋，便結帳。思琪覺得心裡有什麼被打破了，碎渣刺得她心痛痛的。思琪隔天回到她和怡婷的家，才發現他直接把那疊錢塞進她的書包。馬上想到，這人倒是很愛隨便把東西塞到別人裡面，還要別人表現得歡天喜地。她充滿痛楚，快樂地笑了。

從百貨公司回到小公寓，思琪還在賭氣。老師問她，別生氣了好嗎？幹嘛跟漂亮東西過不去？我說了，那不是錢，那也不是鞋子，那是我的愛。禮物不就是這樣美麗的一件事嗎？禮物不就是把抽象的愛捧在手上送給喜歡的人嗎？他半蹲半跪，做出捧奉的手勢。思琪心想，就好像是古代跟著皇帝跳祈雨舞的小太監，更像在乞討。討什麼？討她嗎？

他的小公寓在淡水河離了喧囂的這岸。夏天太陽晚歸，欲夕的時候從金色變成橘色。思琪被他壓在玻璃窗上，眼前的風景被自己的喘息霧了又晴，晴了又霧。她不知道為什麼感覺太陽像顆飽滿的蛋黃，快要被刺破了，即將整個地流淌出來，燒傷整個城市。

她穿衣服的時候他又悠哉地躺在床上，他問，「夕陽好看嗎？」「很漂亮。」漂亮中有一種暴力，忍住沒有說出口。他閑散地說，「漂亮，我不喜歡這個詞，太俗氣了。」思琪扣好最後一顆釦子，緩緩地轉過去，看著他袒著身體自信到像個站在廣場已有百年的雕像，她說，「是嗎？那老師為什麼老說我漂亮呢？」他沒有回答這句話，只是揚起語氣說，「要是能一個月不上課跟妳廝混多好。」「那你會膩。」他招招手把她招到床邊，牽起她的小手，在掌心上寫了：「是溺水的溺。」

大起膽子問他：「做的時候你最喜歡我什麼？」他只答了四個字：「嬌喘微微。」思琪很驚詫。知道是紅樓夢裡形容黛玉初登場的句子。她幾乎要哭了，問他：「紅樓夢對老師來說就是這樣嗎？」他毫不遲疑：「紅樓夢，楚辭，史記，莊子，一切對我來說都是這四個字。」一剎那，她對這段關係的貪婪，嚷鬧，亦生亦滅，亦垢亦淨，夢幻與詛咒，就全部了然了。

不知不覺已經天黑了，從淡水河的這岸，望過去熙攘的那岸，關渡大橋隨著視線由胖而瘦，像個穿著紅色絲襪的輕艷女子從這裡伸出整隻腿，而腳趾輕輕蘸在那端市區的邊際。入夜了，紅色絲襪又織進金線。外面正下著大雨，像有個天神用盆地舀水洗身子。潑到了彼岸的黑夜畫布上就成了叢叢燈花，燈花垂直著女子的紅腳，沿著淡水河一路開花下去。真美，思琪心想，要是伊紋姊姊不知道會怎樣形容這畫面。又想到，也沒辦法在電話裡跟伊紋姊姊分享。這美真孤獨。美麗總之是孤獨。在這愛裡她找不到自己。她的孤獨不是一個人的孤獨，是根本沒有人的孤獨。

思琪在想，如果把我跟老師的故事拍成電影，導演也會為場景的單調愁破頭。小公寓或是小旅館，黑夜把五官壓在窗上，壓出失怙的表情，老師總是關燈直到只剩下小夜燈，關燈的一瞬間，黑夜立刻伸手游進來，填滿了房間。黑夜蹲下來，雙手圍著小夜燈，像是欲撲滅而不能，也像是在烤暖。又不是色情片，從頭到尾就一個男人在女孩身上進進出出，也根本無所謂情節。她存在而僅僅占了空間，活得像死。又想到老師最喜歡幻想拍電影，感覺到老師在她體內長的多深邃的根。

老師從來不會說愛她，只有講電話到最後，他才會說「我愛妳」。於那三個字有一種汙爛的悵惘。她知道他說愛是為了掛電話。後來，思琪每次在她和怡婷的公寓的鞋櫃上看到那雙在百貨公司買的白鞋，總覺得它們依舊是被四隻腳褪在床沿的樣子。

謝謝大家。

Q&A

讀者A：雖然作者說「無法救贖」，但還是想問，如果身在遭遇這種經驗的人的周圍（比如怡婷、伊紋），要怎麼做比較好？具體上能做些什麼？

奕　含：我覺得怡婷的存在一直都是……應該說會放怡婷這樣一個角色，一直都是想要處理、想要表達說，大部分的人無論再怎麼親近，在面對身邊的人發生了類似這樣的事情的時候，一定會對她做出二度傷害。甚至愈是親近的人，愈是會去做出二度傷害。怡婷是這樣的一個角色。

愈是親近的人，愈是會覺得妳骯髒、愈是會覺得妳羞恥，愈是會不能理解。愈是會覺得妳「明明就怎樣，為什麼會怎麼樣」，愈是覺得妳「明明可以怎麼樣，為什麼會怎麼樣」。

然後我覺得她們可以做出什麼事情？

其實怡婷對思琪一直都是沒有理解的。即使思琪已經精神失常之後，也是對她沒有理解。即使在讀完日記之後也是沒有理解的——不完全理解。比如說她去找李國華，然後自己尋求羞辱的那個部分，她還是摻雜了對李國華這個人的愛，即使她明白了她小時候靈魂的雙胞胎被眼前的這個男人施加了性的暴力之後，她對他仍然有那樣子的愛，她仍然對她靈魂的雙胞胎帶有嫉妒。

所以，放怡婷這個角色，我想要說的就是，無論是再怎麼樣親近的人，始終都會有二度傷害。

然後伊紋這個角色比較母性。為什麼她不能理解呢？她不能理解是因為思琪不講，但思琪不講妳能怪思琪不講嗎？思琪她是否是「注定不講」的？

如果思琪講了，伊紋一定可以幫助她。但妳能責怪思琪不去講述發生在她身上的事情嗎？所謂的「教養」，所謂「加諸在身上的禮教」，所謂的「傳統」這件事情，注定她沒有辦法講，所以也注定了她不會對伊紋講，所以也注定了伊紋不可能對她做任何所謂的救援、所謂的幫助，或是你所謂的可不可能做出什麼改變。這個事情它注定不會發生，因為思琪她注定不會說出口。

然後人們會不會察覺？你也許會很驚嘆的是：人們對周圍這些身邊親近的人發生的這些事情，其實是非常遲鈍的，遲鈍到非常不可思議。就我自己所認識的那些「房思琪們」，連爸爸媽媽都遲鈍到不可思議。發生的第一瞬間是覺得「妳怎麼那麼騷？」之類的。多麼令人心碎，可是那是事實。

我想要說的是，在面對類似這種事情的時候，我常常有一種「宿命」的感覺。有點像我出門的時候，我很討厭帶防狼噴霧吧，我總是覺得……大家都會跟我說「妳出門要帶個防狼噴霧」什麼的，但我總覺得這種事情「遇到了，就是遇到了」，類似這種感覺。我不知道大家有沒有聽懂我在講什麼，我覺得可能色狼會把我的防狼噴霧搶走、我力氣也沒有他大，諸如此類的。然後我覺得命運也是這樣子。命運它的力氣就是比我大，我也沒有辦法把我身上的那些……我想要對別人開口什麼的，它會把我搶走，類似這樣的感覺。然後思琪她的事情也是這樣。

所以我對這些事情，因為這些事情於我很貼身，我看到這樣的事情以後，我知道它是沒有辦法被改變的。這跟妳出生於一個富裕的家庭，或是出生於一個沒那麼富裕的家庭，從小的教養什麼，那是無關的。就是妳遇到了這樣的事情，妳就是注定會毀滅。所以我很悲觀吧，可以這樣說。

讀者B：想請問一下，為什麼會想要這樣取名字？像我讀的時候想到《羅莉塔》，《羅莉塔》就叫《羅莉塔》，為什麼不叫《房思琪》就好了？為什麼會想要這樣取名？那「樂園」到底是代表什麼？是補習班還是李國華家？

奕　含：「樂園」，其實它很無聊，它就是個反諷。但其實我覺得「反諷」這件事，它也不無聊。老實說我覺得「反諷」是文學上可以做到的、最極致的一件事情。我剛剛是不是說了一句很誇張的話？對，但我真的是這樣覺得。

書分了三個章節：第一章是〈樂園〉、第二章是〈失樂園〉、第三章是〈復樂園〉。第二章，有看過彌爾頓（John Milton）的人，應該都知道它是出自彌爾頓的 *Paradise Lost*，可能比較少人知道彌爾頓後來還有寫一個《復樂園》（*Paradise Regained*），但這不是很重要。重點是，樂園它不會「失而復得」。樂園甚至不可能「得而復失」。為什麼？因為樂園一開始就不存在。

所以在第一章下〈樂園〉這個標題的時候，就是錯的。樂園一開始就不存在。為什麼？當我描述樂園的時候，它真的是樂園嗎？那個封閉的、所謂的「高雄豪廈」，那個非常金碧輝煌的大廈，它是樂園嗎？它是一個充滿了各式各樣創痛的，關於很狹隘的婚姻的想像、各式各樣的算計的地方。

之所以會把它取名叫作〈樂園〉，我再強調一次：我不覺得反諷是一件很無聊的事情，雖然我常常會說就是反諷啊，很無聊。但我覺得反諷是文學可以做到的最極致的事情。所以「樂園」它是一個反諷，你可以很淺顯地把它想成「地獄」——但我不是很喜歡這樣——但你可以稍微這樣把它翻譯一下。

「失樂園」是什麼意思？是說，我失去了「地獄」。可是，為什麼「地獄」竟然可以失去呢？這在邏輯上並不成立。為什麼我可以被地獄流放？這不對，這不通，這在邏輯上不通。因為沒有地方比地獄更加地卑下，可是為什麼我竟然被地獄給流放了？為什麼我竟然被地獄給貶謫了？所以我要說的是這個，就是有什麼地方比地獄更加地卑下？就像被李國華拋棄這件事情一樣。就像曉奇被李國華拋棄，對她來說就是一個失樂園。他接納了她，是地獄；但被他拋棄，是比地獄更可怕的事情。可是，沒有事情應該比地獄更可怕，所以這邏輯不通，這已經超越人類可以理解的極限了。這樣有稍微解答到嗎？

房思琪嗎？房思琪的名字嗎？因為我很喜歡這個名字，因為我小時候就會幻想自己寫小說。因為我小時候就很慘，念資優班，感覺以後就要去當醫生什麼的，很衰，不可能去寫小說，我就會偷偷幻想自己要寫小說。然後有一天就想到房思琪這個名字，我就好開心喔，就想說好，以後萬一我寫小說，我的小說主角就要叫房思琪。就這樣（笑）。很無聊，就一直被我記到現在，沒有什麼理由。

倒是可以說那個，這樣好像有點在八卦別人的感覺，劉怡婷。怡婷她是一個平凡人。她有的是一個平凡人的反應。一般人聽到親近的人遭遇了那種猥褻之事，都會有的自然反應，就是「天啊！妳怎麼會這樣！」所以我就給她一個非常「菜市場」（臺語）的名字，就是怡婷，因為她有「菜市場」反應，所以我就給她「菜市場」名。

獨白

Readmoo「閱讀最前線」專訪
二〇一七年四月十九日

很多人看完這個書，都會說這是一個關於「女孩子被誘姦或是被強暴」的故事，當然用一句話來概括這個書不是很正當的，但硬要我去改變這句話的話，我會把它改成這是一個關於「女孩子愛上了誘姦犯」的故事，它裡面是有一個愛字的，可以說，思琪她注定會終將走向毀滅且不可回頭，正是因為她心中充滿了柔情，她有慾望，有愛，甚至到最後她心中還有性，所以這絕對不是一本憤怒的書、一本控訴的書。但我今天沒有要談所謂的誘姦跟強暴，因為任何人看了這個書，然後看不到誘姦和強暴的話，他一定是在裝聾作啞。

我今天要談的是比較大的命題。當你在看新聞的時候，如果你看到那些所謂受害者和所謂的加害者，那些很細的對白，那些小旅館還有小公寓的壁紙花紋，那些腥羶的細節，你鐵定是看不下去的，可是今天在這個小說裡你卻看得下去，為什麼？因為你在其中得到了一種審美的快感，有一種痛快，它是既痛且快的，我誤用儒家的一句話，就是「知其不可為而為之」，你明知不該看，可是你還是繼續看了下去，這個審美的快感就是我今天想要談的。

契科夫有個小說叫做《套中人》，這個人他雨衣外面有個套子，包包外有個套子，什麼都有個套子，套子外還有個套子。我這個小說也是一個套中套的故事。

我先談裡面那個套子。裡面的套子存在小說的角色李國華身上。李國華身為小說的角色，在現實生活中有個原型，這原型是我所認識的一個老師，也許有的人看得出來，這個現實生活中的人物他也有個原型，也許有人想得到，這個原型就是胡蘭成。所以，李國華是胡蘭成縮水了又縮水了的贗品，李國華的原型的原型就是胡蘭成。我要問的是，所有這些學中文的人，包括我，包括胡蘭成，包括李國華，我們都知道人言為信，我今天甚至沒有要談到所謂大丈夫，所謂仁，所謂義，所謂文以載道，文以明道，所謂餓其體膚，空乏其身，浩然正氣。沒有，我要講的是比較小情小愛的，我要講的是中國的詩的傳統，抒情詩的傳統，講的是詩經從情詩被後代學者超譯、誤讀成政治詩之前的那個傳統。我們都知道，「在心為志，發言為詩」，「詩緣情而綺靡」，還有孔子說的「詩三百，一言以蔽之，曰『思無邪』」，這些學中文的人，胡蘭成跟李國華，為什麼他們，我們都知道，一個人說出詩的時候，一個人說出情詩的時候，一個人說出情話的時候，他應該是言有所衷的，他是有「志」的，他是有「情」的，他應該是「思無邪」的，所以這整個故事最讓我痛苦的是，一個真正相信中文的人，他怎麼可以背叛這個浩浩湯湯已經超過五千年的語境？為什麼可以背叛這個浩浩湯湯已經超過五千年的傳統？我想要問的是這個。

李國華他其實有些話，就是他所謂的情話，因為讀者都已經有一個有色眼鏡知道他是一個所謂的犯罪者，所以覺得他很噁心，但他其實有些話，如果你單獨把他挑出來看，會發現它其實是很美的，請注意我說的這個美字，他有些話是高度藝術化的，他有些話，你可以想像、假設那是毛毛對伊紋說的，你會發現那其實是很動聽的，你現在想像一下毛毛對伊紋說「都是妳的錯，妳太美了」，或者你想像毛毛對伊紋說「當然要藉口，不藉口，我和妳這些，就活不下去了，不是嗎」，或者「妳現在是曹衣帶水，我就是吳帶當風」，或者說「我在愛情，是懷才不遇」，這些話它其實都非常非常美。我要說的是，胡蘭成或李國華這些人，你可以說他們的思想體系非常畸形，他們強暴了，或者性虐待了別人，自己想一想，還是「一團和氣，亦是好的」，你可以說他們的思想體系非常畸形，可是，你能說他們的思想體系不精美，甚至，不美嗎？因為，引胡蘭成自己的話，他說他是「既可笑又可惡」，因為他的思想體系如此矛盾，以至於無所不包，因為對自己非常自戀，所以對自己無限寬容。這個思想體系本來有非常非常多裂縫，然後這些裂縫要用什麼去彌補?用語言，用修辭，用各式各樣的譬喻法去彌補，以至於這個思想體系最後變得堅不可摧。

我在這邊唸一下胡蘭成在《今生今世》的一段話，他說：「我已有愛玲，卻又與小周，又與秀美，是應該還是不應該，我只能不求甚解，甚至不去多想。總之他是這樣的，不可以解說，這就是理了。『星有好星，雨有好雨』，人世的世，亦理有好理，這樣好的理即是孟子說的義，而它又是可以被調戲的，則義又是仁了。」所以你看，我們都知道他強暴小周，辜負張愛玲，可是他在自己的想法裡馬上就解套，我們認為一個真正的文人應該的千錘百鍊的真心，到最後回歸只不過是食色性也而已。

所以我在這裡要問的，甚至不是藝術它可不可以是不誠實的，這甚至不是我要問的。不要問思琪她愛不愛，思琪她當然是愛的。我甚至相信李國華在某些時刻，他是愛的，但是他不是愛餅乾，或是愛曉奇，或是愛思琪這些小女生，他愛的是自己的演講，他愛的是這個語境，他愛的是這個場景，他愛的是這個畫面。

所以真正在李國華這個角色身上，我想要叩問的是：藝術它是否可以含有巧言令色的成分？我永遠都記得我第一次知道奈波爾虐打他妻子的時候，我心中有多麼地痛苦，我是非常非常迷信語言的人，我沒有辦法相信一個創作出如此完美寓言體的作家會虐打自己的妻子，後來我讀了薩伊德的《東方主義》，薩伊德在書裡直接點名奈波爾，說奈波爾是一個東方主義者，當然後來我又讀了薩伊德自傳，又讀了其他人的書，其他人又點名薩伊德，說薩伊德是一個裡外不一的小人。就像剝洋蔥一樣，一層又一層，你沒有辦法去相信任何一個人的文字和為人，覺得世界上沒有什麼是可以相信的。

剛剛那個問題可以把它反過來再問，我的第二個問題是：會不會，藝術從來就只是巧言令色而已？所謂的藝術家他不停地創新形式，翻花繩一樣創作各種形變，各種質變，但是，這些技法，會不會也只是巧言令色而已呢？

剛剛講的是裡面的套子，外面的套子是，作為一個小說的寫作者，這個故事它折磨，它摧毀了我的一生，但很多年來，我練習寫作，我打磨、拋光我的筆，甚至在寫作的時候我很有意識地、清醒地想要去達到某一種所謂藝術的高度。

我的審美觀是形式與內容是不可分開的，或者用安德烈．紀德的話，表現與存在是不可分開的，請注意紀德說內容是存在。也就是，在這個故事裡，作者常常故意誤用典故，或者在用詞的時候不用人們習慣的詞義而用其歧義，跟書裡面有文學癡情然而停留在囫圇吞棗階段的少女房思琪，是不可一而二的。

我不是在說我在做什麼很偉大的事情，我覺得我的書寫是非常墮落的書寫，它絕對不是像波特萊爾的《惡之華》，變得很低很低，然後從塵埃中開出花來，絕對不是那樣。我們都知道那句話：「在奧斯威辛之後，詩是野蠻的。」我的精神科醫師在認識我幾年之後，他對我說：妳是經過越戰的人。然後，又過了幾年，他對我說：妳是經過集中營的人。後來他又對我說：妳是經過核爆的人。

Primo Levi說過一句話，他說：「集中營是人類歷史上最大規模的屠殺。」但我要說：「不是，人類歷史上最大規模的屠殺是房思琪式的強暴。」我在寫這個小說的時候會有一點看不起自己，那些從集中營出來，倖存的人，他們在書寫的時候，常常有願望，希望人類歷史不要再發生這樣的事情，可是在書寫的時候，我很確定，不要說世界，臺灣，這樣的事情仍然會繼續發生，現在、此刻，也正在發生。

我寫的時候會有一點恨自己，有一種屈辱感，我覺得我的書寫是屈辱的書寫，這個屈辱當然我要引進柯慈所謂的「disgrace」，用思琪、怡婷、伊紋她們的話來翻譯，這是一個不雅的書寫，它是不優雅的書寫，再度誤用儒家的話，這是知其不可為而為之的書寫，因為這麼大質量的暴力，它是不可能再現的。

這個故事其實用很簡單的大概兩、三句話就可以講完，很直觀，很直白，很殘忍的兩、三句話就可以把它講完，就是，「有一個老師，長年用他老師的職權，在誘姦、強暴、性虐待女學生」，很簡單的兩、三句話，然而我還是用很細的工筆，也許太細的工筆，去刻畫它。我要做的不是報導文學，我無意也無力去改變社會的現況，我也不想與那些所謂大的詞連接，也不想與結構連接。在這邊，在外面的套子裡，我想要叩問的是：身為一個書寫者，我這種變態的、寫作的、藝術的欲望是什麼？這個稱之為藝術的欲望到底是什麼？我常常對讀者說，當你在閱讀的時候，感受到痛苦，那都是真實的，但我現在更要說，當你在閱讀的時候，感受到了美，那也都是真實的，我更要說，當你感受到那些所謂真實的痛苦，它全部都是由文字和修辭建構而來的。這是我要叩問的問題。

我的結論是，我曾經是一個中毒非常深的張迷，無論我有多麼討厭胡蘭成，我還是必須承認，《今生今世》的〈民國女子〉那一章，仍然是古往今來描寫張愛玲最透徹的文章之一。我的整個小說，從李國華這個角色，到我的書寫行為本身，它都是非常非常巨大的詭辯，都是對藝術所謂真善美的質疑。我想用一句話來結束，怡婷她在回顧整個大樓故事的時候，她有一句心裡話，她說：「她恍然覺得不是學文學的人，而是文學辜負了她們。」

專訪

Readmoo「閱讀最前線」專訪
二〇一七年四月十九日

說是練習書寫，但是就還滿可憐的，其實就只是在部落格，之前是無名，後來搬到痞客邦，然後寫了寥寥幾百觀眾在看的那種千字文而已。而且我產量很少，因為我要情緒非常不好的時候才有辦法寫。當然，我情緒一直處於不是很好的狀況，那要特別的不好才能夠寫。

然後，要怎麼說呢？一直有那個寫作的春秋大夢，一直想要寫這個故事，練習寫作的方式就是寫那個千字文，每個月大概寫兩、三篇千字文。大概隔兩、三個月會回頭去看，然後回頭去擴寫，或者是修改。

之所以選擇在去年〔二〇一六年〕，就是二十五歲的這個時間點，把這個小說寫出來，因為這一直都是我想要寫的東西，一直都是我想要訴說的故事。是因為我發現，之前兩、三個月回頭去看的時候，都會覺得哪裡很明顯，覺得那個失手太大了。但在去年的時候發現，沒有覺得哪裡有太大的失誤或什麼的，所以覺得差不多是時間，可以來寫這個小說。

並不是說我寫得已經沒有進步空間、我已經寫得很完美，而是說我覺得我已經差不多找到一個自己覺得適合的說話方式了，然後我暫時目前還喜歡這個說話方式，所以就用這個說話方式，寫了這個故事。

我也有點遺憾的一件事情是，我沒有寫文章的朋友，沒有任何可以問說：「欸！你幫我看一下，這篇文章寫得怎樣？」的那種朋友。所以我也不知道一本小說要怎麼寫出來，所以就是我心中有一個理想，然後我就趨近那個理想，大概是這樣子。

現在這個出版社是他們找到我的，是個獨立出版社，叫作游擊文化。他們是一群很有理想的人，但是他們很討厭我說他們有理想，因為他們覺得說有理想，聽起來好像很熱血，像少年漫畫那樣子，就往前衝啊！但他們的理想很辛苦，就是有各式各樣柴米油鹽醬醋茶，包括最直接金錢上面的困擾，但是他們真的是非常有理想的人。

我舉一個例子好了，比如說我在裡面有寫到，思琪她被一個男人搭訕，這個男人對她說，他每天被上司當成狗操，然後我就寫到思琪說：「你真的知道什麼叫做被當成狗操嗎？」我在這邊要用一個很暴力的雙關，就是平常人們習以為常的那些俚語，聽在「有別與常人經驗」的那些人耳裡是多麼的……就這樣一個雙關。

然後，我的編輯，她就特別把這邊標出來說，她其實不是很喜歡。她雖然明白我的雙關，但是她其實不是很喜歡「被當成狗操」這個詞，因為這樣就隱含了人類比狗還要高等的這個意識。

他們就是一群如此有理想的人，這真的是稱讚。

開始正式寫作的時間雖然滿短暫的，但之前醞釀了很久很久，但正式寫作的時間，真的還滿快的，但我覺得這是建立在之前醞釀很久。之前的生活，好像都是為了寫出這個故事的準備，可以這樣說，我之前的閱讀，包括每天要做的閱讀，都是為了寫出這個故事的準備。

那一陣子差別比較大的是，我其實身體不是很好，因為每天要投入固定寫八個小時，然後沒有進食，身體會不舒服。大概這是差別最大的地方，就是我會非常投入。

我在那八個小時裡面會非常投入，再加上這個故事，它本身跟我的貼身程度使我情緒會崩潰，我每一天都會反覆進入情緒崩潰的狀況。就是我起床，然後打扮好，去我習慣的咖啡廳開始寫作。然後我就一定會掉入情緒谷底，崩潰、大哭，然後寫作。

一邊掉眼淚，一邊寫作，掉入那個情緒的谷底，沒有辦法吃食。在極度痛苦的情況下，結束這八個小時，然後要收拾自己的身形，大概是這樣。

所以，我是在很不舒服的狀況下，在情緒的深淵裡面，完成這本書。

這個故事我真的是想很多年，想要把它寫出來，但我覺得說構思很多年，有點太高級了。我覺得有點像我對這個故事有點情不自禁，有點不可自拔。我一直在腦中幻想它，是一個不太好的習慣，我會一直幻想它，然後我在腦中會造句子。很多年來，我會不停不停地造句子，在我腦中，它不只是一個畫面，它是畫面搭配句子。

我可以很清楚地告訴你，那個大樓水晶燈的樣式、毛毛珠寶店的那個樑柱的樣子、伊紋她的上衣是什麼牌子、像他們的大樓、李國華的小公寓，或者是小旅館，那些地方在我腦子裡的樣式都非常清楚。然後我也走過千萬遍，有點像是我對它有很深的感情，然後我強迫自己一再地在腦海中去走。有一點病態，老實說。

一開始在腦中很清楚的是，我想安排一個十三歲的小女孩，這個小女孩長得漂亮，她喜歡閱讀，與她相對的是一個五十歲的、教國文的補習班名師，然後誘姦了她。只有這兩件事是確定的，其他都是不確定的，所以我要用各式各樣的東西去疊床架屋。這時候就要開始發揮想像力，要怎麼樣去強調是因為臉蛋這件事情，讓她成為這個慘劇的受害者？因此，這時候思琪就出現了與她情同雙胞，一切都一樣，卻只有臉蛋不一樣的怡婷。

當然這件事也強調書中的一個問題意識，就是她是她人生的贗品，她被她的人生留了下來，她的人生歪斜了。她本來有另外一個平行的人生，所以就出現了怡婷。

老實說，我覺得思琪跟怡婷這兩個人在遇到依紋之前，是毫無品味可言的，她們有點像饕餮一樣，拿到什麼就吃。看到所謂的經典，看到所謂的得獎書，看到所謂的大家，拿起來就吃，有點像幼兒期的小孩，看到東西就想吃這樣子。

說她們讀得不多嗎？她們當然讀得多。說她們讀得不深嗎？當然她都讀進去了，可是她們真的有自己的思想嗎？沒有。她們是囫圇吞棗。她們有品味嗎？她們沒有品味。所以，伊紋是第一個正要帶她們有系譜地、有系統地開始的人，可是李國華在一開始的時候就把它打斷。所以，她們是沒有品味的，李國華也象徵了在她們一開始要建立自己的思想，不只是文學上的思想，還有一切對性的想像、對愛情的想像、一切的想像的時候，就把它打斷的那個人。然後，伊紋是那個可能性，李國華是取代了那個可能性的人，伊紋是她們本來應該要長成的樣子，然後李國華把它打斷了，把它歪斜了。

變成作者之後，我沒有一直回去看自己寫的東西，只有為了準備訪問去查看裡面一些段落，頂多這樣子而已。

只有記得第一次，因為我朋友拿到這本書，然後我的出版社，因為他們規模很小，所以他們本來要寄十本書給我，可能這是行規或什麼，我就說，不用，我自己去買。

我自己第一次去買，回來捧著那個紙本書讀完以後，我看得非常不舒服、非常痛苦，然後心裡一直在罵髒話，在家裡走來走去，最後我真的就把書丟在桌上。然後說：幹！這他媽真是殘暴，這個故事。

我們錄製這個影片的現在，書剛好要五刷了，很多人或讀者會說，這個書成功了。老實說，我不是很喜歡聽到類似的話，因為它是一個不舒服的故事，它是一個很慘痛的故事。無論如何，我不想要說我的成功建立在這個故事之上，而且它對我而言，它不只是一個故事。

在出版了以後，我依然被人家冠上成功什麼之類的字眼，但我仍然覺得我是一個廢物。當我說我是一個廢物的時候，我沒有在誇張，我真的覺得自己是一個廢物。我每天最常想的就三件事，第一件事，我今天要不要吃宵夜？第二件事，我今天要不要吃止痛藥？第三件事，我今天要不要去自殺？

我就是一個廢物。為什麼？書中的李國華，他仍然在執業，我走在路上還看得到他的招牌，他並沒有死，他也不會死。這樣的事情仍在發生，所以沒有什麼成功不成功的。雖然聽起來很煽情，但是這真的是我的心裡話。

臺灣的小說家想要讓一個女人、一個生理的女人遭逢劇變，就是我這一代，或者是我上一代的小說家，最常做的事情就是讓她被強暴。我跟我上一代的小說家，沒有遇過戰爭，所以無論如何，讓一個女人遭逢劇變，就是讓她被強暴，永遠就是讓她被強暴。

其實我每次看到，都會不舒服，就是……又是被強暴。你知道那個質量嗎？你真的知道什麼叫做被強暴嗎？為什麼永遠要讓角色被強暴，才遭逢劇變。你想不到別的東西了嗎？

我整本書反覆地展演被強暴這件事情，翻來覆去，展示那張床、那個房間，因為強暴它不是一個立即的、迅速的、一次性的、快狠準的。

所以，身為一個作者，我覺得很荒蕪，也沒有什麼成就感，老實說我每天還是一樣，就是每天讀小說，想要練習寫作，然後繼續寫類似的事情。

我接下來的寫作計畫，噢！我在我的一生裡，有兩件事情改變了我的一生，因為我那時候年紀太小，所以它就這樣子改變我的一生。第一件事情就是房思琪的這個事情，第二件事情是我得了精神病。所以，我可能終其一生都會書寫這兩件事情。看我想出用什麼方式來書寫，第一是性暴力這件事，第二個是精神病的事情。也許兩個要結合在一起，我不知道。接下來也會繼續書寫同樣的事情，可能大家會嫌煩，但我也沒辦法。

我之前在讀荷塔．慕勒，他說：「人們總是以為一個真正的作家可以選擇自己的書寫主題似的。但沒有，就像我，我也沒辦法選擇我想要書寫的主題，是它們找上我的，是這些事情找上我的，不是我找上它們的。」

◆

老實說，我覺得關於李國華，與李國華的原型的原型，也就是胡蘭成。我對胡蘭成有比較大的同情，應該說我對胡蘭成有同情，但對李國華一點同情也沒有。

為什麼？

在胡蘭成的身上可以看到，他有很根深柢固的一個空虛，那空虛是什麼？是國破家亡，但李國華身上沒有這個東西，李國華身上純然就是欲望而已。胡蘭成說過，殺一個人是不道德的，但是殺千萬個人，就無所謂道不道德。所以，他是在那樣的戰亂底下養出了他這個東西。可是，偏偏有人在這樣和平的現代要去學他那樣的人，所以這是為什麼？在現在這個時代，我沒有辦法去認同想學胡蘭成的人，因為他沒有胡蘭成的背景，可是他硬要做當代的胡蘭成。胡蘭成至少風流，風流至少有心，可是他沒有那個心。他不是風流，他做的不是一個風流的人。

胡蘭成他沒有說謊，胡蘭成對小周說他有愛玲，他對秀美說他有小周跟愛玲，但李國華有嗎？他有對妻子說他有這些女學生嗎？他有對女學生說他有之前的女學生嗎？都沒有。所以我想這是一個超級渣男跟犯罪者的差別，這是有根本上差別的，所以我對胡蘭成是有同情，但對李國華是沒有同情的。這不是用什麼風流啊這些很浪漫的字眼，可以帶過去的。

李國華這類的人，我說他是一個縮水的贗品，他想要當一個風流的人，他擺了很多的古董，擺了很多文物在家裡，但他就像擺在那裡的東西。天知道他懂不懂，也許他懂，但是他就像他自己擺在那邊的古董一樣。胡蘭成是個渣男，但我可以同理他。

我想要說的是，我們都知道學識這種東西有很強大的魅力，無論是人文素養或是科學素養，都有很大的魅力。它對很多人來說是如此，尤其是在很貧乏、很荒蕪、很貧窮的升學的學生眼裡，有學識是很有魅力的。可是，李國華擁有的東西，他的背景是補習班。補習班是什麼地方？那是一個很功利的地方，就是你要升學，你繳了錢，然後你就有拿到什麼？進大學的門票。這個背景就暗示了，這是一個很功利的地方。

但是，要說他沒有素養嗎？他好像確實有那麼一點素養，所以他是一個遊走在灰色地帶的人，他彷彿是個功利的人，可是他又彷彿真的有一點素養。我覺得這個人，他的魅力在哪裡？就是他在這個很功利的背景下，他又偶然流露出一點：「欸！我在這個功利的背景下我是寂寞的，因為其實我有東西，但是被這個功利的背景給埋沒了，所以我需要有人來懂我，而妳就是那個懂我的人，妳是可以解放我的人。」所以就讓很多被升學壓力給昏頭的女生，誤以為她們可以解救這個人，但實際上最後付出了、犧牲的，當然都是那些小女生。

所以，他偶爾流露出一點他不被這個世界理解的那種東西，他想要學胡蘭成，可是又學得不像，他沒有戰亂當底子，他沒辦法家破人亡；他的妻子死不了，沒辦法像玉鳳早早就病死了，所以他不斷地誘姦這些小女生。

所以我對這個人沒有同情，大概就這樣子。

▪

我精神狀況從還沒有成年的時候就一直很不好。說精神狀況不好的時候，藝術可以支持自己。這種說法太浪漫、太理想化了。事實上，精神狀況不好的時候，能支持自己的，就是精神科醫師跟藥物，書本完全沒有辦法支持我。我說藝術的時候，意思是當我回頭去看精神狀況特別不好的時候，只有我看過的書留下來而已，但它們並沒有支持我。

那時候，我對藝術開竅還滿晚的，現在回頭看，特別喜歡的書，也是我現在還會一再重讀的書，那時候喜歡的書有費茲傑羅。費茲傑羅是我現在最喜歡的作家。然後，托爾斯泰、大江健三郎，一排在我家書櫃上。飛利浦．羅斯應該是我喜歡的作家裡面最年輕的一個、還在世的。然後莎崗，我很喜歡莎崗。雖然有人說一整套莎崗比不上兩頁巴爾札克。杜斯妥也夫斯基，雖然有些他比較早期的中篇很難找；還有，托爾斯泰晚年有一些寓言體的中短篇寫得非常爛。

當然有一些，比如說張愛玲。以前讀張愛玲、錢鍾書讀得非常熟。大概高中的時候，我中張愛玲的毒非常深，中張愛玲的毒是什麼意思？就是張愛玲一套書，我可以從頭到尾，一字不漏地背到尾。我不知道自己為什麼要這樣子，但是我就是這樣子。

老實說，後來有一點是為了擺脫張愛玲，所以我開始大量地讀翻譯書。為了要沖刷掉、去稀釋掉張愛玲，我就像暴食症一樣開始讀翻譯書。我已經很多很多年，完全不敢打開張愛玲，太可怕了！那時候寫東西都像張愛玲，當然像張愛玲的意思，就是像張愛玲，但是遠遜於張愛玲，所以那很可怕。

關於費茲傑羅，雖然大家都說《大亨小傳》比較好，《夜未央》很拖沓之類的，可是我心目中，在我看過的小說裡面，最好的小說是《夜未央》。對我來說，《大亨小傳》太像一個劇本了，太高潮迭起了。我心目中最好的小說應該要很懷舊、很傷感，要很多愁善感，《大亨小傳》的情節推動的感覺太快了。《夜未央》把一個人的失敗，一個人怎麼失敗，慢慢地這樣子一層一層地撥開。我比較喜歡《夜未央》。

我其實每天都會查網路上讀者的評論，還有心得。有一個不是網路上看到，是現場遇到的。他跑來找我，跟我說，他的朋友是房思琪。然後他說，他的朋友很喜歡這本書，希望我可以寫幾句話給他的朋友。我真的不知道該寫什麼話給她，因為我無法說，希望她可以幸福什麼的。因為老實說，我打從心裡覺得不可能得到幸福，我最後就寫了希望她可以健康。這是現場有互動的讀者，印象比較深刻的。

網路上有印象的心得是，很多女生都說，看完會失眠、做噩夢。然後有兩種讀者，一種讀者說他們看得很快，原因是因為看得很不舒服，希望可以趕快看到一個美好的結局，結果看很快，還是沒有看到美好的結局。另外一種是看得很不舒服，所以只好一點一點地看，所以看得非常地慢，還是沒有看到好的結局。

印象比較深的、比較負面的評論，老實說是來自寫文章的前輩，不過是針對文學技巧。就有作家前輩會評論說，這本書的文學感性，是很老舊的文學感性。我不否認我的文學養分、還有我自己的文學品味是比較老的。我剛剛說了，我最喜歡的作家是費茲傑羅跟托爾斯泰，但如果說這本書，我的小說，它純粹是一本看起來活脫脫就像一九六〇、一九七〇年代走出來的小說，我是不能同意的。比如說，在書裡面有很多句式、章法，它是非常懷舊、非常保守的。比如說，李國華有一段心裡話是「他喜歡在一個女生面前練習對未來下一個女生的甜言蜜語，這種永生感很美，而且有一種環保的感覺」。這句「而且有一種環保的感覺」，這個句子當然很保守，有一種什麼什麼的感覺，是個保守的句子。你當然可以說這個是一九六○、七○、八○年代的句式，但是我用「環保」這個詞來形容一個人對感情，或者是對肉體的重複再利用，我覺得這絕對不是一九六○、七○年代的詞。

我已經反覆聽到很多同樣是寫文章的人說，這本書的文學技巧太陳舊、太悶，令他們看不下去。我覺得我新穎的地方，在於詞的運用，這個話由我自己講出來，好像不是很妥當。也許應該由評論者來說。但我想，有一些地方它故意誤用了，卻沒有看出來，這樣會有點可惜。或者比如說，我說「溫良恭儉讓。溫暖的是體液，良莠的是體力，恭喜的是出血，儉省是保險套，而讓步的是人生」。

你看到這裡，你應該知道溫良恭儉讓的溫，絕對不是指溫暖，它是指「君子望之儼然，即之也溫」的溫，它的本意絕對不是溫暖，所以那個文字的張力在哪裡？張力在它明明就不是溫暖，可是我硬是把它寫成了溫暖。

那個張力出現在這裡，就算你不知道「君子望之儼然，即之也溫」這個原本，但是你也隱然知道，它應該不是溫暖吧？所以，張力出現在這裡，但你沒有看到這些細節，我覺得這是很可惜的。你乍看，它就是一個很簡單的五式排比句。

我就講到這裡，自己講太多，我覺得這樣也有點害羞。

婚禮致詞

二〇一六年四月

嗨！大家好。我是今天的新娘，我叫林奕含。

今天是個喜氣的日子，所以我理應說些喜氣洋洋的話，但是很不幸的，我這個人本身就沒有什麼喜氣。

事實上我這個人什麼都不會，但我會寫兩個字，所以今天我來說幾句話。

高中二年級我開始了與重度憂鬱症共生的人生，重鬱症這些事情，它很像是失去一條腿或一雙眼睛。

人人都告訴你說：

「你要去聽音樂啊！」

「你要去爬山啊！」
「去散心啊！」
「你跟朋友聊聊天啊！」
但我知道不是那樣的。
我失去了快樂這個能力，就像有人失去他的眼睛，然後再也拿不回來一樣。但與其說是快樂，說得更準確一點，是熱情。我失去了吃東西的熱情，我失去了與人交際的熱情，以至於到最後我失去了對生命的熱情。
有些症狀或許是你們比較可以想像的。我常常會哭泣，然後脾氣變得非常暴躁，然後我會自殘。另外一些是你們或許沒有辦法想像的。
我會幻覺，我會幻聽，我會解離，然後我自殺很多次，進過加護病房或是精神病房。因為是高中二年級開始生病的，我每個禮拜二要上臺北做深度心理治療，每個禮拜五要到門診拿藥。
這就有點接近我今天要談的精神病去汙名化的核心——我是臺南人，我在臺南生病，但是為什麼每一個人都告訴我，我要到一個沒有人認識我的地方去治療我的疾病？我為什麼要上臺北？當然後來也因為這個原因，我缺課太多，差一點沒有辦法從高中畢業。

前幾年我的身體狀況好一點，我就重考。這幾年一直處於沒有工作、也沒有學業的狀況，前幾年身體好了一點，我就去重考，然後考上了政大中文系。在中文系念到第三年的時候，很不幸的，突然開始病情發作，所以我又再度休學。在休學前那一陣子，我常常發作解離。

所謂的解離，以前的人會叫它精神分裂，現在有一個比較優雅的名字叫做「思覺失調」。但我更喜歡用柏拉圖的一句話來敘述它，就是「靈肉對立」。因為我肉體受到的創痛太大了，以至於我的靈魂要離開我的身體，我才能活下去。

我第一次解離是在我十九歲的時候。我永遠都記得我站在離我的住所不遠的大馬路上，好像突然醒了過來，那時候正下著滂沱大雨，我好像被大雨給淋醒了一樣。我低頭看看自己，我的衣著很整齊，甚至彷彿打扮過，但是我根本不知道我什麼時候出的門？去了哪裡？又做了些什麼？對我來說，解離的經驗是比吃一百顆普拿疼，然後被推去加護病房裡面洗胃還要痛苦的一個經驗。

從中文系休學前幾個月，我常常解離，還有另外一個症狀是沒有辦法識字。我知道這聽起來很荒謬，對，但就是我打開書我沒有一個字看得懂。身為一個從小就如此愛慕、崇拜文字的人來說，是很挫折的一件事。

當然在這樣的情況下，我沒有辦法參加期末考，然後那時候正值期末考。那時候中文系的系主任就把我叫過去講話。我請我的醫生開了一張診斷證明，然後我就影印了很多份，寄給各個教授，跟他們解釋我為什麼沒有辦法參加期末考。

這時候系主任與助教就坐在那個辦公室裡面，助教在那邊看著我，然後他說：「精神病的學生我看多了，自殘啊！自殺啊！我看你這樣滿好、滿正常的。」然後這時候我的系主任對我說了九個字，這九個字我一輩子都不會忘記。他拎起我的診斷書，問我說：「你從哪裡拿到這個的？」

你——從——哪——裡——拿——到——這——個——的。

當下的我，我覺得我很懦弱，我就回答他說：「我從醫院。」但我現在想我很後悔沒有跟他說：「主任，我沒有笨到在一個，活在一個對精神病普遍存在扁平想像的社會裡，用一張精神病的診斷書去逃避區區一個期末考試。然後你問我從哪裡拿到的。從我的屁眼啦！幹！」我很想這樣說，但我沒有。

所以我要問的是，他是用什麼東西來診斷我？是用我的坐姿，我的洋裝，我的唇膏，或是我的口齒來診斷我嗎？這個社會對精神疾患者的想像是什麼？或我們說得難聽一點，這個社會對精神疾患者的期待是什麼？是不是我今天衣衫襤褸、口齒不清，然後六十天沒有洗澡去找他，他就會相信我真的有精神病？又或者他覺得精神病根本不是病呢？

請試想一下今天你有一個晚輩，他得了白血病。

你絕對不會跟他說：「我早就跟你講，你不要跟有得白血病的人來往，不然你自己也會得白血病。」

不會這樣說吧！

你也不會跟他說：「我跟你講，都是你的意志力不夠，你的抗壓性太低，所以你才會得白血病。」

你也不會跟他說：「你為什麼要一直去注意你的白血球呢？你看你的手指甲不是長得好好的嗎？為什麼要一直去想白血球呢？」

你也絕對不會這樣說。

你更不會對他說：「為什麼大家的白血球都可以乖乖的，你的白血球就是不乖呢？讓白血球乖乖的很難嗎？」

這些話聽起來多麼地荒謬，可是這些就是我這麼多年來聽到最多的一些話。

很多人問我，為什麼要休學，為什麼可以不用工作，為什麼休學一次、休學兩次，然後 blablabla……然後沒有人知道我比任何人都還要不甘心。

就是，這個疾病，它剝奪了我曾經引以為傲的一切。

比如說，我曾經沒有任何縫隙的與我父母之間的關係，或者是我原本可能一帆風順的戀愛，或是隨著生病的時間越來越長，朋友一個一個地離去。

甚至是我沒有辦法念書。天知道我多麼地想要一張大學文憑。

還有，有吃過神經類或精神科藥物的人都知道，吃了藥以後，你的反應會變得很遲鈍、會很嗜睡。我以前三位數的平方，心算只要半秒就可以出來，我現在去小吃店連找個零錢都找不出來。還有吃其中一種藥，我在兩個月裡面胖了二十公斤，甚至還有人問我說：「誒！你為什麼不少吃一點。」所以有時候，你知道某一種無知，它真的是很殘酷的。

所以我從來沒有做出任何選擇。這麼多年，我一直在寫文章，其實我從頭到尾都只有講一句話，就是「不是我不為，我是真的不能」。

在中文系的時候，班上有遇到一些同學，他們是所謂的文青，他們簡直恨不得能得憂鬱症，他們覺得憂鬱症是一件很詩情畫意的事情。他們不知道我站在我的疾病裡，我看出去的蒼白與荒蕪。

我只想告訴他們，這種願望有多麼地可恥。

我也認識很多所謂身處上流的人，他們生了病卻沒有辦法去看病，因為面子或無論你叫它什麼。我也知道有的人他生了病想要看病卻沒有錢去看病。比如說我一個月藥費和心理諮商的費用就要超過一萬臺幣。

今天是我們的訂婚宴。想到婚禮這件事，我整天思考一些事情就是：今天我和B站在這裡，不是因為我歌頌這個天縱英明的異性戀一夫一妻制度。我支持多元成家，也支持通姦除罪化。我穿著白紗，白紗象徵的是純潔。可是從什麼時候，所謂的純潔從一種精神狀態變成一種身體的狀態，變成一片處女膜？

或者比如說，人人都會說：「啊！這是一個女人一生中最美的時刻。」這句話是多麼的父權。他說這是一個女人一生中最美的時刻，不是說你美。意思是說，從今以後，無論你裡或外的美都要開始走下坡。意思是，從今以後你要自動自發地把性吸引力收到潘朵拉的盒子裡。

跟B在一起這幾年，教我最大的一件事情，其實只有兩個字，就是平等。

我從來都是誰誰誰的女兒，誰誰誰的學生，誰誰誰的病人，但我從來不是我自己。我所擁有的只有我和我的病而已。

然後跟B在一起的時候，我是他女朋友，但不是他「的」女朋友。我是他未婚妻，但是不是他「的」未婚妻。我願意成為他老婆，但我不是他「的」老婆。我坐享他的愛，但是我不會把他視為理所當然。

今天在這個場合，如果要說什麼B是全世界最體貼我的人啦！全世界最了解我的人啦！全世界對我最好的人啦！然後我要用盡心力去愛他，經營我們的感情啦……我覺得這些都是廢話，因為不然我們也不會站在這裡。

關於新人這個詞，今天我和B是新人。然後這個詞讓我想到我最喜歡的日本作家大江健三郎他說的「新人」。他常常在書裡引用這個概念，就是他的書寫不是寫給存在這個世界上的大人們的，甚至也不是寫給存在這個世界上的小孩，而是寫給那些比最新的人還要新，給尚未出世的孩子們寫的。「新人」這個詞出自《新約聖經》，是使徒保羅叫耶穌基督為new man。

所以我在想，如果今天我是新人，如果我可以是新人，如果我可以成為新人，如果我可以成為一個新的人，那麼我要成為一個什麼樣的人？

我想成為一個對他人的痛苦有更多想像力的人，我想要成為可以告訴那些恨不得得精神病的孩子們這種願望是不對的那種人，我想要成為可以讓無論有錢或沒有錢的人都毫無顧忌地去看病的那種人，我想要成為可以實質上幫助精神病去汙名化的那一種人。

我要感謝我的家人。我知道哥哥你很愛我，我知道你最愛我，但是你不會把它說出來。我很謝謝你每天對我的關心，對我來說是我的精神糧食。然後很謝謝爸爸媽媽，雖然我沒有長成那個你們從小所培育、所期待，然後花很多心思所栽植的樣子。沒有長成那個樣子，讓你們失望了，我很抱歉。

林爸爸：「不會！」

我要結婚了，但你們不是失去一個女兒，而是多出一個兒子。同樣的，我也要感謝B爸爸還有B媽媽，就是謝謝你們生養出一個如此完美的大男孩，謝謝你們放心把他交給我，我一定會努力地好好照顧他，把他養胖。

同樣的，對B爸爸、B媽媽來說，我希望你們不要覺得失去一個兒子，而是多了一個女兒，如果我沒有辦法，因為我沒有姊姊的樣子，你可以把我當成朋友，我會很開心。

最後的最後，我要感謝各位叔叔阿姨，就是我跟B在臺北有了一個新的小小的家的時候，都是各位在場的叔叔阿姨，幫我陪伴我的爸媽，然後我最最深愛的我的爸爸跟我的媽媽，雖然就是我爸當導遊很囉唆，我媽又不太能走，但真的很謝謝你們，陪他們就是到處玩啊！吃美食啊！講一些垃圾話啊！真的很謝謝你們。

每次看到我媽傳那種，一群阿姨們倒在一起笑得很開心的照片，我就真的打從心底感謝各位在場的叔叔阿姨，謝謝你們替我照顧我的爸媽，我真的非常感謝。

林媽媽：「我要敬我勇敢、美麗的女兒，她比我還要勇敢，她比我還要誠實。謝謝大家的包容，也謝謝大家，希望以後繼續照顧她，謝謝。」

Misfits 32

房思琪的初戀樂園（增訂版）

作者　林奕含
責任編輯　張蘊方、沈志翰
美術設計　朱疋
策展企劃　劉芷妤
印刷　漢藝印刷有限公司
初版一刷　2017 年 2 月
二版二刷　2025 年 4 月
法律顧問　王慕寧律師

ISBN：978-626-99174-5-7（平裝）
EISBN：9786269952205 (EPUB)
定價：480 元

出版者　游擊文化股份有限公司
網址　https://guepubtw.com/
電子信箱　guerrilla.service@gmail.com
Facebook　www.facebook.com/guerrillapublishing2014
Instagram　@guerrilla296

本書如有破損、缺頁或裝訂錯誤，請聯繫總經銷。
總經銷：前衛出版社＆草根出版公司
地址：104 臺北市中山區農安街 153 號 4 樓之 3
電話：02-25865708／傳真：02-25863758

國家圖書館出版品預行編目（CIP）資料

房思琪的初戀樂園（增訂版）／林奕含 著；-- 二版 .--[臺北市]：游擊文化股份有限公司 , 2025.03
面； 公分 -- （Misfits 書系 ；32）
ISBN 978-626-99174-5-7(平裝)
863.57 114000755